读书遇见美好！

梁晓声

2023·3·4

北京

梁晓声

读书与做人

梁晓声 著

四川文艺出版社

图书在版编目（CIP）数据

梁晓声读书与做人 / 梁晓声著 . -- 成都：四川文艺出版社，2024.3

ISBN 978-7-5411-6834-5

Ⅰ . ①梁… Ⅱ . ①梁… Ⅲ . ①散文集 - 中国 - 当代 Ⅳ . ① I267

中国国家版本馆 CIP 数据核字（2023）第 231200 号

LIANGXIAOSHENG DUSHU YU ZUOREN

梁晓声读书与做人

梁晓声 著

出 品 人	谭清洁
联合出品	蓝色畅想　　剥壹百人慧
策划编辑	孟皇锦
责任编辑	姚晓华　孙晓萍
特约编辑	李　爽
内文设计	李梓祎
插画绘制	老树画画
封面设计	仙　境
责任校对	段　敏
责任印制	孙文超

出版发行	四川文艺出版社(成都市锦江区三色路238号)
网　　址	www.scwys.com
电　　话	010-82372882（发行部）

印　　刷	凯德印刷（天津）有限公司		
成品尺寸	145mm×210mm	开　本	32开
印　　张	10	字　数	197千字
版　　次	2024年3月第一版	印　次	2024年3月第一次印刷
书　　号	ISBN 978-7-5411-6834-5		
定　　价	52.00元		

眼中有光的思考者

一身所在 総有限 壁虽嫌痕 但有一屋書相伴 見到古今中外人 丁酉 丰村

读书——不，更准确地说，所谓"读"这一种习惯，对我已不啻是一种幸福。
这幸福就在日子里，在每一天的宁静的时光里。不消说，人拥有宁静的时光，
这本身便是幸福。而宁静的时光因阅读会显得尤其美好。

春愁作水绿的时候，我就河边一躺，听风看云喫茶，然后胡思乱想。

丙申春节后三日于山东闲门造画　老村记

读书，去别人的灵魂里偷窥。读万卷书不如行万里路，行万里路不如阅人无数，阅人无数不如高人点悟。

看的是书，读的却是世界。沏的是茶，泡的却是生活。斟的是酒，品的却是滋味。喝的是水，醉的却是红尘。

临水有個小院
饮室兩間
為象雨後
揮汗種
菜風中
看之花
啜井茶

庚子夏日
老村之龄茶畫

只闻花香，不谈悲喜，喝茶读书，莫问前程。阳光暖一点，
再暖一点；日子慢一些，再慢一些。

孤独地行走，目标是人生的尽头。路，千回百转少不了磕磕绊绊；人，百孔千面却也有知己红颜。人生苦短，用心生活。

以出世的心态做人，以入世的心态做事。心若是被困，那世间处处都是牢笼；心若安泰，矮瓦斗室那也是天堂。

看遍了人情冷暖，习惯了世事变迁，你才会明白：做人，无欲无求是最好的。玩得转，脱得开，入世出世大智慧；拿得起，放得下，在尘离尘真豪杰。

欣赏着沿途风景，不忘这山高水远。你的目光所及，就是你的人生境界。

做事之前，先学会做人。做人做到恰如其分、恰到好处，才是人生的最高境界。

世事太喧嚣，你耐不起重口味的折腾。凡事最好少计较，少争执，能往宽处行就莫往窄处挤。世间百态，人情冷暖，看淡点，吃咸点，做一个宁静淡泊的雅人。

自序　读书与做人

　　自从这个世界开始对一个国家的读书人之多寡进行排序，中国一向属于位居序后的国家，而这也一向使许多同胞很焦虑。

　　中国政府特别重视国人的读书现象。政府工作报告中五度倡导国人多读书，读好书。并且也实行了一系列各级政府牵头的促进举措，如"农家书屋""职工书屋"等，捐书也成为社会各阶层向贫困地区捐赠物资的主项之一，旨在使喜欢读书而又买不起书的青少年有书可读，希望读书这件事有益于改变他们的人生。

　　各省市的图书馆，也踊跃开展读书活动，尤其在"世界读书日"前后。于是，"读书日"便成为"读书周""读书月"。

　　在这样的背景下，我常被请到各地，宣讲读书对人生的益处。久而久之，自觉仿佛已变成"读书布道者"，而这其实是我不情愿的，苦笑频频。

　　读书确乎是对人生大有益处的。也确乎应该有人多宣讲读书的益处。

　　由像我这样的人宣讲，简直也是责无旁贷的。

　　但我觉得我已说得太多，写得也太多了。

再对、再应该的事，不论谁，一味强调，则很可能讨嫌。

所以，我已经决定不再充当"读书布道者"了——而偏偏这个时候，出版社非要编一本我专谈"读书与做人"的集子，且诚恳之至，奈何？

依我想来，读好书才对做人有好的影响。

好书千般万种，对于儿童和少年，有益于心性向善的书，乃是好书之首。

心性善良的儿童和少年长大了，如果继续喜欢读书，那么，从书的海洋中选择出好书，对他们并非难事，容易得如同本能。

这时，只有这时，"书籍是知识的阶梯""知识就是力量"等关于读书的格言，才与做人发生正面反应……

目录

第一辑

读书，遇见美好

第二辑

只闻花香，不谈悲喜，喝茶读书，莫问前程

第三辑

孤独地行走，目标是人生的尽头

第四辑

欣赏着沿途风景，不忘这山高水远

第五辑

世间百态，人情冷暖，看淡点，吃咸点，做一个宁静淡泊的雅人

第一辑

读书，遇见美好

读书，去别人的灵魂里偷窥。旅行，去陌生的环境中感悟。电影，去银幕里感受别人的生活。冥想，去自己的内心深处探寻未知的自己。对那些迷茫的人，一句触动心灵的话，可以改变他们一生的命运。读万卷书不如行万里路，行万里路不如阅人无数，阅人无数不如高人点悟。

喀戎与世界读书日

"我已经在这荒漠之地奔跑了几个昼夜，为了寻找一条光明大道。我身后扬起滚滚红尘，遮蔽着许多和我一样迷惘的身影。我知道那飞扬的沙土不可能是正常的人类奔跑时所能造成的，于是我不但迷惘而且越发羞耻……

"我是人马喀戎的后代，我对此原本有种隐秘的傲慢。可是我妻子告诉我这是一个人类的时代，我这样的不同寻常是可耻的，所以我隐去了马的身体。但这又使我感到自己像是潜伏在人类中的奸细，后来我渐渐分不清我的马身体可耻还是我隐去马身体可耻……"

在世界读书日的前几天，我班上的一名女生怯怯地交给我一篇她写的小说，题目是《恐怖》。她一向坐在第三排或第四排，直到那一天我才知道她的名字叫刘筱。她的小说写出了她这一代人成长期的烦恼和苦闷。当他们的烦恼和苦闷与太多的对错是非纠缠在一起，并且对自己得出的结论那么缺乏自信，对别人给出的结论又那么怀疑时，其烦恼和苦闷便确乎有几分恐怖了。在他们还非大学中文学子以前，他们还不像现在这么敏感。故以前的烦恼和苦闷是较单纯的，普遍的那一种。现在，变得复杂了，因为他们面对面遭遇了文化。而开始有文化的人，判断是非对错的能力都将面临新的检验……

刘筱是具有文学才情的女生，这一发现使我欣喜。她在修辞方面的良好感觉是不容置疑的，她缺少的是人生经历和瞵注别人人生的视野。但是我确信时间和年龄会替她补上那一课，这是我力不从心的。进言之，我确信她具有成为作家的潜质，只要她日后对写作这件苦行僧似的事甘愿坚持下去。我想，我当郑重地告诉她这一点，并且告诉她，我的话非是一般教师对学生的鼓励之词。

隔日我出席某大学的校园文化节，我将回答一个我一直未能说明的问题，即我们人类为什么在父亲节、母亲节、教师节、妇女节、儿童节、劳动节、世界环保日、各种宗教活动日后，还要确定一年中的某一天为世界读书日。书籍和人类的关系真的如此不容忽视吗？

我的学生的小说给了我启发。

依我想来，我们全人类都曾是喀戎的后代。某类古猿是我们的祖先，达尔文的这一观点已经基本上被接受。而我们也曾是喀戎的后代，则要由人类的文化史来证明。

喀戎，这希腊和罗马神话中人面马身的怪物，在许多方面多么像我们啊！它有我们的脸，有和我们相同而比动物高级的种种欲望，所以它不是彻底的兽。然而它那马的身体，它那几乎没有理性可言，终日只知一味顺着欲望的支配行事，一旦受到阻碍便易怒，于是狂暴危险的性情，又使它与人有着太大的区别。

这怪物也曾希望进化为人吗？

希腊神话和罗马神话都没有这方面的记载。

但有一个人肯定地说有。并且，在古猿和喀戎之间，他似乎更愿意承认自己是喀戎的后代；他却不是一个中国人，而是一个法国人。他的名字曾享誉全球，他是伟大的雕塑家罗丹。如果他仍活着，差不多一百八十多岁了。

罗丹雕塑了喀戎，它是他难得的一件非人物作品，这是耐人寻味的。

罗丹雕塑的喀戎是特别的，也可以说是令人震撼的——从那怪物躯体中，正在向外，同时也显然是向上，挣扎出一个人的躯体来。呈现出一种力，一种痛苦，一种夙愿和一种希望。如果成功，是人类在精神方面的进化；如果失败，是人类在精神方面的退化。那力是必须向上的，只能向上的。倘非向上，挣扎注定是徒劳的……

结果我们都知道的，当初我们的那个远古祖先，他成功了。如果说人类真正的是从公元前三千五百多年楔形文字产生以后算起，那么迄今为止，他用了五千五百余年完成了他终于不再是半人半兽的怪物，而是一个完全的人的过程。

这是比罗丹的雕塑更伟大的。

一个问题是——人靠什么具有那一种持久的、伴随着痛苦而又无比虔诚的力？

后来人类的历史告诉我们——靠的是书籍。

书籍不是上帝赐给祖先的，是祖先在那一精神向上挣扎的过程中记载下的日记。

那么，现在我们差不多可以这样说——全部的书籍，大致分为两类。一类记载着我们的精神向上的欢欣，以及为最终实现目的所必备的智慧；另一类记载着我们挣扎过程的痛苦和经常面临的迷惘，并将人类喀戎时期的行径呈现给自己看，以鼓励我们继续向上，诫示我们不要在精神方面再退化为人马。因为人马实在不配是人，甚至连良马也不配是，而只不过是——地球上半人半兽的怪物。

这就是为什么我们要由联合国教科文组织在一年中确定某一个日子为世界读书日的理由吧。

喀戎是不知感恩的。

现在我们已经是人了，我们已意识到感恩对于人类是多么必要。

四月二十三日，这是我们人类对于书籍的感恩节。

那么，我们也差不多便同时回答了另两个相关的问题——什么是好书？什么又是不好的书，抑或坏书？

如上所述，举凡一切引领我们继续在精神方面向上，继续保持美好人性美好情操的书（想想吧，人类修成人性是多么不容易，五千五百余年的过程啊，难道不值得保持吗），皆好书。亵渎此点的书，恐怕就不那么好了。亵渎是快事，有时我们竟享受这种快感。那是喀戎的能事。我们身上毕竟还有着喀戎的基因。但我们又毕竟已是人，通常现象是，亵渎之后，我们每人反省。淋漓尽致地呈现假、丑、恶的书也不一定便是坏书，因为作者完全可能是出于告诫的意图——呈现我们身上的人马基因的活动状况给我们看，使我们因羞耻而不愿再生出蹄子和尾巴。

那对人马行径极尽炫夸赏乐之能事，意在引诱我们退化回去的书，全世界到处可见，自然是不好的。

因为做人马绝不会比做人好。

分不清告诫的意图和引诱的居心怎么办呢？

那就先看已有定论的好书吧。

对于好能识了，对于坏也就善辨了……

读书会让寂寞变成享受

寂寞是由于想做事而无事可做，想说话而无人与说，想改变自身所处的这一种境况而又改变不了。是的，以上基本就是寂寞的定义了。

寂寞是对人性的缓慢的破坏。寂寞相对于人的心灵，好比锈相对于某些容易生锈的金属。

但不是所有的金属都那么容易生锈。金子就根本不生锈。不锈钢的拒腐蚀性也很强。而铁和铜，我们都知道，它们极容易生锈，像体质弱的人极容易伤风感冒一样。

某次和大学生们对话时，被问："阅读的习惯对人究竟有什么好处？"我回答了几条，最后一条是："可以使人具有特别长期的抵抗寂寞的能力。"他们笑。我看出他们皆不以为然。他们的表情告诉了我他们的想法：我们需要具备这一种能力干什么呢？

是啊，他们都那么年轻，大学又是成千上万的青年学子云集的地方，一间寝室住六名同学，寂寞沾不上他们的边啊！但我同时看出，其实他们中某些人内心深处别提有多寂寞呢。

而大学给我的印象正是一个寂寞的地方。大学的寂寞包藏在许多学子追逐时尚和娱乐的现象之下。所以他们渴望听老师以外的人和他们说话，不管那样的一个人是干什么的，哪怕是一名犯人在当众忏悔。似乎，越是和他们的专业无关的话题，他们参与的热忱度越高。因为正是在那样的时候，他们内心深处的寂寞获得了适量地释放一下的机会。

故我以为，寂寞还有更深层的定义，那就是——从早到晚所做之事，并非自己最有兴趣的事；从早到晚总在说些什么，但没几句是自己最想说的话。即使改变了这一种境况，另一种新的境况也还是如此，自己又比任何别人更清楚这一点。

这是人在人群中的一种寂寞。

这是人置身于种种热闹中的一种寂寞。

这是另类的寂寞，现代的寂寞。

如果这样的一个人，心灵中再连值得回忆一下的往事都没有，头脑中再连值得梳理一下的思想都没有，那么他或她的人性，很快就会从外表锈到中间。

无论是表层的寂寞，还是深层的寂寞，要抵抗住它对人心的伤害，那都是需要一种人性的大能力的。

我的父亲虽然只不过是一名普通的建筑工人，但在"文革"中，也遭到了流放式的对待。仅仅因为他这个十四岁就闯关东的人，在哈尔滨学会了几句日语和俄语，便被怀疑是日俄双料潜伏特务。差不多有七八年的时间，他独自一人被发配到四川的深山里为工人食堂种菜。他一人开了一大片荒地，一年到头不停地种，不停地收。隔两三个月有车进入深山给他送一次粮食和盐，并拉走菜。

他靠什么排遣寂寞呢？

近五十岁的男人了，我的父亲，他竟学起了织毛衣。没有第二个人，没有电，连猫狗也没有，更没有任何可读物。有，对于他也是白有，因为他几乎是文盲。他劈竹子自己磨制了几根织针。七八年里，将他带上山的新的旧的劳保手套一双双拆绕成线团，为我们几个他的儿女织袜子、织线背心。

这种为绝大多数女性，而很少为男性所掌握的技能，他一直保持到逝世那一年。织，成了他的习惯。那一年，他七十七岁。

劳动者为了不使自己的心灵变成容易生锈的铁或铜，也只有被逼出了那么一种能力。

而知识分子，我以为，正因为所感受到的寂寞往往是更深层的，所以需要有更强的抵抗寂寞的能力。

这一种能力，除了靠阅读来培养，目前我还想不出别种办法。

胡风先生在所有当年的"右派"中被囚禁的时间最长——二十余年。他的心经受过双重的寂寞的伤害。胡风先生逝世后，我曾见过他的夫人一面，惴惴地问："先生靠什么抵抗住了那么漫长的与世隔绝的寂寞？"

她说："还能靠什么呢？靠回忆，靠思想。否则他的精神早崩溃了，他毕竟不是什么特殊材料的人啊！"

但我心中暗想，胡风先生其实太够得上是特殊材料的人了啊！

幸亏他是大知识分子，故有值得一再回忆之事，有值得一再梳理之思想。若换了我的父亲，仅仅靠拆了劳保手套织东西，肯定是要在漫长的寂寞伤害之下疯了吧？

知识给予知识分子最宝贵的能力是思想的能力。因为靠了思想的能力，无论被置于何种孤单的境地，人都不会丧失最后一个交谈伙伴，而那正是他自己。自己与自己交谈，哪怕仅仅做这一件在别人看来什么也没做的事，那也足以抵抗很漫长的寂寞。如果居然还侥幸有笔，有足够的纸，孤独和可怕的寂寞也许还会开出意外的花朵。《绞刑架下的报告》《可爱的中国》《堂·吉诃德》的某些章节、欧·亨利的某些经典短篇，便是在牢房里开出的思想的或文学的花朵。

思想使回忆成为知识分子的驼峰。而最强大的寂寞，还不是想做什么事而无事可做，想说话而无人与说，而是想回忆而没有什么值得回忆的，是想思想而早已丧失了思想的习惯。这时，人就自己赶走了最后一个陪伴他的人，他一生最忠诚的朋友——他自己。

谁都不要错误地认为孤独和寂寞这两件事永远不会找到自己头上。现代社会的真相告诫我们，那两件事迟早会袭击我们。

人啊，为了使自己具有抵抗寂寞的能力，读书吧！

人啊，一旦具备了这一种能力，某些正常情况下，孤独和寂寞还会由自己调节为享受着的时光呢！

读的烙印

　　自幼喜读，因某些书中的人或事，记住了那些书名。甚至还会终生记住它们的作者。然而也有这种情况，书名和作者是彻底地忘记了，无论怎么想也想不起来了，但书中人或事，却长久地印在头脑中了。仿佛头脑是简，书中人或事是刻在大脑这种简上的。仿佛即使我死了，肉体完全地腐烂掉了，物质的大脑混入泥土了，依然会有什么异乎寻常的东西存在于泥土中，雨水一冲，便会显现出来似的。又仿佛，即使我的尸体按照现今常规的方式火化掉，在我的颅骨的白森森的骸片上，定有类似几行文字的深深的刻痕清晰可见：告诉别人在我这个死者的大脑中，确乎地曾至死还保留过某种难以被岁月铲平的、与记忆有关的密码……

　　其实呢，那些自书中复拷入大脑的人和事，并不多么惊心动魄，也根本没有什么曲折的因而特别引人入胜的情节。它们简单得像小学课文，普通得像自来水，并且，都是我少年时的记忆。

　　这记忆啊，它怎么一直纠缠不休呢？怎么像初恋似的难忘呢？我曾企图思考出一种能自己对自己说得通的解释。然而我的思考从未有过使自己满意的结果。正如初恋之始终是理性分析不清的。所以呢，我想，还是让我用我的文字将它们写出来吧！

我更愿我火化后的颅骨的骸片像白陶皿的碎片一样，而不愿它有使人觉得奇怪的痕迹……

——题记

一

在乡村的医院里，有一位父亲要死了。但他顽强地坚持着不死，其坚持好比夕阳之不甘坠落。在自然界它体现在一小时内，相对于那位父亲，它将延长至十余个小时。生命在那一种情况下执拗又脆弱。护士明白这一点，医生更明白这一点。

那位父亲死不瞑目的原因不是由于身后的财产。他是果农，除了自家屋后院子里刚刚结了青果的几十棵果树，他再无任何财产。除了他的儿子，他在这个世界上也再无任何亲人。他坚持着不死是希望临死前再见一眼他的儿子。他也没什么重要之事叮嘱他的儿子。他只不过就是希望临死前再见一眼他的儿子，再握一握儿子的手……

事实上，他当时已不能说出话来。他一会儿清醒，一会儿昏迷。两阵昏迷之间的清醒时刻越来越短……

但他的儿子远在俄亥俄州。

医院已经替他发出了电报——打长途电话未寻找到那儿子。电报就一定会及时送达那儿子的手中吗？即使及时送达了，估计他也只能买到第二天的机票了。下了飞机后，他要再乘四个多小时的长途汽车才能来到他父亲身旁……

　　而他的父亲真的竟能坚持那么久吗？濒死的生命坚持不死的现象，令人肃然也令人怜悯，而且，那么地令人无奈……

　　夕阳是终于放弃它的坚持了，坠落不见了。

　　令人联想到晏殊的诗句："一向年光有限身"，"夕阳西下几时回"？

　　但是那位父亲仍在顽强地与死亡对峙着。那一种对峙注定了绝无获胜的机会，因而没有本能以外的任何意义……

　　黄昏的余晖映入病房，像橘色的纱，罩在病床上，罩在那位父亲的身上、脸上……

　　病房里静悄悄的。

　　最适合人咽下最后一口气的那种寂静……

　　那位父亲只剩下几口气了。他喉间呼呼作喘，胸脯高起深伏，极其舍不得地运用他的每一口气。因为每一口气对他都是无比宝贵的。呼吸已仅仅是呼出着生命之气，那是看了令人非常难过的"节省"。

　　分明地，他已处在弥留之际。他闭着眼睛，徒劳地做最后的坚持。他看上去昏迷着，实则特别清醒。那清醒是生命在大脑领域的回光返照。

　　门轻轻地开了。

　　有人走入了病房。脚步声一直走到了他的病床边。

　　那是他在绝望中一直不肯稍微放松的企盼。

　　除了儿子，还会是谁呢？

　　这时脆弱的生命做出了奇迹般的反应——他突然伸出一只手向床边抓去。而且，那么地巧，他抓住了中年男医生的手……

　　"儿子！……"他竟说出了话，那是他留在人世的最后一句话。

一滴老泪从他眼角挤了出来……

他已无力睁开双眼最后看他的"儿子"一眼了……

他的手将医生的手抓得那么紧，那么紧……

年轻的女护士是和医生一道进入病房的。濒死者始料不及的反应使她愣住了。而她自己紧接着做出的反应是——跨上前一步，打算拨开濒死者的手，使医生的手获得"解放"。

但医生以目光及时制止了她。医生缓缓俯下身，在那位父亲的额上吻了一下。接着又将嘴凑向那位父亲的耳，低声说："亲爱的父亲，是的，是我，您的儿子。"

医生直起腰，又以目光示意护士替他搬过去一把椅子。

在年轻女护士的注视之下，医生坐在椅子上了。那样，濒死者的手和医生的手，就可以放在床边了。医生将自己的另一只手，轻轻捂在当他是"儿子"的那位父亲的手上。

他示意护士离去。

三十几年后，当护士回忆这件事时，她写的一段话是："我觉得我不是走出病房的，而是像空气一样飘出去的，唯恐哪怕是最轻微的脚步声，也会使那位临死的老人突然睁开双眼。我觉得仿佛是上帝将我的身体托离了地面……"

至今这段话仍印在我的颅骨里面，像释迦牟尼入禅的身影印在山洞的石壁上。

夜晚从病房里收回了黄昏橘色的余晖。

年轻的女护士从病房外望见医生的坐姿那么地端正，一动不动。

她知道，那一天是医生结婚十周年纪念日。他亲爱的妻子正等待着他回家共同庆贺一番。

黎明了——医生还坐在病床边……

旭日的阳光普照入病房了——医生仍坐在病床边……

因为他觉得握住他手的那只手，并未变冷变硬……

到了下午，那只手才变冷变硬。

而医生几乎坐了二十个小时……

他的手臂早已麻木了，他的双腿早已僵了，他已不能从椅子上站起来了，是被别人搀扶起来的……

院长感动地说："我认为你是最虔诚的基督徒。"

而医生平淡地回答："我不是基督徒，不是上帝要求我的，是我自己要求我的。"三十几年以后，当年那位年轻的护士变成了一位老护士。在她退休那一天，人们用"天使般的心"赞美她那颗充满着爱的护士的心时，她讲了以上这件使她终生难忘的事……

最后她也以平淡的语调说："我也不是基督徒。有时我们自己的心要求我们做的，比上帝用他的信条要求我们做的更情愿。仁爱是人间的事而我们有幸是人。所以我们比上帝更需要仁爱，也应比上帝更肯给予。"

没有掌声。

因为人们都在思考她讲的事和她说的话，忘了鼓掌……

二

此事发生在国外一座大城市的一家小首饰店里。

冬季的傍晚，店外雪花飘舞。

三名售货员都是女性。确切地说，是三位年轻的姑娘。其中最年轻的一位才十八九岁。

已经到可以下班的时间了，另外两位姑娘与最年轻的姑娘打过招呼后，一起离开了小店。

现在，小首饰店里，只有最年轻的那位姑娘一人了。

正是西方诸国经济大萧条的灰色时代。失业的人比以往任何一年都多。到处可见忧郁沮丧的面孔。银行门可罗雀，超市冷清。领取救济金的人们却从夜里就开始排队了。不管哪里，只要一贴出招聘广告，即使仅招聘一人，也会形成聚众不散的局面。

姑娘是在几天前获得这一份工作的。她感到无比的幸运，甚至可以说感到幸福，虽然工资是那么低微。她轻轻哼着歌，不时望一眼墙上的钟。再过半小时，店主就会来的。她向店主汇报完一天的营业情况，也可以下班了。

姑娘很勤快，不想无所事事地等着。于是她扫地，擦柜台。这不见得会受到店主的夸奖，她也不指望受到夸奖。她勤快是由于她心情好，心情好是由于感到幸运和幸福。

忽然，门吱呀一声开了，迈进来一个中年男人。

他一肩雪花。头上没戴帽子。雪花在他头上形成了一顶白帽子。

姑娘立刻热情地说："先生您好！"

男人点了一下头。

姑娘犹豫刹那，掏出手绢，替他抚去头上的、肩上的雪花。接着她走到柜台后边，准备为这一位顾客服务。其实她可以对他说："先生，已过下班时间了，请明天来吧。"但她没这么说。

经济萧条的时代，光临首饰店的人太少了，生意惨淡。她希望能替老板多卖出一件首饰。虽然才上了几天班，她却养成了一种职业习惯，那就是判断一个人的身份，估计顾客可能对什么价格的首饰感兴趣。

她发现男人竖起着的大衣领的领边磨损得已暴露出呢纹了。而且，她看出那件大衣是一件过时货。当然，她也看出那男人的脸刚刮过，两颊泛青。

他的表情多么地阴沉啊！他企图靠斯文的举止掩饰他糟糕的心境。然而他分明不是现实生活中的好演员。

姑娘判断他是一个钱夹里没有多少钱的人。于是她引他凑向陈列着廉价首饰的柜台，向他一一介绍价格，可配怎样的衣着。

而他似乎对那些首饰不屑一顾。他转向了陈列着价格较贵的首饰的柜台，要求姑娘不停地拿给他看。有一会儿他同时比较着两件首饰，仿佛就会做出最后的选择。他几乎将那一柜台里的首饰全看遍了，却说一件都不买了。

姑娘自然是很失望的。

男人斯文而又抱歉地说："小姐，麻烦了您这么半天，实在对不起。"

姑娘微笑着说："先生，没什么。有机会为您服务我是很高兴的。"

当那男人转身向外走时，姑娘漫不经心地瞥了一眼柜台。漫不经心的一瞥使她顿时大惊失色——价格最贵的一枚戒指不见了！

那是一家小首饰店，当然也不可能有贵到价值几千元、几万元的戒指。然而姑娘还是呆住了，仿佛被冻僵了一样。那一时刻她脸色苍白，心跳似乎停止了，血液也似乎不流通了……

而男人已经推开了店门，一只脚已迈到了门外……

"先生！……"姑娘听出了她自己的声音有多么颤抖。

男人的另一只脚，就没向门外迈。男人也仿佛被冻僵在那儿了。

姑娘又说："先生，我能请求您先别离开吗？"

男人已迈出店门的脚竟收回来了。他缓缓地，缓缓地转过了身……

他低声说："小姐，还有很急迫的事等着我去办。"他随时准备扬长而去……

姑娘绕出柜台，走到门口，有意无意地将他挡在了门口……

男人的目光冷森起来……

姑娘说："先生，我只请求您听我几句话……"

男人点了点头。

姑娘说："先生，您也许会知道我找到这一份工作有多么地不容易！我的父亲失业了，我的哥哥也失业了。因为家里没钱养两个大男人，我的母亲带着我生病的弟弟回乡下去了。我的工资虽然低微，但我的父亲、我的哥哥和我自己，正是靠了我的工资才能每天吃上几小块面包。如果我失去了这份工作，那么我们完了，除非我做妓女……"姑娘说的每一句话都是实话。

姑娘说不下去了，流泪了，无声地哭了……

男人低声说："小姐，我不明白您的话。"

姑娘又说："先生，刚才给您看过的一枚戒指现在不见了。如果找不到它，我不但将失去工作，还肯定会被传到法院去的。而如果我不能向法官解释明白，我不是要坐牢的吗？先生，我现在绝望极了，害怕极了。我请求您帮着我找！我相信在您的帮助之下，我才会找到它……"姑娘说的每一句话都是由衷的话。

男人的目光不再冷森。他犹豫片刻，又点了点头。于是他从门口退开，帮着姑娘找。两个人分头这儿找那儿找，没找到。

男人说："小姐，我真的不能再帮您找了，我必须离开了。小姐您瞧，柜台前的这道地板缝多宽呀！我敢断定那枚戒指一定是掉在地板缝里了。您独自再找找吧！听我的话，千万不要失去信心……"

男人一说完就冲出门外去了……

姑娘愣了一会儿，走到地板缝前俯身细瞧：戒指卡在地板缝间，而男人走前蹲在那儿系过鞋带……

第二天，人们相互传告：夜里有一名中年男子抢银行未遂……

几天后，当罪犯被押往监狱时，他的目光在道边围观的人群中望见了那姑娘……

她走上前对他说："先生，我要告诉您我找到那枚戒指了。因而我是多么感激您啊！……"并且，她送给了罪犯一个小面包圈儿。

她又说："我只能送得起这么小的一个小面包圈儿。"

罪犯流泪了。

当囚车继续向前行驶，姑娘追随着囚车，真诚地说："先生，听我的话，千万不要失去信心！……"那是他对姑娘说过的话。

他——罪犯，点了点头……

三

这是秋季的一个雨夜。雨时大时小。从天黑下来后一直未停。想必整夜不会停了。

在城市某一个区的消防队值班室里，一名年老的消防队员和一名年轻的消防队员正在下棋。棋盘旁边是电话机，还有二人各自的咖啡杯。

他们的值班任务是：有火灾报警电话打来，立即拉响报警器。

年老的消防队员再过些日子就要退休了，年轻的消防队员才参加工作没多久。这是他们第一次共同值班。

老消防队员举起一枚棋子犹豫不决之际，电话铃骤响……

年轻的消防队员反应迅速地一把抓起了电话……

"救救我……我的头磕在壁炉角上了，流着很多血……我快死了，救救我……"话筒那端传来的是一位老女人微弱的声音，那是一台扩音电话。

年轻的消防队员愣了愣，爱莫能助地回答："可是夫人，您不该拨这个电话号码，这里是消防队值班室……"

话筒那一端却再也没有任何声音传来。

年轻的消防队员一脸不安，缓缓地，缓缓地放下了电话。

他们的目光刚一重新落在棋盘上，便不约而同地又望向电话机了。接着，他们的目光注视在一起了……

老消防队员说："如果我没听错，她告诉我们她流着很多血……"

年轻的消防队员点了一下头："是的。"

"她还告诉我们，她快死了，是吗？"

"是的。"

"她在向我们求救。"

"是的。"

"可我们……在下棋……"

"不……我怎么还会有心思下棋呢？"

"我们总该做点儿什么应该做的事对不对？"

"对……可我，真的不知道该做什么……"

老消防队员嘟哝："总该做点儿什么的……"

他们就都不说话了，都在想究竟该做点儿什么。

他们首先给急救中心挂了电话，但因为不清楚确切的住址，急救中心的回答是非常令他们遗憾的……

他们也给警方挂了电话，同样的原因，警方的回答也非常令他们失望……

该做的事已经做了，连老消防队员也不知道该继续做什么了……

他说："我们为救一个人的命已经做了两件事，但并不意味着我们救了一个向我们求救过的人。"

年轻的消防队员说："我也这么想。"

"她肯定还在流血不止。"

"肯定的。"

"如果没有人实际上去救她，她真的会死的。"

"真的会死的……"

年轻的消防队员说完，忽然拍了一下自己的前额："嘿，我们干吗不查问一下电话局？那样，我们至少可以知道她住在哪一条街区！……"

老消防队员赶紧抓起了电话……

一分钟后，他们知道求救者住在哪一条街了……

两分钟后，他们从地图上找到了那一条街，它在城市的另一区。再将弄清的情况通告急救中心或警方吗？

但是一方暂无急救车可以前往，一方的线路占线，连拨不通……

老消防队员灵机一动，向另一区的消防队值班室拨去了电话，希望派出消防车救一位老妇人的命……

但他遭到了拒绝。

拒绝的理由简单又正当：派消防车救人？荒唐之事！在没有火灾也未经特批的情况下出动消防车，不但严重违反消防队的纪律条例，也严重违反城市管理法啊！

他们一筹莫展了……

老消防队员发呆地望了一会儿挂在墙上的地图，主意已定地说："那么，为了救一个人的命，就让我来违反纪律和违法吧！……"

他起身拉响了报警器。

年轻的消防队员说："不能让你在退休前受什么处罚。报警器是我拉响的，一切后果由我来承担。"

老消防队员说："你还是一名见习队员，怎么能牵连你呢？报警器明明是我拉响的嘛！"

院子里已经嘈杂起来，一些留宿待命的消防队员匆匆地穿着消防服……

当老消防队员说明拉报警器的原因后，院子里一片肃静。

老消防队员说："认为我们不是在胡闹的人，就请跟我们去吧！……"

他说完走向一辆消防车，年轻的消防队员紧随其后。没有谁返身回到宿舍去，也没有谁说什么、问什么，都分头踏上了两辆消防车……

雨又下大了，马路上的车辆皆缓慢行驶……

两辆消防车一路鸣笛，争分夺秒地从本区开往另一区……

它们很快就驶在那一条街道上了。那是一条很长的街道。正是周末，人们睡得晚，几乎家家户户的窗子都明亮着。

求救者究竟倒在哪一幢楼的哪一间屋子里呢？

断定本街上并没有火灾发生的市民，因消防车的到来滋扰了这里的宁静而愤怒。有人推开窗子大骂消防队员们……

年轻的消防队员站立在消防车的踏板上，手持话筒做着必要的解释。

许多大人和孩子从自家的窗子后面，观望到了大雨浇着他和别的消防队员们的情形……

"市民们，请你们配合我们，关上你们各家所有房间的电灯！……"

年轻的消防队员反复要求着……

一扇明亮的窗子黑了……

又一扇明亮的窗子黑了……

再也无人大骂了……

在这一座城市，在这一条街道，在这一个夜晚，在瓢泼大雨中，两辆消防车如夜海上的巡逻舰，缓缓地一左一右地并驶着……

迎头的各种车辆纷纷倒退……

除了司机，每一名消防队员都站立在消防车两旁的踏板上，目光密切地关注着街道两侧的楼房，包括那位老消防队员……

雨，下得更大了……

街道两旁的楼房的窗全都黑暗了，只有两行路灯亮着了……

那一条街道那一时刻那么地寂静……

"看！……"一名消防队员激动地大叫起来……

他们终于发现了唯一一户人家亮着的窗……

一位七十余岁的老妇人被消防车送往了医院……

医生说，再晚十分钟，她的生命就会因失血过多不保了。

两名消防队员自然没受处罚。

市长亲自向他们颁发了荣誉证书，称赞他们是本市"最可爱的市民"。其他消防队员也受到了热情的表扬。

那位老妇人后来成为该市年龄最大也最积极的慈善活动志愿者……

大约是在初一时，我从隔壁邻居卢叔收的废报刊堆里翻到了一册港版的《读者文摘》。其中的这一则纪实文章令我的心一阵阵感动。但是当年我不敢向任何人说出我所受的感动——因为事情发生在美国。

当时我少年的心又感动又困惑——因为美国大兵正在越南用现代武器杀人放火。

人性如泉。流在干净的地方，带走不干净的东西；流在不干净的地方，它自身也污浊。

后来就赶上"文革"了。"文革"中我更多次地联想到这一则纪实……

四

以下一则"故事"是以第一人称叙述的。那么让我也尊重"原版"，以第一人称叙述……

"我"是一位已毕业两年了的文科女大学生。"我"两年内几十次应聘，仅几次被试用过，更多次应聘谈话未结束就遭到了干脆的或客气的拒绝。即使那几次被试用，也很快被以各种理由打发走。这使"我"产生了巨大的人生挫败感。

"我"甚至产生过自杀的念头。

"我"找不到工作的主要原因不是有什么品行劣迹，也不是能力天生很差。大学毕业前夕"我"被车剐倒过一次，留下了难以治愈的后遗症——心情一紧张，两耳便失聪。

"我"是一个诚实的人，每次应聘"我"都声明这一点。

而结果往往是，招聘主管者们欣赏"我"的诚实，但却不肯降格录用。"我"虽然对此充分理解，可无法减轻人生忧愁。

"我"仍不改初衷，每次应聘，还是一如既往地声明在先，也就一如既往地一次次希望落空……

在"我"沮丧至极的日子里，很令"我"喜出望外的是，"我"被一家报馆试用了！

那是因为"我"的诚实起了作用，也因为"我"诚实不改且不悔的经历引起了同情。

与"我"面谈的是一位部门主任。

他对"我"说："你是受过高等教育的。社会应该留给你这么诚实的人一种适合你的工作。否则，谁也没有资格要求你热爱人生了。"

部门主任的话也令"我"大为感动。

"我"的具体工作是资料管理。这一份工作获得不易，"我"异常珍惜。而且，也渐渐喜欢这一份工作了。"我"的心情从没有这么好，每天笑口常开。当然，双耳失聪的后遗症现象一次也没发生过……

同事们不但接受了"我"这一名资料管理员,甚至开始称赞"我"良好的工作表现了。

试用期一天天地过去着,不久,"我"将被正式签约录用了。这是"我"梦寐以求的呀!

"我"不再觉得自己是一个不幸的人,反而觉得自己是一个十分幸运的人了。

某一天,那一天是试用期满的前三天。报馆同事上下忙碌,为争取对一新闻事件的最先报道,人人放弃了午休。到资料馆查询相关资料的人接二连三……

受紧张气氛影响,"我"最担心之事发生了——"我"双耳失聪了!这使我陷于不知所措之境,也使同事们陷于不知所措之境。

笔谈代替了话语。时间对于新闻意味着什么不言自明,何况有多家媒体在与该报抢发同一条新闻!……

结果该报在新闻战中败北了。对于该报,几乎意味着是一支足球队在一次稳操胜券的比赛中惨遭淘汰……

客观地说,如此结果,并非完全是由"我"一人造成的。但"我"确实难逃干系啊!

"我"觉得多么地对不起报社,对不起同事们呀!

"我"内疚极了。同时,"我"更害怕三天后被冷淡地打发走呢!

"我"向所有当天到过资料室的人表示真诚的歉意,"我"向部门主任当面承认"错误"……

一切人似乎都谅解了"我",在"我"看来,似乎而已。

"我"异常敏感地觉得,人们谅解"我"是假的,是装模作样的。总之是表面的,仅仅为了证明自己的宽宏大量罢了……

　　"我"猜想：其实报社上上下下，都巴不得"我"三天后没脸再来上班。

　　但，那"我"不是又失业了吗？"我"还能幸运地再找到一份工作吗？第二次幸运的机会究竟在哪儿呀？"我"已根本不相信它的存在了……

　　奇怪的是：三天后，并没谁找"我"谈话，通知我被解聘了；当然也没谁来让"我"签订正式录用的合同。"我"太珍惜获得不易的工作了！"我"决定放弃自尊，没人通知就照常上班。一切人见了"我"，依旧和"我"友好地点头或打招呼。但"我"觉得人们的友好已经变质了，微笑着的点头已是虚伪的了。明显地，人们对"我"的态度，与以前是那么地不一样，变得极不自然了，仿佛竭力要将自己的虚伪成功地掩饰起来似的……

　　以前，每到周末，人们都会热情地邀请"我"参加报社一向的"派对"娱乐活动。现在，两个周末过去了，"我"都没收到邀请——如果这还不是歧视，那什么才算歧视呢？

　　"我"由内疚难过而生气了——倒莫如干脆打发"我"走！为什么要以如此虚伪的方式逼"我"自己离开呢？这不是既想达到目的又企图得善待试用者的美名吗？

　　"我"对当时决定试用自己的那一位部门主任，以及自己曾特别尊敬的报社同事们暗生嫌恶了。都言虚伪是当代人之人性的通病，"我"算是深有体会了！

　　第三个周末，下班后，人们又都匆匆地结伴走了。

　　"派对"娱乐活动室就在顶层，人们当然是去尽情娱乐了呀！只有"我"独自一人留在资料室发呆，继而落泪。

回家吗？明天还照常来上班吗？或者明天自己主动要求结清工资，然后将报社上上下下骂一通，扬长而去？

"我"做出了最后的决定。一经决定，"我"又想，干吗还要等到明天呢？干吗不今天晚上就到顶层去，突然出现，趁人们皆愣之际，大骂人们的虚伪？趁人们被骂得呆若木鸡，转身便走有何不可？难道虚伪是不该被骂的吗？不就是三个星期的工资吗？为了自己替自己出一口气，不要就是了呀！于是"我"抹去泪，霍然站起，直奔电梯……

"我"一脚将娱乐活动室的门踢开了——人们对"我"的出现倍感意外，一个个都呆若木鸡；而"我"对眼前的情形也同样地倍感意外，也同样地一时呆若木鸡……

"我"看到一位哑语教师，在教全报社的人哑语，包括主编和社长也在内……

部门主任走上前，以温和的语调说："大家都明白目前这一份工作对你是多么地重要。每个人都愿帮你保住你的工作。三个周末以来都是这样。我曾经对你说过：社会应该留给你这么诚实的人一份适合你的工作。我的话当时也是代表报社代表大家的。对你，我们大家都没有改变态度……"

"我"环视同事们，大家都对"我"友善地微笑着……

还是那些熟悉了的面孔，还是那些见惯了的微笑……

却不再使"我"产生虚伪之感了。

还是那种关怀的目光，从老的和年轻的眼中望着"我"，似乎竟都包含着歉意，似乎每个人都在以目光默默地对"我"说："原谅我们以前未想到用这样的方式帮助你……"

曾使"我"感到幸运和幸福的一切内容，原来都没有变质。非但都没有变质，而且美好地、温馨地连成一片令"我"

感动不已的，看不见却真真实实地存在的事物了……

"我"的泪水顿时夺眶而出。

"我"站在门口，低着头，双手捂脸，孩子似的哭着……

眼泪因被关怀而流……

也因对同事们的误解而流……

那一时刻"我"又感动又羞愧，于是人们渐渐聚向"我"的身旁……

五

还是冬季，还是雪花曼舞的傍晚，还是在人口不多的小城，事情还是与一家小小的首饰店有关……

它是比前边讲到的那家首饰店更小的。前边讲的那家首饰店，在经济大萧条的时代，起码还雇得起三位姑娘。这一家小首饰店的主人，却是谁都雇不起的……

他是个三十二三岁的青年，未婚青年。他的家只剩他一个人了，父母早已过世了，姐姐远嫁到外地去了。小首饰店是父母传给他继承的。它算不上是一宗值得守护的财富，但是对他很重要，他靠它为生。

大萧条继续着。

他的小首饰店越来越冷清了，他的经营越来越惨淡了。

那是圣诞节的傍晚。

他寂寞地坐在柜台后看书，巴望有人光临他的小首饰店。已经五六天没人迈入他的小首饰店了。他既巴望着，也不多么地期待。在圣诞节的傍晚，他坐在他的小首饰店里，纯粹是由于习惯。反正回到家里也是他一个人，也是一样的孤独和寂寞。几年以来的圣诞节或别的什么节日，他都是在他的小首饰店里度过的……

万一有人……

他只不过心存着一点点侥幸罢了。

如果不是经济大萧条的时代，节日里尤其是圣诞节，光临他的小首饰店的人还是不少的。

因为他店里的首饰大部分是特别廉价的，是适合底层的人们选择作为礼物的。

经济大萧条的时代是注定要剥夺人们某种资格的。首先剥夺的是底层人在节日里相互赠礼的资格。对于底层人，这一资格在经济大萧条的时代成了奢侈之事……

青年的目光，不时离开书页望向窗外，并长长地、忧郁地叹上一口气……

居然有人光临他的小首饰店了！光临者是一位少女。看上去只有十一二岁。一条旧的灰色的长围巾，严严实实地围住了她的头，只露出正面的小脸儿。

少女的脸冻得通红，手也是。只有老太婆才围她那种灰色的围巾。一定是在她临出家门时，疼爱她的祖母或外祖母将自己的围巾给她围上了。

他放下书，起身说："小姐，圣诞快乐！希望我能使您满意，您也能使我满意。"

少女仰起脸望着他，庄重地回答："先生，也祝您圣诞快乐！我想，我们一定都会满意的。"

她穿一件打了多处补丁的旧大衣。她回答时，一只手朝她一边的大衣兜拍了一下。仿佛她是阔佬，那只大衣兜里揣着满满一袋金币似的。

青年的目光隔着柜台端详她，看见她穿一双靴腰很高的毡靴。毡靴也是旧的，显然地，比她的脚要大得多。而大衣原先分明很长，是大姑娘们穿的无疑。谁替她将大衣的下裾剪去了，并且按照她的身材改缝过了吗？也是她的祖母或外祖母吗？

他得出了结论——少女来自一个贫寒家庭。她使他联想到了《卖火柴的小女孩》，而他刚才捧读的，正是一本安徒生的童话集。

青年忽然觉得自己对这少女特别地怜爱起来，觉得她脸上的表情那会儿纯洁得近乎圣洁。他决定，如果她想买的只不过是一只耳环，那么他将送给她，或仅象征性地收几枚小币……

少女为了看得仔细，上身伏在柜台上，脸几乎贴着玻璃了——原来她近视。

青年猜到了这一点，一边用抹布擦柜台的玻璃，一边怜爱地瞧着少女。其实柜台的玻璃很干净，可以说一尘不染。他还要擦，是因为觉得自己总该为小女孩做些什么才对。

"先生，请把这串项链取出来。"少女终于抬起头指着说。

"怎么……"他不禁犹豫。

"我要买下它。"少女的语气那么自信，仿佛她大衣兜里的钱，足以买下他店里的任何一件首饰。

"可是……"青年一时不知自己想说的话究竟该如何说才好。

"可是这串项链很贵？"少女的目光盯在他脸上。

他点了点头。

那串项链是他小首饰店里最贵的。它是他的镇店之宝。另外所有首饰的价格加起来，也抵不上那一串项链的价格。

当然，富人们对它肯定是不屑一顾的。而穷人们却只有欣赏而已。所以它陈列在柜台里多年也没卖出去。有它，青年才觉得自己毕竟是一家小首饰店的店主。他经常这么想——倘若哪一天他要结婚了，它还没卖出去，那么他就不卖它了。他要在婚礼上亲手将它戴在自己新娘的颈上……

现在，他对自己说，他必须认真地对待面前的女孩了。

她感兴趣的可是他的镇店之宝呀！

不料少女说："我买得起它。"

少女说罢，从大衣兜里费劲地掏出一只小布袋儿。小布袋儿看去沉甸甸的，仿佛装的真是一袋金币。

少女解开小布袋儿，往柜台上兜底儿一倒，于是柜台上出现了一堆硬币。但不是金灿灿的金币，而是一堆收入低微的工人们在小酒馆里喝酒时，表示大方当小费的小币……

有几枚小币从柜台上滚落到了地上。少女弯腰一一捡起它们。由于她穿着高筒的毡靴，弯下腰很不容易。姿势像表演杂技似的。还有几枚小币滚到了柜台底下，她干脆趴在地上，将手臂伸到柜台底下去捡……

她重新站在他面前时，脸涨得通红。她将捡起的那几枚小币也放在柜台上，一双大眼睛默默地、庄严地望着青年，仿佛在问："我用这么多钱还买不下你的项链吗？"

青年的脸也涨得通红，他不由得躲闪她的目光。他想说的话更不知该如何说才好了。全部小币，不足以买下那串项链的一颗，不，半颗珠子。

他沉吟了半天才吞吞吐吐地说："小姐，其实这串项链并不怎么好。我……我愿向您推荐一只别致的耳环……"

少女摇头道："不。我不要买什么耳环。我要买这串项链……"

　　"小姐，您的年龄，其实还没到非戴项链不可的年龄……"

　　"先生，这我明白。我是要买了它当作圣诞礼物送给我的姐姐，给她一个惊喜……"

　　"可是小姐，一般是姐姐送妹妹圣诞礼物的……"

　　"可是先生，您不知道我有多爱我的姐姐啊！我可爱她了！我无论送给她多么贵重的礼物，都不能表达我对她的爱……"

　　于是少女娓娓地讲述起她的姐姐来……

　　她很小的时候，父母就去世了。是她的姐姐将她抚养大的。她从三四岁起就体弱多病。没有姐姐像慈母照顾自己心爱的孩子一样照顾她，她也许早就死了。姐姐为了她一直未嫁。姐姐为了抚养她，什么受人歧视的下等工作都做过了，就差没当侍酒女郎了。但为了给她治病，已卖过两次血了……

　　青年的表情渐渐肃穆。

　　女孩儿的话使他想起了他的姐姐。然而他的姐姐对他却一点儿都不好，出嫁后还回来与他争夺这小首饰店的继承权。那一年他才十九岁呀！他的姐姐伤透了他的心……

　　"先生，您明白我的想法了吗？"女孩儿噙着泪问。

　　他低声回答："小姐，我完全理解。"

　　"那么，请数一下我的钱吧。我相信您会把多余的钱如数退给我的……"

　　青年望着那堆小币愣了良久，竟默默地、郑重其事地开始数……

　　"小姐，这是您多余的钱，请收好。"

　　他居然还退给了少女几枚小币，连自己也不知道自己在干什么。

他又默默地、郑重其事地将项链放入它的盒子里，认认真真地包装好。

"小姐，现在，它归你了。"

"先生，谢谢。"

"尊敬的小姐，外面路滑，请走好。"他绕出柜台，替她开门。仿佛她是慷慨的贵妇，已使他大赚了一笔似的。

望着少女的背影在夜幕中走出很远，他才关上他的店门。

失去了镇店之宝，他顿觉他的小店变得空空荡荡、不存一物似的。

他散漫的目光落在书上，不禁在心里这么说："安徒生先生啊，都是由于你的童话我才变得如此地傻。可我已经是大人了呀！……"

那一时刻，圣诞之夜的第一遍钟声响了……

第二天，小首饰店关门了。

青年到外地打工去了，带着他爱读的《安徒生童话集》……

三年后，他又回到了小城。

圣诞夜，他又坐在他的小首饰店里，静静地读另一本安徒生的童话集……

教堂敲响了入夜的第一遍钟声时，店门开了。进来的是三年前那一位少女，还有她的姐姐，一位容貌端秀的二十四五岁的女郎……

女郎说："先生，三年来我和妹妹经常盼着您回到这座小城，像盼我们的亲人一样。现在，我们终于可以将项链还给您了……"

长大了三岁的少女说："先生，那我也还是要感谢您。

因为您的项链使我的姐姐更加明白，她对我是像母亲一样重要的……"

青年顿时热泪盈眶。

他和那女郎如果不相爱，不是就很奇怪了吗？

……

以上五则，皆真人真事，起码在我的记忆中是的。从少年至青年至中年时代，它们曾像维生素保健人的身体一样营养过我的心。第四则的阅读时间稍近些。大约在二十世纪七十年代末，那时我快三十岁了。"文革"结束才两三年，中国的伤痕一部分一部分地裸露给世人看了。它在最痛苦也在最普遍、最令我们中国人羞耻的方面，乃是以许许多多同胞的命运的伤痕来体现的，也是我以少年的和青年的眼在"文革"中司空见惯的。"文革"即使没能彻底摧毁我对人性善的坚定不移的信仰，也使我在极大程度上开始怀疑人性善之合乎人作为人的法则。事实上经历了"文革"的我，竟有些感觉人性善之脆弱，之暧昧，之不怎么可靠了。我已经就快变成一个冷眼看世界的青年了，并且不得不准备硬了心肠体会我所生逢的中国时代了。

幸而"文革"结束了，否则我不敢自信我生为人恪守的某些原则无论在任何情况下都不会放弃；不敢自信我绝不会向那一时代妥协；甚至不敢自信我绝不会与那一时代沆瀣一气，同流合污……

具体对我而言，我常想："文革"之结束，也未必不是对我之人性质量的及时拯救，在它随时有可能变质的阶段……

所以，当我读到关于人性的记录中那么朴素、那么温馨的文字时，我之感动尤深。

我想，一个人可以从某一天开始一种新的人生，世间也是可以从某一年开始新的整合吧？

于是我又重新记起了对人性善的坚定不移的信仰；于是我又以特别理想主义的心去感受时代，以特别理想的眼去看社会了……

这一种状态一直延续了十余年。十余年内，我的写作基本上是理想主义色彩鲜明的。偶有愤世嫉俗性的文字发表，那也往往是由于我认为时代和社会的理想化程度不合我一己的好恶……

然而，步入中年以后，我坦率承认，我对以上几则"故事"的真实性越来越怀疑了。可它们明明是真实的啊！它们明明坚定过我对人性善的信仰啊！它们明明营养过我的心啊！

我知道，不但时代变了，我自己的理念架构也在浑然不觉间发生了重组，我清楚这一点。我不再是一个理想主义者了，并且，可能永远也不再会是了。这使我经常暗自悲哀。

我的人生经验告诉我：人在少年和青年时期若不曾对人世特别地理想主义过，那么以后一辈子都将活得极为现实。

少年和青年时期理想主义过没什么不好，一辈子都活得极为现实的人生体会也不见得多么良好；反过来说也行，那就是，一辈子都活得极为现实的人生不算什么遗憾，少年和青年时期理想主义过也不见得是一件值得欣慰的事……

以上几则故事，依我想来，在当下现实中，几乎都没有了可能性。谁若在类似的情况下，像它们的当事人那么去做，不知结果会怎样？恐怕会是自食恶果而且被人冷嘲曰自作自受的吧？

故我将它们追述出来，绝无倡导的意思。只不过是一种摆脱记忆粘连的方式罢了。

　　再有什么动机，那就是提供朴素的、温馨的人性和人道内容的欣赏了。

读是一种幸福

　　读书——不，更准确地说，所谓"读"这一种习惯，对我已不啻是一种幸福。这幸福就在日子里，在每一天的宁静的时光里。不消说，人拥有宁静的时光，这本身便是幸福。而宁静的时光因阅读会显得尤其美好。

　　我的宁静之享受，常在临睡前，或在旅途中。每天上床之后，枕旁无书，我便睡不着，肯定失眠。外出远足，什么都可能忘带，但书是不会忘带的。书是一个囊括一切的大概念。我最经常看的是人物传记、散文、随笔、杂文、文言小说之类。《读书》《随笔》《读者》《人物》《世界博览》《奥秘》都是我喜欢的刊物，是我的人生之友。前不久，友人开始寄我《世界警察》，看了几期，也喜爱起来。还有就是目前各大报的"星期刊""周末版"或副刊。

　　要了解我所生活的城市，大而至于我们这个国家、我们这个地球，每天正发生着什么事，将要发生什么事，仅凭晚上看电视里的新闻，自然是远远不够的。"秀才不出门，能知天下事"，是所谓"秀才"聊以自慰自夸的话。或者是别人们对"秀才"们的揶揄。不过在现代社会里，传播媒介如此之丰富，如此之发达，对于当代人来说，不出门而大致地知道一些"天下事"，也是做得到的。

知道了又怎样？

知道了会丰富了我对世界的认识。而这种认识，于我——一个以写作为职业的人来说，则是相当重要的。妄谈对世界的认识，似乎口气太大了，那么就说对周遭生活的认识吧。正是通过阅读，我感觉到周遭生活之波有时汹涌澎湃，有时潜流涡漩，有时微波涌荡……

当然，这只是阅读带给我的一方面的兴致。另一方面，通过阅读，我认识了许许多多的人，仿佛每天都有新朋友。我敬爱他们，甘愿以他们为人生的榜样。同时也仿佛看清了许多"敌人"，人类的一切公敌——人类自身派生出来的到自然环境中对人类起恶影响的事物，我都视为敌人。这一点使我经常感到，爱憎分明于一人是多么重要的品质。

创作之余，笔滞之时，我会认真地读一会儿文学期刊。若读的正是一篇佳作，便会一口气读完。不管作者认识与否，都会产生读了一篇佳作的满足感。倘是作家朋友们写的，是生活在同一座城市的人，又常忍不住拨电话，将自己读后的满足，传达给对方。这与其说是分享对方的喜悦，莫如说是希望对方分享我的喜悦。倘作者是外地的，还常会忍不住给人家写一封信去。

读，实在是一种幸福。

最后我想说，与我的中学时代相比，现在的中学生，似乎太被学业所压迫了。我的中学时代，是苦于无书可读。买书是买不起的，尽管那时书价比现在便宜得多。几个同学凑了七八分钱，到小人书铺去看小人书。这是永远值得回忆的往事了。现在的中学生们，可看的太多了，却又陷入选择的迷惘，并且失去了本该拥有的时间。生活也真是太苛刻了！

我挺怜悯现在的中学生的。

我真同情我的中学生朋友们。

二〇〇九年十二月十三日于北京

爱读的人们

我曾以这样一句话为题写过一篇小文——"读是一种幸福"。

我曾为作家这一种职业做出过我自己所理想的定义——"为我们人类古老而良好的阅读习惯服务的人"。

我也曾私下里对一位著名的小说评论家这样说过——"小说是培养人类阅读习惯的初级读本"。

我还公开这样说过——"小说是平凡的"。

现在，我们觉得——读，对于我这样一个具体的，已养成了阅读习惯的人，确乎是一种幸福。而且，将是我一生的幸福。对于我，电视不能代替书，报不能代替书，上网不能代替阅读。所以我至今没有接触过电脑。

站在我们所处的当代，向历史转过身去，我们定会发现——读这一种古老而良好的习惯，千百年来，曾给万亿之人带来过幸福的时光。万亿之人从阅读的习惯中受益匪浅。历史告诉我们，阅读这一件事，对于许许多多的人曾是一种很高级的幸福，是精神的奢侈。书架和书橱，非是一般人家所有的家具。书房，无论在西方还是东方，乃家庭生活充裕的标志，尤其是西方贵族家庭的标志。

而读，无论对于男人或女人，无论对于从前的、现在的，抑或将来的人们，都是一种优雅的姿势，是地球上只有人类才有的姿势。

一名在专心致志地读着的少女，无论她是坐着读还是站着读，无论她漂亮还是不漂亮，她那一时刻都会使别人感到美。

保尔去冬妮娅家里看她，最羡慕的是她家的书房和她个人的藏书。保尔第一次见到冬妮娅的母亲，那林务官的夫人便正在读书。

而苏联拍摄的电影《保尔·柯察金》中有一个镜头——黄昏时分的阳光下，冬妮娅静静地坐在后花园的秋千上读着书……

那样子的冬妮娅迷倒了当年中国的几乎所有青年。

因为那是冬妮娅在全片中最动人的形象。

读有益于健康，这是不消说的。

一个读着的人，头脑中那时别无他念，心跳和血流是极其平缓的。这特别有助于内脏器官的休息。脑神经那一时刻处于愉悦状态。

一教室或一阅览室的人都在静静地读着，情形是肃穆的。

有一种气质是人类最特殊的气质，所谓"书卷气"。这一种气质区别于出身、金钱和权力带给人的什么气质。但它是连阔佬和达官显贵们也暗存妒心的气质。它体现于女人的脸上，体现于男人的举止，法律都无法剥夺。

但是如果我们背向历史面向当今，又不得不承认，仍然以读为一种幸福的男人和女人，在全世界都大大地减少了。印刷业发达了。书刊业成为"无烟工业"。保持着阅读习惯的人也许并未减少，然而闲适之时，他们手中往往只不过是一份报了。

我不认为读报比读书更是一种幸福。

或者，一位老人饭后读着一份报，也沉浸在愉悦时光里。但印在报上的文字和印在书上的文字是不一样的。对于前者，文字只不过是报道的工具；对于后者，文字本身即有魅力。

世界丰富多彩了，生活节奏快了，人性要求从每天里分割出更多种多样的愉悦时光。而这是人性合理的要求。

读，是一种幸福——这一人性感觉，分明地正在成为人类的一种从前感觉。

我言小说是培养人类阅读习惯的初级读本，并非自己写着小说而又非装模作样地贬低小说。我的意思是，一个人的阅读习惯往往是从读小说开始的。其后，他才去读史，读哲，读政治经济、天文地理、社会学……读提供另外多种知识的书。

我言小说是平凡的，这句话欠客观。因为世界上有些小说无疑是不平凡的、伟大的。有些作家倾其毕生心血，留给后人一部《红楼梦》式的经典，或《人间喜剧》那样的皇皇巨著，这无论如何不应视为一件平凡的事情。这些丰腴的文学现象，也可以说是人类经典的文学现象。经典就经典在会产生从前那样一些经典作家。但在当今看来，世界上不太容易还产生那样一些经典作家了。诺贝尔文学奖的质量和获奖作家的分量每况愈下，间接地证明着此点。然而能写小说、能出版自己的书的人却空前地多了。也许从严格的意义上讲这些人不能算作家，只不过是写过小说的人。但小说这件事，却由此摆脱神秘性，以俗常的现象走向了民间，走向了大众。于是小说的经典时代宣告瓦解，小说的平凡时代渐渐开始……

我这篇文字更想谈的，却并非以上内容。

其实我最想谈的是——在当今，仍保持着阅读的习惯并喜欢阅读的人群有哪些？在哪里？

这谁都能扳着手指说出一二三四来，但有一个地方，有那么一种人群，也许是除了我以外的别人很难知道的。

那就是——精神病院。

那就是——精神病患者人群。

当然，我指的是病情较稳定的那一种。

是的，在精神病院，在病情较稳定的精神病患者人群中，阅读的习惯不但被保持着，而且被痴迷着。是的，在那里，在那一人群中，阅读竟成为如饥似渴的事情，带给他们接近幸福的时光和感觉。

这一发现使我大为惊异，继而大为感慨，又继而大为感动。

相比于当今精神正常的人们对阅读这一件事的不以为然、不屑一顾，我内心顿生困惑——为什么偏偏是在精神病院里？为什么偏偏是在精神病患者人群中？

我百思不得其解。

家兄患精神病三十余年。父母先后去世后，我将他接到北京，先雇人照顾了一年多，后住进了北京某区一家民办的精神病托管医院。医护们对家兄很好，他的病友们对他也很好。我心怀感激，总想做些什么表达心情。

于是想到了书刊。

我第一次带书刊到医院，引起一片欢呼。当时护士们正陪着患者们在院子里"自由活动"。

"书！书！"

"还有刊物！还有刊物！"

……

顷刻，我拎去的三大塑料袋书刊，被一抢而空。

患者们如获至宝，护士们也当仁不让。

医院有电视，有报。

看来，对于那些精神病患者，日常仅仅有电视、有报反而不够了。他们见了书、见了刊眼睛都闪亮起来了。而在医院的外面，在我们许多正常人的生活中，恰恰相反，似乎仅仅有电视、有报就足够了。而且，我们许多正常人的文化程度，普遍是比他们高的。他们中仅有一名硕士生。还有一名进了大学校门没一年就病了的——我的哥哥。

我当时呆愣在那儿了。

因为决定带书刊去之前，我是犹豫再三的，怕怎么带去怎么带回来。

精神病人还有阅读的愿望吗？

事实证明他们不但有，竟那么强烈！

后来我每次去探望哥哥，总要拎上些书刊。

后来我每次离开时，哥哥总要叮嘱："下次再多带些来！"

我问："不够传阅的吗？"

哥哥说："那哪够！一拿在自己手里，都舍不得再给别人看了。你一定要再多带些来！"

患者们，往往也会聚在窗口门口朝我喊："谢谢你！"

"下次再多带些来！"

那时我的眼眶总是会有些湿，因他们的阅读愿望，因书和刊在精神病院这种地方的意义。

我带去的书刊，预先又是经过我反复筛选的，因为他们是精神病患者。内容往往会引起许多正常人兴趣的书刊，如渲染性的、色情的、暴力的、展现人性丑恶及扭曲程度的、误导人偏激看待人生和社会的，我绝不带去。

我带给那些精神病患者的，皆是连家长们都可以百分之百放心地给少男少女们看的书和刊。而且，据我想来，连少男少女们也许都不太会有兴趣看。

正是那样的一些经过我这个正常的人严格筛选的书和刊，对于那些精神病患者，成为高级的精神食粮。而这样的一切书和刊，尤其刊，一过期，送谁谁也不要。所以我从前都打了捆，送给传达室朱师傅去卖。

我这个正常之人在我们正常人的正常社会，曾为那些书和刊的下场多么地惋惜啊！

现在，我终于为它们在精神病院这种地方，安排了一种备受欢迎的好命运。

我又是多么地高兴啊！

由精神病院，我进而联想到了监狱。或者在监狱，对于囚犯们，它们也会备受欢迎吧！书和刊以及其中的作品文章，在被阅读之时，也会带给囚犯们平静的时光，也会抚慰一下他们的心灵，陶冶一下他们的性情吧？

谁能向我解释一下，精神病患者们竟比我们精神病院外的精神正常的人们更加喜欢阅读这一件事情——因而证明他们当然是精神病患者，抑或证明他们的精神在这一点上与我们精神正常的人们差不多地正常？

阿门，喜欢阅读的精神病患者们啊，我是多么地喜欢你们！

也许，因为我反而与你们在精神上更其相似？……

阅读一颗心

在为到大学去讲课做些必要的案头工作的日子里，又一次思索起关于文学的基本概念，如现实主义、理想主义以及现实主义与浪漫主义的相结合等。毫无疑问，对于我将要面对的大学生们，这些基本的概念似乎早已陈旧，甚而被认为早已过时。但，万一有某个学生认真地提问起来呢？

于是想到了雨果，于是重新阅读雨果，于是一行行真挚的、热烈得近乎滚烫的、充满了诗化和圣化意味的句子，又一次使我像少年时一样被深深地感动了。坦率地说，生活在仿佛每一口空气中都分布着物欲元素和本能意识的今天，我已经根本不能像少年时的自己一样信任雨果了。但我还是被深深地感动了。依我想来，雨果当年所处的巴黎，其人欲横流的现状比之今天的世界肯定有过之而无不及，人性真善美所必然承受的扭曲力，也肯定比今天强大得多，这是我不信任他笔下那些接近道德完美的人物之真实性的原因。但他内心里怎么就能够激发起塑造那样一些人物的炽烈热情呢？倘不相信自己笔下的人物在自己所处的时代是有依据存在的，起码是可能存在的，作家笔下又怎会流淌出那么纯净的赞美诗般的文字呢？这显然是理想主义高度上升作用于作家大脑之中的现象。我深深地感动于一颗作家的心灵，在他所处的那样一个四处潜伏着阶级对立情绪，虚伪比诚实在人世间更容易获得自由，狡诈、贪婪、出卖、鹰犬类的人也许就在身旁的时代，居然仍能对美好人性抱着那么确信无疑的虔诚理念。

是的，我今天又深深地感动于此，又一次明白了我一向为什么喜欢雨果远超过左拉或大仲马们的理由，我个人的一种理由；并且，又一次因为我在同一点上的越来越经常的动摇，而自我审视，而不无羞惭。

那么，就让我们一起来重温一部雨果的书吧。让我们来再次阅读一颗雨果那样的作家的心吧。比如，让我们来翻开他的《悲惨世界》——前不久电视里还介绍过由这部名著改编的电影。

一名苦役犯逃离犯人营以后，可以"变成"任何人，当然也包括"变成"一位市长。但是"变成"一位好市长，必定有特殊的原因。米里哀先生便是那原因。

米里哀先生又是一个怎样的人呢？他曾是一位地方议员，一位"着袍的文人贵族"的儿子。青年时期，还曾是一名优雅、洒脱、头脑机灵、绯闻不断的纨绔子弟。今天，我们的社会里，米里哀式的纨绔子弟也多着呢。"大革命"初期，这名纨绔子弟逃亡国外，妻子病死异乡。当这名纨绔子弟从国外回到法国时，却已经是一位教士了，接着做了一个小镇的神父。斯时他已上了岁数，"过着深居简出的生活"。

他曾在极偶然的情况下见到了拿破仑。

皇帝问："这个老头儿老看着我，他是什么人？"

米里哀神父说："你看一个好人，我看一位伟人，彼此都得益吧。"

由于拿破仑的暗助，不久他便由神父而升为主教大人。

他的主教府与一所医院相邻，是一座宽敞美丽的石砌公馆。医院的房子既小又矮。于是"第二天，二十六个穷人（也是病人）住进了主教府，主教大人则搬进了原来的医院"。国家发给他的年薪是一万五千法郎。而他和他的妹妹及女仆，每月的生活开支仅一千法郎，其余全部用于慈善事业。那一份由雨果为之详列的开支，他至死也没变过。省里每年都补给主教大人一笔车马费，三千法郎。在深感每月一千法郎的生活开支太少的妹妹和女仆的提醒之下，米里哀主教去将那一笔车马费讨了来，因而遭到了一位小议院议员的诋毁——他向宗教事务部部长针对米里哀主教的车马费问题打了一份措辞激烈的秘密报告，大行文字攻击之能事。但米里哀主教却将那每年三千法郎的车马费，又一分不少地全用于慈善之事中了。他这个教区，有三十二个本堂区，四十一个副本堂区，二百八十五个小区。他去巡视，近处步行，远处骑驴。他待人亲切，和教民促膝谈心，很少说教。这后一点，在我看来，尤其可敬。他是那么关心庄稼的收获和孩子们的教育情况。"他笑起来，就像一个小学生。"他嫌恶虚荣。"他对上层社会的人和平民百姓一视同仁。""他总是说：'我们来看看问题出在哪里。'"他为了便于与教民交心而学会了各种南方语言。

一名杀人犯被判死刑，行刑前夜请求祈祷。而本教区的一位神父不屑于为一名杀人犯的灵魂服务。我们的主教大人得知后，没有只是批评，没有下达什么指示，而是亲自去往监狱，陪了那犯人一整夜，安抚他那战栗的心。第二天，陪着他上囚车，陪着他上断头台……

他反对利用"离间计"诱使犯人招供。当他听到了一桩这样的案件，当即发表庄严的质问："那么，在哪里审判国王的检察官先生呢？"

他尤其坚决地反对市侩哲学。逢人打着唯物主义的幌子贩卖市侩哲学，立刻冷嘲热讽，而不顾对方的身份是一名尊贵的议员……

雨果干脆在书的目录中称米里哀主教为"义人"，正如泰戈尔称甘地为"圣雄甘地"；还干脆将书的一章的标题定为"言行一致"，而另一章的标题定为"主教大人的袍子穿得太久了"，正如我们共产党人的好干部，从前总是有一件穿得太久而补了又补的衣服……

雨果详而又详地细写主教大人的卧室，它简单得几乎除了一张床另无家具。冬天他还会睡到牛栏里去，为的就是节省木柴（价格昂贵），也为了享受牛的体温。他养的两头奶牛产的奶，一半要送给医院的穷病人。他夜不闭户，为的就是使找他寻求帮助的人免了敲门等待的时间……

他远离某些时髦话题，嫌恶空谈，更不介入无谓的争辩。在他那个时代，诸如王权和教权谁应该更大的问题一直纠缠着辩论家们。

而米里哀主教最使我们中国人钦服的，也许是这么一点——虽是一位德高望重的主教，却谦卑地认为"我是地上的一条虫"。米里哀主教大人作为一个人，其德行已经接近完美了。雨果塑造他的创作原则，与我们中国人塑造"样板戏"人物的原则如出一辙而又先于我们，简直该被我们尊称为老师了。

我将告诉我的学生们，那就是经典的理想主义文本了，那就是经典的理想主义文学人物了。

于是，冉·阿让被米里哀主教收留一夜陪吃了饱饱的一顿晚餐，半夜醒来却偷走了银器，天一亮即被捉住，押解了来让米里哀主教指认，主教却当其面说是自己送给他的，则就一点儿也不奇怪了。主教非但那么说，而且头脑里肯定也这么认为——银器不是我们的，是穷人的，"他"显然是个穷人，所以他只不过是拿走了属于自己的东西而已。

于是，冉·阿让"变成"马德兰先生、马德兰市长以后，德行上那么像另一位米里哀，在雨果笔下也就顺理成章了。其生活俭朴像之，其乐善好施像之，其悲悯心肠像之，其对待沙威警长的人性胸怀像之。总之，几乎在一切方面，都有另一位米里哀的影子伴随着他。一个米里哀死了，另一个米里哀在《悲惨世界》中继续着前者未竟的人道事业。

连沙威也是极端理想主义的——因为绝大多数现实生活中的沙威们，其被异化了的"良心"是很不容易省悟的。即使偶一转变，也只不过是一时一事的。过后在别时别事，仍是沙威们。人性的感召力对于沙威们，从来不可能强大到使他们投河的程度。他们的理念一般是由对人性的反射屏装点着的……

米里哀主教大人死时已八十余岁，且已双目失明。他的妹妹一直与他相依为命。雨果在写到他们那种老兄妹关系时，用了极尽浪漫的、诗化的、圣化的赞美笔触："有爱就不会失去光明。而且这是何等的爱啊！这是完全用美德铸成的爱！心明就会眼亮。心灵摸索着寻找心灵，并且找到了。这个被找到被证实的灵魂是个女人。有一只手在支持你，这是她的手；有一张嘴在轻吻你的额头，这是她的嘴；你听见身边呼吸的声音，这是她，一切都得自于她，从她的崇拜到她的怜悯，从不离开你，一种柔弱的甜蜜的力量始终在援助你，一根不屈不挠的芦苇在支持你，伸手可以触及天意，双手可以将它拥抱，有血有肉的上帝，这是多么美妙啊！……她走开时像个梦，回来却是那么的真实。你感到温暖扑面而来，那是她来了……女性的最难以形容的声音安慰你，为你填补一个消失的世界……"

有这样一个女人在身旁，雨果写道："主教大人从这一个天堂去了另一个天堂。"

如果忘记一下《悲惨世界》，那么读者肯定会做如是之想：这是《少年维特之烦恼》的炽烈的初恋渴望吧？这是《罗密欧与朱丽叶》中心上人对心上人的痴爱的倾诉吧？

但雨果写的却是八十余岁的主教与他七十余岁的妹妹之间的感情关系。这是迄今为止，世界文学史上仅有的一对老年兄妹之间的感情关系的绝唱。我们在被雨果的文字感染的同时，难免会觉得怪怪的。因为在现实生活中，一对老年兄妹或一对老年夫妇，无论他们的感情何等地深长，到了七八十岁的时候，也每每趋于俗态，甚至会变得只不过像两个在一起玩惯了的儿童……

那么我将告诉我的学生们，那就是浪漫主义的经典文本了。

雨果在完成《悲惨世界》时，已然六十岁。他与某伯爵夫人的柏拉图式的婚外恋情，也已持续了二十余年。他旅居国外时，她亦追随而至，住在仅与雨果的住地隔一条街的一幢楼里，为了使他可以很方便地见到她。故我简直不能不怀疑，雨果所写之感情，也许更是他自己和她之间的那一种。

雨果死时，和他笔下的米里哀主教同寿，都活到了八十三岁。这一偶然性似乎又具有神秘性。

《悲惨世界》的创作使命，倘仅仅为塑造两个德行完美的理想人物而已，那么雨果就不是雨果了。这是一部几乎包罗社会万象的书。随后铺展开的，是全景式的法国时代图卷。尤其是将巴黎公社起义这一大事件纳入书中，更无可争议地证明了雨果毕竟是雨果。

那么，我将告诉我的学生们，那便是现实主义的经典文本了。

我还将告诉我的学生们，在现实主义与理想主义、现实主义与浪漫主义的相结合方面，与雨果同时代的全世界的作家中，几乎无人比雨果做得更杰出。

而雨果的理想主义，始终是对美好人性和人道原则的文学立场的理想主义。这是绝不同于一切文学的政治理想主义的一种文本，故是文学的特别值得尊敬的一种品质。

在雨果的理念之中，人道原则是高于一切的。

我极其尊敬这一种理念。无论它体现于文学，还是体现于现实。

我深深地感动于一颗作家的心，对人道原则终生不变地恪守。我的感动，使我不因雨果在这一点上有时过分不遗余力的理想主义激情而臧否于他。

如果我未来的学生们中竟有将自己的人生无怨无悔地奉献给文学者，我祈祝他们做得比我这一代作家好……

享受阅读

我很虔诚地为这一套丛书作序。

青少年朋友们，为你们所出版的丛书业已不少，然而我还是要很负责任地说，这一套丛书无疑是值得你们阅读的。并且我相信，如果你们真的阅读了，确实对你们的成长是有益的。

你们都是喜欢上网的孩子吗？我知道，你们十之八九是那样的。

我绝不反对你们上网，连你们喜欢网上游戏这一点也不反对。为什么要反对呢？青少年时期，本就是爱游戏的呀。

但你们每天上网多久呢？一小时？两小时？抑或更长的时间？如果仅仅上网一小时，那么我相信，你们每个星期总归还会有几小时可以读读课外书。如果每天上网两小时以上，那么我斗胆建议你，节省出一小时来，读读书吧，比如，就是这一套丛书。

网上也有吗？网上究竟有没有这样的一些书，我是不清楚的，因为我不是一个喜欢上网的人。

依我想来，无论对于青少年还是成年人，翻开一册书与启动电脑，注目于书页与盯视着电脑屏幕，手把书脊与手抚鼠标，是很不同的状态。据我所知，家里的电脑也罢，别处的电脑也罢，大抵是放在避开阳光的地方的。若阳光投在电脑屏幕上，字图就不清楚了是吗？

而读书之人，却是可以同时置身于阳光中的。既沐浴着阳光，又沉浸在美好文字的世界中，难道不是一种享受吗？

故我认为，读书还是以凭窗为佳。就算是背阳的窗口吧，就算是在窗扇关严的冬季吧，就算是外边正落着雪或下着雨吧——安安静静地看一会儿书，再抬眼望望窗外，望雪花无声地落在外窗台上，望雨丝如帘，使窗外景物迷蒙如梦，心灵体会着那些书中人物的思想、情怀……这样的时刻，怎不是享受的时刻呢！何况此时的你，也许舒适地坐着，竟也许半坐半卧，难道不是惬意之至吗？

青少年朋友们，你们当然知道的——人的大脑分为几个区域，每个区域之间有千丝万缕的联系。那么，你们当然也应该知道——读书和上网，虽然都主要是由视觉神经作用于脑区，发生脑活动，但二者之间，还是有些区别的。也就是说，上网时发生的脑活动，不完全等同于读书时发生的脑活动。进言之，读书时所发生的一系列脑活动，是只有通过读书这一件事才能进行的。如果一个人长期不读书，他的某一部分脑区，便不进行相应的活动。久而久之，该部分脑区的反射本能就迟钝了。从前说一个人有"书卷气质"，那气质便是一种脑状态所呈现于颜面的，是内在精神质量的体现。只上网不读书，人断不能有所谓"书卷气质"。

你们不是都很爱美吗？

书卷气质便是一种气质美。这一种美已经被全人类认可了几千年了，并且，至今也没被否定，没被颠覆。如果你们不信，不妨调查了解一番，问问周边朋友。我估计，十之八九的人，还是很乐于听到别人说自己有书卷气质的。

那么，读书吧。就从这一套丛书读起吧。但愿这一套丛书能成为你们的架上书、枕边书。但愿这一套丛书能使你们渐渐成为不仅喜欢上网，也喜欢读书的人。但愿在你们中年的时候，别人谈论起你们，将会说：

"噢，那是一个喜欢读书的人。"

"啊，那个人的书卷气质给我留下特别的印象。"

我并非是在以虚荣游说于你们，和虚荣没有关系。我想表达的意思其实是——当人们那么评说你们的时候，也是在赞美书籍啊！也是在向读书这一人类古老而又优雅的爱好致敬啊！

孩子们，已经喜欢读书的你们，也和这一套丛书发生亲密的接触吧。还没有喜欢读书这一件事的你们，从这一套丛书开始吧。

我之所以肯向你们推荐这一套丛书，不仅是由书目本身的品质所决定的，也是由书中的导读文字所决定的——那使这套丛书具有了自己的特色……

二○○九年五月五日于北京

读书与人生——在国家图书馆的演讲

讨论读书是一件幸福的事

入冬的第一场雪使北京变得有点儿寒冷，很像我的家乡东北。非常感谢大家在这么冷的天里赶到国图来。我和国家图书馆的陈力馆长（主持人）都是中国民主同盟的盟员，我们达成一种默契，民盟的同志为中国文化事业做任何事情，举办一切和振兴文化有关的活动，我们都要踊跃去参加。仔细想来，这世界以前和现在发生着许多灾难性的事件，许多国家还在流血，还有死亡，有这样那样的灾难，而我们这样一些人，在这样一个日子里，聚集在国家图书馆里讨论读书的话题，应该是一件欣慰和幸运的事情。即使在中国也依然如此，我们还有那么多地方没有脱贫，还有那么多孩子想读书、想上学而不能够实现这个愿望。此时此刻我们谈论读书的话题和读书的时光都是一件幸福的事。

九十年代日本经济衰退与文化的颓唐没落有关联

最近我一直在想，一个国家的文化肯定和这个国家的经济、科技的发展有密切联系。当一个国家的经济和科技将要振兴或开始衰退，几乎可以从十年前就看出它在文化上的端倪。九十年代（二十世纪九十年代，编者注）上旬我访问过日本，那时候日本的经济还没有像今天这样呈现比较明显的衰退迹象，但当时我已经非常震惊了。我是第一次到日本，作为一个文化人，我首先利用一切机会考察它的文化，我感到奇怪的是，这个国家的文化在那时已经开始处于颓唐、没落的状况，它的经济为什么还能支撑着呢？我当时不解。后来事实证明它的经济开始衰退了，我从这之间找出了联系。八十年代初，有一批日本七八十年代的电影和电视剧在中国放映，如《啊！野麦岭》《望乡》《阿信》，还有《寅次郎的故事》《幸福的黄手帕》《远山的呼唤》，以及写工业家族的《金环蚀》。再往前看五十年代的日本电影和书籍，我们发现二战后的日本文化由三方面的元素构成：第一个元素是反思意识，第二个元素是卧薪尝胆振兴民族的精神，第三个元素是危机意识。这三种文化因素培养了日本二战后的新一代，这种文化背景在他们身上是起了作用的。而到八十年代后期，在日本的文化中就几乎看不到这样一种反省的意识了，到处呈现着颓唐和没落。我的感觉是，日本文化总想从现实中抓取到能够构成民族和国家精神的那种文化核心，但此时这种文化已经失去了精神核心，处在一种极其颓唐的娱乐状态。一九九三年，我和翻译走在银座大街上，翻译指着一个行色匆匆的男人说："这是我们日本非常著名、家喻户晓的一个青年主持人，你今晚一定要看他的节目。"那天晚上，我在电视上看到的现场直播节目中，主持人用两团胶泥出一个话题，他问女性的左乳房和右乳房是不是一样大。令我吃惊的是，竟有那么多的女性上台当场脱下衣服，她们脸上已经没有了作为人类女性的任何羞涩感。我看得发愣，这不是午夜十二点以后的节目，而是黄金段的正规节目，大人孩子都可以看。第二天晚上我走到地铁站口，突然看到电视台摄制组在现场拍摄，内容是从地铁站口出来的年轻女孩子们如果谁能穿上那件价值一万日元的紧身衣，就送给她，当然她必须当场脱下衣服试穿。很多人脱下衣服，虽然是在白布后面，但晚上打着灯会映出一个女子脱衣服的影子来，主持人还时常做些怪脸。美国人写了一本书叫《娱乐至死》，我感觉日本那时的文化就处在一种大面积的娱乐状态，书店里写真集比比皆是。我想到日本曾经拍过那么好的电影，那些电影在资料馆里放映的时候，北影只有专业人员才能够观看，有一次一位老导演居然把数学家华罗庚夫妇请来观看。我们确实感觉到日本电影中有着一种精神。但是当日本文化一旦翻过这一页，进入全面娱乐化的时候，我也非常真切地感受到这种精神的衰落。回国后我曾写过一篇长文叫《感觉日本》，其中写道：我感觉到某些日本的青年，尤其日本的女青年脸上有一种单纯，但是那样一种单纯使我震惊，几乎和我们汉语中的"二百五"没有什么太大的区别。什么样的文化能使人们变成那样？我觉得文化肯定不只带给人们审美和娱乐，文化还造就一代人。一个国家的科技也罢，精神也罢，它是不是能可持续发展，关键还要靠人。虽然此后大江健三郎获得诺贝尔文学奖，渡边淳一、村上春树的作品目前在中国非常时尚、畅销。我的学生中相当一部分都是村上春树的书迷，因此我也很认真地读了他的几本书。我从这些书中也确实看到了日本当代人，尤其是日本当代青年那样一种精神上的迷惘、困惑和颓唐。这和文化有关。这个文化恰恰是当一个国家经历了最艰难的一段历史之后，当一个民族开始享受她的经济、科技、文化成果之后，当这种享受的过程经历了十年之后，上一代人的某种精神可能是会蜕变的。

西方深厚的基督教精神是他们文化的底色

至于欧美，娱乐文化是由他们推动和发展起来的。首先，美国为世界制造了大面积的娱乐文化，但是美国是一个什么样的国家呢？它通过电视，通过一切传媒，通过一切文化艺术的形式（包括书籍）传播着最多元的价值观念。但是在欧美许多国家，你又感觉到它有着国家精神，它有着不变的、万变不离其宗的价值观念。这个价值观念是跟基督教文化有关的。基督教文化的正面，说到底就是自律、平等、博爱，跟启蒙时期最朴素的人文文化部分是相通的。也就是说，西方文化有了这一碗饭垫底，无论多么娱乐、多么商业，都不能改变这些国家和地区文化的底色。因此西方的孩子们并不一定要从书本上接受关于人文、同情、博爱、团队精神、责任感，以及关于政治、文明的概念，因为这种文化已经溶解在他们日常的生活中了。许多西方的孩子从小就懂得撒谎、欺骗、算计、损人利己是不光彩的、可耻的、违反道德的。

文化的基因和无厘头文化的启示

文化的影响是什么？文化可否是基因，我认为是可能的，要不为什么说出身于书香门第的人，长大后他身上就有这种气质呢？一定是在一代代的基因里就体现着的。因此许多美国的孩子即使再娱乐，他们从小养成的价值观念是不会动摇的。最近香港电影演员周星驰被中国人民大学聘为教授。周星驰电影的特色叫"无厘头文化"，在内地，尤其是在大学校园里影响非常广泛。我非常喜欢周星驰，最早看他的电影是《龙蛇争霸》，那时他还是个小青年，演一个配角，非常不错。在拥有着许多优秀演员的香港，他独辟蹊径，形成了自己的表演特色，相当不容易。香港演艺界，尤其男演员中，有一批苦孩子出身，他们是奋斗者，所以我喜欢周星驰，把他的影片都定为娱乐片，什么《少林足球》《大内密探零零发》等。在他的娱乐片中，虽然大部分情节是搞笑的，包括《大话西游》，但其中有思想或思想的片段。这些片段是深刻的，情节和细节的设置是机智和俏皮的，这些都是我所喜欢的。我跟香港的教师们探讨过关于周星驰电影在香港大学里有没有构成一种影响的问题：是不是周星驰的电影一演，整个香港大学里一片这样的文化呢？回答是相反的！它不会影响到大学校园的文化。香港人只是把它当成电影，看过就过去了，然后还是接受大学文化。为什么在内地就变成了校园里一片"无厘头文化"呢？这究竟是怎么造成的呢？我作为大学的中文教师，有时候在教学的时候极为困惑，而扭转这一点要费九牛二虎之力，其效果并不好。现在凡女孩子，无论是诗歌、散文、书评、影评、日记，几乎都是一个主题——情爱。凡男孩子，除了极少数还能看到庄重之作，差不多都好像流水线上、复印机上出来的一样，行文都是"周星驰"式的。我说可以换一种行文的方法，可以写一点其他的，但无论如何号召，都是成效甚微，可见其影响之大！这个问题可供我们去思考。我们有些文化现象绝对不是世界性的。比如读书，全世界有一个共性，就是读书的人和以前相比不是多了而是少了。因为先是有电台，有报纸，有刊物，然后有电视，有网络。人们获取一切信息或趣味的东西可以通过各种渠道和形式，书本和人的关系松弛了。但比较特殊的就是中国人与古老的阅读习惯更快地疏远了起来。还有就是这种"无厘头文化"在我们第二代身上所呈现出来的这样一种状况。再有就是手机短信息和网上聊天现象，不要以为这是世界共同的，绝对不是。手机短信息只是中国特色的，国外也有手机短信息，但不会发出那么多俏皮的、娱乐的信息。我见过质量非常高、非常深刻、非常有理念的手机短信息，而且有些几乎是名言，是我们读名人录、名言集的时候所不能读到的一些相当隽永的话语，但大多数的只不过是小聪明而已，没有意思。这些东西构成一种文化的泡沫，只有意思而没有任何意义。

中国的"启蒙文学"使改革顺理成章

中国改革开放的成就，有目共睹。但是如果没有八十年代到九十年代那一时期特殊的文化影响，改革开放对于我们国民来说会在心理上、精神上变得那样顺理成章吗？当我们读西方文化史的时候，当我们读到启蒙文学那一时期，我觉得八十年代的中国文化包括中国文学就是启蒙的。当时有那么多的文学作品，反映了那么多的社会现象，正因为这个启蒙的作用，才有了今天所看到的经济成果、科技成果。应该看到在八十年代整个新时期文学所起到的作用。那个时代在我头脑中留下了一些深刻的文化印象，说起美术，就会想到罗中立的《父亲》。在那样一个年代那样一幅关于陕北老农的油画里，它使我们所有看着、欣赏着这幅油画的人想到了什么？油画本身就传达出了一种思想——有知识有能力的中国人要奋斗啊，为了我们这样的父亲！它给人的鼓舞是从内心发出的。尤其是油画中的一个细节，老农耳轮所夹的那半截圆珠笔，老农脸上那一道道深深的皱纹，还有老农的微笑，几乎是对生活没有要求的那种微笑。这就是我们新中国的农民，对于物质生活的诉求那样的低，能吃饱饭他们脸上就有笑容。作为这个国家的青年人，一想到这样一些农民父兄们就觉得自己所负的责任重大。我还想到另一幅油画《心香》，它的整个画面就是一颗卷心菜，只有少许的几片叶子，已经没有了水汽，没有了支撑力，耷拉在土垄上，而且被菜青虫咬过，但就在卷心菜的正中翠生生地长出了菜花。一看这幅油画，我们立刻知道它所表达的内涵，顿时那个时代的每位知识分子，无论是青年的、中年的、老年的，都知道我们就应该像那卷心菜长出的花一样，即使是在那样的环境中我们也要生长。印象深刻的还有一幅油画好像是叫《穿白色连衣裙的少女》，在还没营业、还没打开小窗的书刊亭旁边，一位穿一袭白色连衣裙的女孩早早地站在那里等待着买书，她手里在看《中国青年》，那显然不是为《中国青年》这本杂志在做广告，而是标志着、传达出那个时期中国青年们的学习热潮。尤其是有的出版社重新出版了古典名著的时候，排了长长的队伍，谁敢说后来为国家振兴做出贡献的那些人士中，与这一文化背景无关。没有这样的文化背景所呈现出来的整个民族向上的精神状态，这些成就能凭空而来吗？它能够成为一个国家的整体成就吗？

读书是造就文化灵魂的工作

谈到读书，我希望孩子们从小多读一些娱乐性的、快乐的、好玩的、富有想象力的书，不应该让孩子们看卡通时仅仅觉着好玩。儿童卡通书一定要有想象力。西方儿童读物颇具有想象的魅力，但是这种想象的魅力并不是孩子们在阅读时自然而然地就会感觉到的，一定要有成年人在和他们共同讨论中点拨一下。未来中国人和西方人的一个区别恐怕就在想象力上，科技的成果就和想象力有关。我们孩子的想象力是低于西方某些发达国家的，而且不只是孩子们的想象力，我们文艺创作者的想象力也是低于西方人的。如果人家在想象力方面的智商是十，那么我们的想象力恐怕只有三或四，这是由于整个科技的成果决定了想象力。

我希望青年们读一点历史书籍，不一定从源头开始读起，但至少要把近现代史读一读，至少要"了解"一些。这个了解非常重要！我刚调到大学时曾经想在第一学期不给学生讲中文课，也不讲创作和欣赏，只讲从五十年代到九十年代中国人的生活状况，怎样过日子，怎样生活。当年一个学徒工中专毕业之后分到工厂里，一个月十八元的工资仅相当于今天的两美元多一点，三年之后才涨到二十四元。结婚时，他们的房子怎么样？当年的幸福概念是什么？我在那个年代非常盼望长大，我的幸福概念说来极为可笑。当时我们家住的房子本来已经非常破旧，是哈尔滨市的小胡同、小街、大杂院、大杂院里边窗子已经沉下去的那种旧式苏联房，屋顶也是沉下去的，但是一对当时的年轻人就在那个院子里结婚了，他们接着我家的山墙边上盖起了只有十几平方米的小房子，北方叫作"偏厦子"，就是一面坡的房顶，自己脱坯捡点砖，抹一点黄泥。那个年代还找不到水泥，水泥是国家的紧缺物资，想看都看不到。用黄泥抹一抹窗台，找一点石灰来刷白了四壁就可以了。然后男人要用攒了很长时间的木板自己动手打一张小双人床、一张桌子。没有电视，也买不起收音机。那时的男人们都是能工巧匠，自己居然能组装出一台收音机，而且自己做收音机壳子。我们家里没有收音机，我就跑到他们家里，坐在门槛上听那个他自己组装、自己做壳子的收音机里播放的歌曲和相声。丈夫一边听着一边吸着卷烟，妻子靠在丈夫的怀里织着毛线活。那个年代要搞到一点毛线也是不容易的。那就给我造成一种幸福的感觉，我想自己什么时候长到和这个男人一样的年龄，然后娶一个媳妇，有这样一个小屋子，等等。今天对年轻人讲这些，不是说我们的幸福就应该是那样的，而是希望他们知道这个国家是从什么样的起点上发展起来的，至少要了解自己的父兄辈是怎样过来的。应该让他们知道能够走进大学的校门，父母付出了很多。现在年轻人所谓的人生意义，就是怎么使自己活得更快乐。很少有孩子想过，爸妈的人生要义是什么。如果许多父母都仅仅考虑自己人生的意义、人生的得失、人生的损失，那么可能就没有今天许多坐在大学里的孩子，或者这些孩子根本不可能坐在大学里。我们的孩子如果连这一点也不懂的话，那是令人遗憾的，所以要读一点历史。

中年人要读一点诗呀，散文呀。我们要理解这样的事情，就是孩子们今天活得也不容易，竞争如此激烈。我们总让他们读一些课本以外的书，但如果一个孩子在上学的过程中读了太多课外书，他可能就在求学这条路上失策了。能进入大学校门，就能证明你没读什么课本以外的书。孩子们的全部头脑现在仅仅启动了一点，就是记忆的头脑、应试的头脑，对此，要理解他们，不能求全责备，他们现在是以极为功利的方式来读书，因为只能那样。但对于中年人，从前叫"四十而不惑"，我已到知天命之年，应该读一点性情读物。我不喜欢看所谓王朝影视，因为有太多的权谋；我从来不看权谋类的书。我建议，首先女人们不看这类书，男人们也可以不看。我们的人生真得时时刻刻与权谋有那么紧密的关系吗？到六十岁的时候，哪怕你就是权谋场上的人，也可以不看了吧！可以看一些性情读物，想读什么就读什么，而且要看那种淡泊名利的。你能留给自己的人生还有多少时光呢？建议老年人要看一些青少年的读物，了解青少年在看什么书，用他们的书来跟他们交谈。老同志不妨读一点儿童读物，也要看一点卡通，同时要回忆自己孩提时读过哪些书，格林兄弟的、安徒生的童话中是不是还有值得讲给今天孩子们听听的。我感觉下一代在成长过程中是特别孤独的，他们很寂寞。父母在很大程度上不可能成为儿童成长过程中的玩伴，他们工作非常紧张。孩子到了幼儿园，老师和阿姨们如何管理呢？第一听话，第二老实。然后呢，最多讲讲有礼貌、讲卫生，唱点儿歌，如此而已，所以孩子们在幼儿园这个学龄前阶段是拘谨的，孩子在一起玩也是不放松的。在孩子们成长过程中，如果家庭环境是上有哥哥下有弟妹，并能够和街坊四邻的孩子一起任性地玩耍，那是最符合孩子天性的。现在的孩子非常孤单，非常寂寞，孩子身上有总体的幽闭和内向的倾向。爷爷、奶奶读书之后和他们做隔代的交流、做隔代的朋友，而孩子读书时不和他们交流，书就会白读。有些书的内容、书的智慧一定是在交流过程中才产生出来的。

第二辑

只闻花香，不谈悲喜，

喝茶读书，莫问前程

看的是书，读的却是世界。泡的是茶，泡的却是生活。斟的是酒，品的却是滋味。喝的是水，醉的却是红尘。只闻花香，不谈悲喜，喝茶读书，莫问前程。阳光暖一点，再暖一点；日子慢一些，再慢一些。

关于慈母情深

对于父母，每一个大人的心里都会保留有这样或者那样的记忆。

以上一句话中有一个问题——按说，记忆是脑的功能，为什么大人常用"记在心里"或"铭记在心里"来表述对人和事的难忘呢？

这是因为，有些事是知识性的，而有些事是情感性的。有些人和我们的关系是社会性的关系、一般性的关系，而有些人和我们的关系却是极为亲密的，它超出了一般性的社会关系。

古代的人认为，心是主导情感的。

所以，如果某些人或某些事给我们留下的是很深的情感印象，我们就习惯地说是"记在心里"或"铭记在心里"。"铭记"的意思，那就是形容像刀刻下的痕迹一样。

人和父母的情感，是世界上最真实的情感。尤其从父母对小儿女这一方面来讲，又是最无私的情感。不爱自己小儿女的父母确乎是有的，但那是世界上很个别的不良现象。

当我们是孩子的时候，我们受到父母的种种关怀和爱护；如果我们的愿望是对于我们的成长有益的，哪怕仅仅是会带给我们快乐的，父母都会尽量地满足我们的愿望。即使因为家庭生活水平的限制，实现我们的愿望对父母来说不是一件轻而易举的事，父母也往往会无怨无悔地尽力去做。但由于我们还是孩子，在我们的愿望实现了以后，我们往往只体会到那快乐，却很少想到父母为了满足我们的愿望，自己曾克服了多少困难。

父母总是这样——将为难留给自己，将快乐给予自己的孩子们。

可以这么说，一个人从儿童时期到少年时期到青年时期，他或她的大多数愿望，全都是父母帮着实现的。比如，在《慈母情深》这篇课文中，《青年近卫军》这一部长篇小说的价格，等于母亲两天的工资。而且，当年的母亲，又是在那么糟糕的条件下辛劳工作着的。一个孩子开始体恤父母了，那就意味着他或她开始长大成人了。

《慈母情深》这一篇课文，大约节选于我的小说《母亲》。

作为作家，我为自己的父亲写出一篇小说《父亲》，它获得一九八四年的全国优秀短篇小说奖；其后我又为自己的母亲写出了一篇小说《母亲》，它获得一九八六年的《中篇小说选刊》的优秀中篇奖。

情况可能是这样，某少年报刊向我约稿，希望我为小学生们写一篇童年往事之类的短文，于是我就从《母亲》中截取了一小段寄给对方了。而题目，则肯定是编者们加的。

为什么约我写一篇"童年往事"，我却寄了一篇关于母亲的回忆性文字呢？我童年时期有趣的事情太少了吗？

比起现在的孩子，肯定是少的，但那时也还是有一些的。比如，走很远的路去郊区的野地里，一心为弟弟妹妹逮到最大的蜻蜓和最美的蝴蝶……

但比起别的事情来，这一篇课文中所记述的事情在我内心里留下的记忆最深。我就是从那一天开始体恤自己的母亲的。我也认为，我就是从那一天开始长大的。

我的小学时代，中国处于连续的严重困难年头。无论农村还是城市，大多数人家的生活都很困难。我自己的母亲是怎样地含辛茹苦，我的同学们的母亲们，甚至我这一代人的母亲们，几乎也全都是那样的。

我想要用文字，为自己的，也是我这一代大多数人的母亲画一幅像。我想，我们常说的一个人的"爱心"，它一定是从对自己父母的体恤开始形成的。

世界上有爱心的人多了，世界就更加美好了。

一切自然界为人类造成的苦难，人类也就都能通过彼此关怀的爱心来减轻它了……

献给父母的花儿

《父亲》和《母亲》这两篇，确有我童年和少年时期的影子，也确有我"而立之年"后的轮廓和生活片段。

我之所以将它们作"小说"发表，乃基于这样的想法——留在我自己头脑中的童年和少年时期的记忆，何尝不是如今已做了父母的，当年中国最底层百姓们的儿女们共同的记忆？我的父母身上，又何尝没有他们的父母的影子？似乎只有"小说"这一种体裁，才更能使那诸方面的共同点超越出个别，具有普遍的共同的意义。

我希望经由我写我的父母的方式，为我们的父母立下平实温馨的小传。

今天是你的生日，
亲爱的妈妈。
我献给你洁白而美丽的鲜花。
这鲜花开放在高高的山上，
我今天早晨从那儿摘下。
……

　　我写时，耳畔常回绕着这首外国民歌。我愿我能代表我们，将我的小说，作为献给我们的父母的花儿。倘果尔在有限的程度上达到了我这一种初衷，那是我倍觉安慰的事⋯⋯

　　这鲜花开放在我们对父母深怀敬爱和感恩的心上⋯⋯

人和书的亲情

许多人与书的关系，犹如与至爱亲朋的关系。这么比喻甚至都不够准确——因为他们或她们对书的感情往往深到挚爱的程度。谈起书，这些人爱意绵绵，一往情深，仿佛是在谈人生的第一个恋人、好朋友或可敬的师长。仿佛书是他们或她们的情人、知己、忘年交⋯⋯

大约在三十年前，一个上海女孩儿成了云南插队知青。她可算是知青一代中年龄最小的一个了，才十四五岁。她是个秀丽的上海女孩儿，曾被上海电影制片厂的导演邀去试过镜头。女孩儿的父母作为大学里的领导，"文革"中在劫难逃，自然是被首批打入另册的了。女孩儿的家自然也是被抄过的了。在"文革"中，知识分子的家一旦被抄，那么便再也找不到一本书了。

女孩儿特伤心，为那些无辜的书哭过。

然而这女孩儿天生是乐观的，因为她已经读过不少名著了。书中某些优秀的人物，那时就安慰她、开导她，告诉她人逢乱世，襟怀开阔乐观是多么重要。

艰苦的劳动女孩儿只当是体魄锤炼，村荒地远女孩儿只当是人生的考验。女孩儿用歌唱和笑容，以青春的本能向那个时代强调和证明着她的乐观。

但女孩儿也有独自忧郁的时候。对于一个爱看书的女孩儿，到哪儿都发现不到一本书的时代，该是一个多么可怕的时代呀！

有次女孩儿被指派去开什么会，傍晚在一家小饭馆讨水喝，非常偶然地，她一眼看到了一本书。那本书在一张竹榻下面。人不爬到竹榻下面去，是拿不到那本书的。女孩儿的眼睛一旦发现了那本书，目光就再也不能离开它了。

那究竟会是一本什么书呢？

不管是什么书，总之是一本书啊！

那是一个人人都将粮票看得十分宝贵的年代。在女孩儿眼里，竹榻下那一本书，简直等于十斤，不，简直等于一百斤的粮票哇！

女孩儿更缺少的是精神的食粮啊！

女孩儿的心激动得怦怦跳，女孩儿的眼睛都发亮了！

女孩儿颤抖着声音问："那……是谁的书？……喏，竹榻下面那本书……"

大口大口地吃着饭的男人们放下了碗，男人们擎着酒杯的手僵住了，热闹的划拳行令之声停止了……

小饭馆里那时一片肃静，每一个人的目光都注视在女孩儿身上——人们似乎已经好几个世纪没听到过"书"这个字了，似乎早已忘了书是什么……

"书……竹榻下那一本书……谁的？……"

女孩儿一手伸入衣兜，一手指向竹榻下——她打算用兜里仅有的几角钱买下那本书，无论那是一本什么书。而兜里那几角钱，是她的饭钱。为了得到那本书，她宁肯挨饿了……

一个男人终于回答她："别管谁的，你若爬到竹榻下拿到手，就归你了！"

女孩儿喜上眉梢，乐了。

还有什么可犹豫的呢？

于是，十四五岁的，秀丽的，已是云南插队知青的这一个女孩儿，在众目睽睽之下，当即往土地上一趴，就朝竹榻下面那一本书爬去——云南的竹榻才离地面多高啊，女孩儿根本不顾惜一身干干净净的衣服了，全身匍匐着朝那一本书爬去……

当女孩儿手拿着那本书从竹榻下爬出来，站起来，不仅衣服裤子脏了，连脸儿也弄脏了，头发上满是灰……

但是女孩儿的眼睛是亮晶晶的了，因为她已经将那一本书拿在自己手里了啊！

"你们男人可要说话算话！现在，这本书属于我了！……"

小饭馆里又是一阵肃静。

女孩儿疑惑了，双手紧紧将书按在胸前，唯恐被人夺去似的……

大男人们脸上的表情，那一刻，也都变得肃然了……

女孩儿突然一扭身，夺门而出，一口气跑出了那小镇，确信身后无人追来才站住看那一本书。书很脏了，书页残缺了，被虫和老鼠咬过了——但那也是宝贵的啊！

那一本书是《青年近卫军》。

女孩儿细心地将那一本书的残页贴补了，爱惜地为它包上了雪白的书皮……

如今，当年的女孩儿已经是妈妈了。她的女儿比当年的她自己还大两岁呢！

她叫林喆，是"文革"结束以后中国为数不多的几位法学博士中的首位女博士。她目前在上海社会科学院法学研究所任研究员，而且是法学硕士生导师，指导着五名中国新一代的法学硕士生呢……

她后来成为法学博士，不见得和当年那一本书有什么直接的关系，甚至可以肯定地说，其实并没有什么直接的关系。

但当年那一个十四五岁的小女知青爱书的心情，细想想，不是挺动人的吗？

人之爱书，也是足以爱得很可爱的啊……

关于《好人书卷》

《好人书卷》，这是迄今以前不曾有过的一种刊物。

现在，也没有。不过我相信，许多的年轻人和长者，男人和女人，肯定是早已在内心里企望着这么一种刊物了。只不过他们或她们，都没有想出《好人书卷》这么一个具体的又是很好的刊名罢了。

这世界无论到了哪一世纪，无论到了哪一地步，好人总是不至于灭绝的。好人使人类区别于兽类。好人的好以及他们或她们做的好事，抵消人和人之间、同胞和同胞之间的互相嫌恶、互相妒憎、互相敌视乃至仇视。好人是人间的天使。老的也罢，少的也罢，美的也罢，丑的也罢，只要真配得上被称作好人了，也就可属于我们人间的天使了。好人当然是不需要有一种刊物专为赞美他们或她们的。但活在好人边儿上的人们的心灵则需要。因为活在好人边儿上的，并不见得都那么心甘情愿地进而混到坏人边儿上去。我想混在坏人边儿上的人们的心灵大概也是需要的。因为这样的人中的十之六七，也是并不见得都那么心甘情愿地一不做二不休地成为坏人。其实我们大多数人都活在好人边儿上。这个我们当中包括我自己。所以《好人书卷》其实又是一种为大多数人而存在的刊物，尽管现在它还并不存在……

因为《新华文摘》第九期转载了我的中篇小说《冉之父》，所以便认识了年轻的编辑潘学清。因为认识了他，所以才知道他一直打算创办一个刊物叫《好人书卷》，所以才有这一篇断想……

当时他的想法深深地感动了我。竟有年轻人打算创办这样的一种刊物！为我们这些活在好人边儿上的人！

四十多岁了还活在好人边儿上，细想想真惭愧。四十多岁了还能活在好人边儿上，细想想也真欣慰。都说人生很难，千难万难，大概活到老活成一个好人是最难的吧！

"好人"是人类语言中最朴素、最直白的两个字。朴素得稍加形容和修饰就会顿然扭曲本意，直白得任谁都难以解释明白。

但是我们人类用"好人"两个字去说一个人的时候并不多。它甚至可以被认为是他们说话时最慎重、最吝啬的两个字。也许因为好人委实太少了？也许因为我们大多数人一辈子只能活在好人边儿上，所以不肯轻易承认别人比自己好？

我们常说某某很有才华，常说某某在某一方面很有能力，常说某某很了不起，常说某某办事很周到，常说某男很帅很潇洒，常说某女很美很多情，常……却很少说某某是个好人。

难道不是这样吗？

我想，无论对于男人或女人，无论对于年轻人或长者，第一善良，第二正直，第三富有同情心，第四敬仰人道主义，懂得理解和尊重美好事物，大致的也就算一个好人。可是就这么几点，竟是我们很难一身兼备的，很难做到的！每一思忖，不禁地愧从中来，悲从中来……

为什么我们常说某人善良却似乎偏不说他是好人呢？因为善良者中也有胆小如鼠之辈。那一种善良不过是犬儒主义者的善良。其实也不过就是对他人没有侵略性罢了。而眼见他人辱人、欺人、虐人，因为没有正义感托着那一点犬儒主义者的善良，乃是那么地狼狈。尽管他那一种善良以往完全可能是真的。为什么我们常说某人有正义感却偏不说他是好人呢？因正义者中也有冷酷之人。恰好比正义之师也可能是肆虐之旅。如果说正义存在的价值是与非正义抗衡，毋宁说它的价值首选体现在对践踏真善美以及践踏人道人性所表达的那一份愤慨，和由此产生的维护正义的冲动。这一冲动代表人类内心里的尊贵和尊严……

电视正播《十八分钟》，记者采访一些男人和女人。他们和她们因目睹某个人在火车轮下救了一个孩子的命而感动不已。我看出那一种感动是真实的。我也很受感动。我们还保持着被感动的本能——这是人的基本本能之一，多么好啊。仅仅这一点就足以令人感动。因为现今太多的人被物欲所诱，似乎已经不大能被什么所感动了。我们曾见过一只被什么感动的驴或鸭子、蚯蚓或蟑螂吗？

印刷机每天都不停地转动。成吨的纸被印上无聊且无病呻吟的玩世不恭的低级庸俗的黄色下流的文字售于人间，那么多的人贪婪地看着如同非洲鬣狗和秃鹰贪婪饥食着的腐尸……

我相信某一天，某一印刷厂的印刷机，会印出一批刊物，而它的名字叫《好人书卷》。那时我将不仅是它忠实的读者，而且是它忠实的撰稿人……

晚秋读诗

潇潇秋雨后，渐渐天愈凉。

我知道，那也许是今年最后的一场秋雨。傍晚时分，急骤的雨点儿如一群群黄蜂，齐心协力扑向我刚擦过的家窗。那么仓皇，似乎有万千鸟儿蔽天追啄，于是错将我家当成安全的所在，欲破窗而入躲躲藏藏。又似乎集体地怀着种愠怒，仿佛我曾做过什么对不起它们的事，要进行报复。起码，弄湿我的写字桌，以及桌上的书和纸……

春雨斯文又缠绵，疏而纡且渺漫迷漾。故唐诗宋词中，每用"细"字形容，每借花草的嫩状衬托：如"随风潜入夜，润物细无声"句，如"东风吹雨细如尘"句，如"天街小雨润如酥"句……而我格外喜欢的，是唐朝诗人李山甫"有时三点两点雨，到处十枝五枝花"句，将春雨的斯文缠绵写到了近乎羞涩的地步，将初蕾悄绽为新花的情景，也描摹得那么春趣盎然，于不经意间用朴素得不能再朴素的文字醇出了一派春醉。

夏雨最多情。如同曾与我们海誓山盟过的一个初恋女子，"情绪"浪漫充沛又任性。"旅行"于东西南北地，过往于六七八月间，每踏雷而来，每乘虹而去。我们思念它时，它却不知云游何处，使我们仰面于天望眼欲穿，企盼有一大朵积雨云从天际飘至；而我们正喜悦于晴日的朗丽之际，倏忽间雷声大作，乌云遮空。于是"天外黑风吹海立，浙东飞雨过江来"。阵雨是夏雨猝探我们的惯常方式。它似乎总是一厢情愿地以此方式表达对我们的牵挂。它从不认为它的这种方式带有滋扰性，结果我们由于毫无心理准备，每陷于不知所措，乍惊在心头，呆愕于脸上的窘境。几乎只夏季才有阵雨。倘它一味恣肆地冲动起来，于是"雷声远近连彻夜，大雨倾盆不终朝"，于是"黑云翻墨未遮山，白雨跳珠乱入船"，于是"惊风乱飐芙蓉水，密雨斜侵薜荔墙"，烦得我们一味祈祷"残虹即刻收度雨，杲杲日出曜长空"。当然夏雨也有彬彬而至之时。斯时它的光临平添了夏季的美好。但见"千里稻花应秀色，五更桐叶最佳音"。它彬彬而至之时，又几乎总是在黄昏或夜晚，仿佛宁愿悄悄地来，无声地去。倘来于黄昏，则"墙头细雨垂纤草，水面风回聚落花"；则江边"雨洗平沙静，天衔阔岸纤"，可观"半截云藏峰顶塔"，望"两来船断雨中桥"；则庭中"落花人独立，微雨燕双飞"，可闻"过雨荷花满院香"，"青草池塘处处蛙"，可觉"墙头语鹊衣犹湿"，"夏木阴阴正可人"；而山村则"罗汉松遮花里路，美人蕉错雨中楱"。

倘来于夜晚，则"楼外残雷气未平"，则"雨中草色绿堪染"。于是翌日的清晨，虹消雨霁，彩彻云衢，朝霞半缕，网尽一夜风和雨，使人不禁想说——天气真好！

秋雨凄冷澹寒，易将某种不可言说的伤感，一把把地直往人心里揣。仿佛它竟是耗尽了缠绵的春雨，虚抛了几番浪漫和激情的夏雨，憔悴了一颗雨的清莹之魂，心曲盘桓，自叹幽情苦绪何人知？包罗着万千没结果的苦恋所生的委屈和哀怨，欲说还休，于是只有一味哭泣，哭泣……使老父老母格外地惦念儿女；使游子格外地思乡想家；使女人悟到应变得更温柔，以安慰男人的疲惫；使男人油然自省，忏悔和谴责自己曾伤害过女人心地的行为……

> 床前明月光，
>
> 疑是地上霜。
>
> 举头望明月，
>
> 低头思故乡。

一场秋雨一场寒，十场秋雨换上棉。在秋风萧煞、秋雨凄凄的日子里，人心除了伤感，其实往往也会变得对生活，对他人，包括对自己，多一份怜惜和爱护之情。因为可能正是在第二天的早晨，霜白一片雨变冰。于是不日"才见岭头云似盖，已惊岩下雪如尘"。

秋风先行，但见"落叶西风时候，人共青山都瘦"。秋风仿佛秋雨的长姐，其行也匆匆，其色也厉厉。扯拽着秋雨，仿佛要赶在"溪深难受雪，山冻不流云"的冬季之前，向人间替秋雨讨一个说法。尽管秋雨的哀怨，完全是它雨魂中的特征，并非是人委屈于它或负心于它的结果。

秋风所至，"萧瑟兮草木摇落而变衰"。直吹得"只有一枝梧叶，不知多少秋声"；直吹得"秋色无远近，出门尽寒山"；直吹得"多少绿荷相依恨，一时回首背西风"。

在寒秋日子里，读如此这般诗句，使人不禁地惜花怜树，怪秋风忒张狂。恨不得展一床接天大被，替挡秋风的直接袭击。

但是若多读唐诗宋词，也不难发现相反意境的佳篇。比如宋代诗人杨万里的《秋凉晚步》：

秋气堪悲未必然，
轻寒正是可人天。
绿池落尽红蕖却，
荷叶犹开最小钱。

家居附近自然无荷塘，难得于入秋的日子，近睹荷花迟开的胭红本色，以及又有多么小的荷叶自水下浮出，翠翠的仍绿惹人眼。

一日散步，想起杨万里的诗，于是蹲在草地，拂开一片亡草的枯黄，蓦地，真真切切但见有嫩嫩芊芊的小草，隐蔽地悄生悄长！

想必是当年早熟的草籽落地，便本能地生根土中，与节气比赛看，抓紧时日体现出植物的生命形式。

寒冬是马上就要来临了。那一茎茎嫩嫩芊芊的小草，其生其长还有什么意义呢？

我不禁替它们惆怅。

晚秋的阳光，呼着节气最后的些微的暖意普照园地。刚一起身，顿觉眼前有什么美丽的东西曼舞而过。定睛看时，呀，却是一双小小彩蝶。它们小得比蛾子大不了多少。然而的确是一双彩蝶，而非蛾子。颜色如刚孵出的小鸡，灿黄中泛着青绿，翅上皆有漆黑的纹理和釉蓝的斑点儿。

斯时满园林"是处红衰翠减"，风定秋空澄净。一双小小彩蝶，就在那暖意微微的晚秋阳光中，翩翩曼曼，忽上忽下，作最后的伴飞伴舞……

我一时竟看得呆了。

冬季之前，怎么还会有蝶呢？

难道它们和那些小草一样，错将秋温误作春暖，不合时宜地出生了么？

它们也要与节气比赛似的，也仿佛要抓紧最后的时日，以舞的方式，演绎完它们千古流传的爱情故事。而且，要尽量在对舞中享受是蝶的生命的浪漫！……

我呆望它们，倏忽间，内心里倍觉感动。

"最是秋风管闲事，红他枫叶白人头"——人在节气变化之际所容易流露的感伤，说到底，证明人是多么容易悲观的啊！这悲观虽然不一定全是做作，但与那小草、小蝶相比，不是每每诉说了太多的自哀自怜吗？

这么一想，心中秋愁顿时化解，一种乐观油然而生。我感激杨万里的诗。感激那些嫩嫩芊芊的小草和那一双美丽的小蝶，它们使我明白——人的心灵，永远应以人自己的达观和乐观来关爱着才对的啊！

我与唐诗宋词

　　信笔写出以上一行字，我犹豫良久，打算改——因为我对于唐诗、宋词半点儿学识也没有，只是特别喜欢罢了。单看那一行字，倒像我是一位专门研究唐诗、宋词的专家学者似的。转而一想，左不过就是一篇回忆性小文章的题目，而且，也比较能概括内容，那么不改也罢。

　　当年我下乡的地方，属于黑龙江边陲的爱辉县，是中苏边境地带。如果我们知青要回城市探家，必经一个叫"西岗子"的小镇。那镇真是小极了，仅百余户人家，散布在公路两侧，包括一家小旅店、一家小饭馆、一家小杂货铺和理发铺及邮局。"西岗子"设有边境地区检查站，过往行人车辆都须凭"边境通行证"，知青也不例外。

　　有一年我探家回兵团，由于没搭上车，不得不在"西岗子"的旅店住了一夜。其实，说是旅店，哪儿像旅店呢！住客一间屋，大通铺；一门之隔就是店主一家，老少几口。据说那人家是剿匪烈士的家属，当地政府体恤和关爱他们，允许他们开小旅店谋生。按今天的说法，是"家庭旅店"。

　　天黑后，我正要睡下，但听门那边有个男人大声喊："二××，瞎啦？你小弟又拉地上了，你没看见呀！快给他擦屁股，再把屎收拾了！……"

于是一个十二三岁的小女孩儿，跑到我们住客这边的屋里来，掀起一角炕席，抄起一本书转身跑回门那边去了……书使我的眼睛一亮。那个年代，对于爱看书的青年来说，书是珍稀之宝。

一会儿小女孩儿又回到门这边，掀起炕席欲将书放在原处。我问："什么书啊？"

她摇摇头说："不知道，我不认识字。"

我又问："你刚才拿书干什么去呢？"

她眨着眼说："我小弟拉屎了，我撕几页替他擦屁股呀！"她那模样，仿佛是在反问——书另外还能干什么用呢？我说："让我看看行吗？"她就默默地将书递给了我。我翻看了一下，见是一本《唐诗三百首》，前后已都撕得少了十几页。那个年代中国有些造纸厂的质量不过关，书页极薄，似乎也挺适合擦小孩屁股的。我又是惋惜又是央求地说："给我行不？"她立刻又摇头道："那可不行。"见我舍不得还她，又说，"你当手纸用几页行。"我继续央求："我不当手纸用，我是要看的。给我吧！"她为难地说："这我不敢做主呀！我们这儿的小杂货店里经常断了手纸卖，要给了你，我们用什么当手纸呢？住客又用什么当手纸呢？……"

我猛地想到，我的背包里，有为一名知青伙伴从城市带回来的一捆成卷的手纸。便打开背包，取出一卷，商量地问："我用这一卷真正的手纸换行不？"

她说："你包里那么多，你用两卷换吧！"于是我用两卷手纸换下了那一本残缺不全的《唐诗三百首》……

第二天一早，我离开那小旅店时，女孩儿在门外叫住了我。

"叔叔，我昨天晚上占你便宜了吧？"——不待我开口说什么，她将伸在棉袄衣襟里的一只小手抽了出来，手里竟拿着另一本书。她接着说："这一本书还没撕过呢，也给你吧！这样交换就公平了。我们家人从不占住客的便宜。"

我接过一看，见是《宋词三百首》。封面也破旧了，但毕竟还有封面，依稀可见一行小字是"中国传统文化丛书"。我深深地感动于小女孩儿的待人之诚，当即掏出一元钱给她，摸了她的头一下，迎着风雪大步朝公路走去……

回到连队，我与知青伙伴发生了一番激烈的争执——他认为那一本完整的《宋词三百首》理应归他，因为是用他的两卷手纸换的；我说才不是呢，用他的两卷手纸换的，是那本残缺不全的《唐诗三百首》，而实际情况是，完整的《宋词三百首》是我用一元钱买下的……

如今想来，当年的争执很可笑。究竟哪一本算是用两卷手纸换的，哪一本算是用一元钱买下的，又怎么争执得清呢？

然而一个事实是——那一本残缺不全的《唐诗三百首》和那一本完整的《宋词三百首》，伴我们度过了多少寂寞的日子，对我们曾很空虚过的心灵，起到了抚慰的作用……

当年，我竟也心血来潮写起古体诗词来：

> 轻风戏青草，
> 黄蜂觅黄花。
> 春水一潭静，
> 田蛙几声呱。

如今，《唐诗三百首》和《宋词三百首》已成我的枕边书。

都是精装版本，内有优美插图。如今，捧读这两本书中的一本，每每倏然地忆起"西岗子"，忆起那小女孩，忆起当年之事……

唐诗宋词的背面

衣裳有衬，履有其里，镜有其反，今概称之为"背面"。细细想来，世间万物，皆有"背面"，仅宇宙除外。因为谁也不曾到达过宇宙的尽头，便无法绕到它的背面看个究竟。

纵观中国文学史，唐诗宋词，成就灿然。可谓巍巍兮如高山，荡荡兮如江河。

但气象万千瑰如宝藏的唐诗宋词的背面又是什么呢？

以我的眼，多少看出了些男尊女卑。肯定还另外有别的什么不美好的东西，夹在它的华丽外表的褶皱间。而我眼浅，才只看出了些男尊女卑，便单说唐诗宋词的男尊女卑吧！

于是想到了《全唐诗》。

《全唐诗》由于冠以一个"全"字，所以薛涛、鱼玄机、李冶、关盼盼、步非烟、张窈窕、姚月华等一批在唐代诗名播扬、诗才超绝的小女子们，竟得以幸运地录中有名，编中有诗。《全唐诗》乃"御制"的大全之集，薛涛们的诗又是那么影响广远，资质有目共睹；倘以单篇而论，其精粹、其雅致、其优美，往往不在一切唐代的能骈善赋的才子们之下，且每有奇藻异韵，令才子们也不由得不心悦诚服五体投地。故，《全唐诗》若少了薛涛们的在编，似乎也就不配冠以一个"全"字了。

由此我们倒真的要感激三百多年前的康熙老爷子了。他若不兼容，曾沦为官妓的薛涛，被官府处以死刑的鱼玄机，以及那些或为姬，或为妾，或什么明白身份也没有，只不过像"二奶"似的被官，被才子们，或被才子式的官僚们所包养的才华横溢的唐朝女诗人们的名字，也许将在康熙之后三百多年的历史沧桑中渐渐消失。有一个不争的事实，那就是——无论在《全唐诗》之前还是在《全唐诗》之后的形形色色的唐诗选本中，薛涛和鱼玄机的名字都是较少见的。尤其在唐代，在那些由亲诗爱诗因诗而名的男性诗人雅士们精编的选本中，薛涛、鱼玄机的名字更是往往被摈除在外。连他们自己编的自家诗的选集，也都讳莫如深地将自己与她们酬和过的诗篇剔除得一干二净，不留痕迹；仿佛那是他们一时的荒唐，一提都耻辱的事情；仿佛在唐代，根本不曾有过诗才绝不低于他们，甚而高于他们的名字叫薛涛、鱼玄机的两位女诗人；仿佛他们与她们相互赠予过的诗篇，纯系子虚乌有。连薛涛和鱼玄机的诗人命运都如此这般，更不要说另外那些是姬、是妾、是妓的女诗人之才名的遭遇了。在《全唐诗》问世之前，除了极少数如李清照那般出身名门又幸而嫁给了为官的名士为妻的女诗人的名字入选某种正统诗集，其余的她们的诗篇，则大抵是由民间的有公正心的人士一往情深地辑存了的。散失了的比辑存下来的不知要多几倍。我们今人竟有幸也能读到薛涛、鱼玄机们的诗，实在是沾了康熙老爷子的光。而我们所能读到的她们的诗，不过就是收在《全唐诗》中的那些。不然的话，我们今人便连那些恐怕也是读不到的。

看来，身为男子的诗人们、词人们，以及编诗编词的文人雅士们，在从前的历史年代里，轻视她们的态度是更甚于以男尊女卑为纲常之一的皇家文化原则的。缘何？无他，盖因她们只不过是姬、是妾、是妓而已。而从先秦两汉到明清朝代，才华横溢的女诗人女词人，其命运又十之八九几乎只能是姬、是妾、是妓。若不善诗善词，则往往连是姬是妾的资格也轮不到她们。沦为妓，也只有沦为最低等的。故她们的诗、她们的词的总体风貌，不可能不是幽怨感伤的。她们的才华和天分再高，也不可能不经常呈现出备受压抑的特征。

　　让我们先来谈谈薛涛——涛本长安良家女子，因随父流落蜀中，沦为妓。唐之妓，分两类，一曰"民妓"，一曰"官妓"。"民妓"即花街柳巷卖身于青楼的那一类。这一类的接客，起码还有巧言推却的自由。涛沦为的却是"官妓"。其低等的，服务于营，实际上如同当年日军中的"慰安妇"。所幸涛属于高等，只应酬于官僚士大夫和因诗而名的才子雅士们之间。对于她的诗才，他们中有人无疑是倾倒的。"扫眉才子知多少，管领春风总不如"，便是他们中谁赞她的由衷之词。而杨慎曾夸她："元、白（元稹、白居易）流纷纷停笔，不亦宜乎！"但她的卑下身份却决定了，她首先必须为当地之主管官僚所占有。他们宴娱享乐，她定当随传随到，充当"三陪女"角色，不仅陪酒，还要小心翼翼以俏令机词取悦于他们，博他们开心。一次因故得罪了一位"节帅"，便被"下放"到军营去充当军妓。不得不献诗以求宽恕，诗曰：

　　　　黠虏犹违命，烽烟直北愁。

　　　　却教严谴妾，不敢向松州。

　　　　闻道边城苦，今来到始知。

　　　　羞将门下曲，唱与陇头儿。

松州那儿的军营，地近吐蕃；"陇头儿"，下级军官也；"门下曲"，自然是下级军官们指明要她唱的黄色小调。第二首诗的后两句，简直已含有泣求的意味儿。

唐朝后期名将兼诗人的高骈，镇川时理所当然地占有过薛涛。元稹使蜀，也理所当然地占有过薛涛。不但理所当然地占有，还每每在薛涛面前颐指气使地摆起才子和监察使的架子，而薛涛只有忍气吞声自认卑下的份儿。如果说薛涛才貌绝佳之年也曾有过什么最大的心愿，那么便是元稹娶她为妾的承诺了。论诗才，二人其实难分上下；论容颜，薛涛也是极配得上元稹的。但元稹又哪里会对她真心呢？娶一名官妓为妾，不是太委屈自己才子加官僚的社会身份了么？尽管那等于拯救薛涛出无边苦海。元稹后来是一到杭州另就高位，便有新欢，从此不再关心薛涛之命运，连封书信也无。

且看薛涛极度失落的心情：

揽草结同心，将以遗知音。

春愁正断绝，春鸟复哀吟。

薛涛才高色艳年纪轻轻时，确也曾过了几年"门前车马半诸侯"的生活。然那一种生活，是才子们和士大夫官僚们出于满足自己的虚荣和娱乐而恩赐给她的，一时的有点儿像《日出》里的陈白露的生活，也有点儿像《茶花女》中的玛格丽特的生活。不像她们的，是薛涛这一位才华横溢的女诗人自己。诗使薛涛的女人品味远远高于她们。

与薛涛有过芳笺互赠、诗文唱和关系的唐代官僚士大夫、名流雅士，不少于二十余人。如元稹、白居易、牛僧孺、令狐楚、裴度、张籍、杜牧、刘禹锡等。

但今人从他们的诗篇诗集中，是较难发现与薛涛之关系的佐证的，因为他们无论谁都要力求在诗的史中护自己的清名。尽管在当时的现实生活中他们并不在乎什么清名不清名的，官也要当，诗也要作，妓也要狎……

与薛涛相比，鱼玄机的下场似乎更是一种"孽数"。玄机亦本良家女子，唐都长安人氏。自幼天资聪慧，喜爱读诗，及十五六岁，嫁作李亿妾。大妇妒不能容，送咸宜观出家为女道士。在京中时与温庭筠等诸名士往还颇密。其诗《赠邻女》，作于被员外李亿抛弃之后：

> 羞日遮罗袖，愁春懒起妆。
> 易求无价宝，难得有心郎。
> 枕上潜垂泪，花间暗断肠。
> 自能窥宋玉，何必恨王昌。

从此，觅"有心郎"，乃成玄机人生第一大愿。既然心系此愿，自是难以久居道观。正是——"欲求三清长生之道，而未能忘解佩荐枕之欢"。于是离观，由女道士而"女冠"。所谓"女冠"，亦近艺妓，只不过名分上略高一等。她大部分诗中，皆流露对真爱之渴望，对"有心郎"之慕求的主动性格。修辞有时含蓄，有时热烈，浪漫且坦率。是啊，对于一位是"女冠"的才女，还有比"自能窥宋玉，何必恨王昌"这等大胆自白更坦率的吗？

然虽广交名人、雅士、才子，于他们中真爱终不可得，也终未遇见过什么"有心郎"。倒是一次次地、白白地将满心怀的缠绵激情和热烈之恋空抛空撒，换得的只不过是他们的逢场作戏对她的打击。

有次，一位与之要好的男客来访，她不在家。回来时婢女绿翘告诉了她，她反疑心婢女与客人有染，严加笞审，致使婢女气绝身亡。

此时的才女鱼玄机，因一番番深爱无果，其实心理已经有几分失常。事发，问斩，年不足三十。

悲也夫绿翘之惨死！

骇也夫玄机之猜祸！

《全唐诗》纳其诗四十八首，仅次于薛涛，几乎首首皆佳，诗才不让薛涛。

更可悲的是，生前虽与温庭筠情诗唱和频繁，《全唐诗》所载温庭筠全部诗中，却不见一首温回赠她的诗。而其诗中"如松匪石盟长在，比翼连襟会肯迟"句，成了才子与"女冠"之亲密接触的大讽刺。

在诗才方面，与薛涛、鱼玄机三璧互映者，当然便是李冶了。她"美姿容，善雅谑，喜丝弦，工格律。生性浪漫，后出家为女道士，与当时名士刘长卿、陆羽、僧皎然、朱放、阎伯钧等人情意相投"。

代宗时，闻一度被召入宫。后因上书朱泚，被德宗处死。也有人说，其实没迹于安史之乱。

冶之被召入宫，毫无疑问不但因了她的多才多艺，也还得幸于她的"美姿容"。宫门拒丑女，这是常识，不管多么才艺双全。入宫虽是一种"荣耀"，却也害了她。倘她的第一种命运属实，那么所犯乃"政治罪"也。即使其命运非第一种，是第二种，想来也肯定地凶多吉少；一名"美姿容"

的小女子，且无羽庇护，在万民流离的战乱中还会有好的下场吗？

《全唐诗》中，纳其诗十六首，仅遗于世之数。冶诗殊少绮罗香肌之态，情感真切，修辞自然。今我读其诗，每觉下阕总是比上阕更好。大约因其先写景境，后陈心曲，而心曲稍露，便一向能拨动读者心弦吧。所爱之句，抄于下：

> 溢城潮不到，夏口信应稀。
> 唯有衡阳雁，年年来去飞。

其盼情诗之殷殷，令人怜怜不已。以"潮不到"之对"信应稀"，可谓神来之笔。又如：

> 远水浮仙棹，寒星伴使车。
> 因过大雷岸，莫忘八行书。

> 郁郁山木荣，绵绵野花发。
> 别后无限情，相逢一时说。

> 驰心北阙随芳草，极目南山望旧峰。
> 桂树不能留野客，沙鸥出浦谩相逢。

薛涛也罢，鱼玄机也罢，李冶也罢，她们的人生主要内容之一，总是在迎送男人。他们皆是文人雅士，名流才子。每有迎，那一份欢欣喜悦，遍布诗中；而每送，却又往往是泥牛入海，连她们殷殷期盼的"八行书"都再难见到。然她们总是在执着而又迷惑地盼盼盼，思念复思念，"才下眉头，却上心头"。

唐代女诗人中"三璧"之名后，要数关盼盼尤须一提了。她的名，似乎可视为唐宋两代女诗人女词人们的共名——"盼盼"，其名苦也。

关盼盼，徐州妓也，张愔纳为妾。张殁，独居彭城故燕子楼，历十余年。白居易赠诗讽其未死。盼盼得诗，注曰："妾非不能死，恐我公有从死之妾，玷清范耳。"乃和白诗，旬日不食而卒。

那么可以说，盼盼绝食而亡，是白居易以其大诗人之名压迫的结果。作为一名妾，为张守节历十余年，原本不关任何世人什么事，更不关大诗人白居易什么事。家中宠着三妻四妾的大诗人，却竟然作诗讽其未死，真不知是一种什么样的心理使然。

其《和白公诗》如下：

自守空楼敛恨眉，形同春后牡丹枝。
舍人不会人深意，讶道泉台不去随。

遭对方诗讽，而仍尊对方为"白公""舍人"，也只不过还诗略作"舍人不会人深意"的解释罢了。此等宏量，此等涵养，虽卑为妓、为妾，实在白居易们之上也！而《全唐诗》的清代编辑者们，却又偏偏在介绍关盼盼时，将白居易以诗相嘲致其绝食而死一节，白纸黑字加以注明，真有几分"盖棺定论"，不，"盖棺定罪"的意味。足见世间自有公道在，是非曲直，并不以名流之名而改而变！

且将以上四位唐代杰出女诗人们的命运按下不复赘言，再说那些同样极具诗才的女子们，命善者实在无多。

　　如步非烟——"河南府功曹参军之妾，容质纤丽，善秦声，好文墨。邻生赵象，一见倾心。始则诗笺往还，继则逾垣相从。周岁后，事泄，惨遭笞毙"。

　　想那参军，必半老男人也。而为妾之非烟，时年也不过二八有余。倾心于邻生，正所谓青春恋也。就算是其行该惩，也不该当夺命。活活鞭抽一纤丽小女子至死，忒狠毒也。

　　其生前《赠赵象》诗云：

　　　　相思只恨难相见，相见还愁却别君。
　　　　愿得化为松上鹤，一双飞去入行云。

　　正是，爱诗反为诗祸，反为诗死。

　　唐代的女诗人们命况悲楚，宋代的女词人们，除了一位李清照，因是名士之女，又是太学士之妻，摆脱了为姬、为妾、为婢、为妓的"粉尘"人生而外，她们十之七八亦皆不幸。

　　如严蕊——营妓，"色艺冠一时，间作诗词，有新语，颇通古今"。

　　宋时因袭唐风，官僚士大夫狎妓之行甚糜。故朝廷限定——地方官只能命妓陪酒，不得有私情，亦即不得发生肉体上的关系。官场倾轧，一官诬另一官与蕊"有私"，株连于蕊，蕊被拘入狱，倍加箠楚。蕊思己虽身为贱妓，"岂可妄言以污士大夫"，拒作伪证。历两月折磨，委顿几死。而那企图使她屈打成招的，非别个，乃因文名而服官政的朱熹是也。后因其事闹到朝廷，朱熹改调别处，严蕊才算结束了牢狱之灾、刑死之祸。时人因其舍身求正，誉为"妓中侠"。宋朝当代及后代词家们，皆公认其才仅亚薛涛。

"不是爱风尘，似被前缘误"之名句，即出严蕊《卜算子》中。

如吴淑姬——本"秀才女，慧而能诗词，貌美家贫，为富氏子所占有，或投郡诉其奸淫，系狱，且受徒刑"。

其未入狱前，因才色而陷狂蜂浪蝶们的追猎重围。入狱后，一批文人雅士前往理院探之。时冬末雪消，命作《长相思》词。稍一思忖，捉笔立成：

> 烟菲菲，雨菲菲，雪向梅花枝上堆，春从何处回？
> 醉眼开，睡眼开，疏影横斜安在哉？从教塞管催。

如朱淑真、朱希真都是婚姻不幸终被抛弃的才女。二朱中又以淑真成就大焉，被视为是李清照之后最杰出的女诗人。坊间相传，她是投水自杀的。

如身为营妓而绝顶智慧的琴操，在与苏东坡试作参禅问答后，年华如花遂削发为尼。在妓与尼之间，对于一位才女，又何谓稍强一点儿的人生出路呢？

如春娘——苏东坡之婢。东坡竟以其换马。春娘责曰："学士以人换马，贵畜贱人也！"口占一绝以辞：

> 为人莫作妇人身，百般苦乐由他人。
> 今日始知人贱畜，此生苟活怨谁嗔！

文人雅士名流间以骏马易婢，足见春娘乃美婢也。

这从对方交易成功后沾沾自喜所作的诗中便知分晓：

> 不惜霜毛雨雪蹄，等闲分付赎峨眉，
> 虽无金勒嘶明月，却有佳人捧玉卮。

以美婢而易马，大约在苏东坡一方，享其美已足厌矣。而在对方，也不过是又得了一名捧酒壶随侍左右的漂亮女奴罢了。春娘下阶后触槐而死。

如温琬——当时京师士人传言："从游蓬岛宴桃溪，不如一见温仲圭。"而太守张公评之曰："桂枝若许佳人折，应作甘棠女状元。"虽才可作女状元，然身为妓。

其《咏莲》云：

> 深红出水莲，一把藕丝牵。
> 结作青莲子，心中苦更坚。

其《书怀》云：

> 鹤未远鸡群，松梢待拂云。
> 凭君观野草，内自有兰薰。

字里行间，鄙视俗士，虽自知不过一茎"野草"，而力图保持精神灵魂"苦更坚""有兰薰"的圣洁志向，何其令人肃然！

命运大异其上诸才女者，当属张玉娘与申希光。玉娘少许表兄沈佺为妻，后父母欲攀高门，单毁前约，沈悒病而卒。

玉娘乃以死自誓，亦以忧卒，遗书请与同葬于枫林。其《浣溪沙》词，字句呈幽冷萧瑟之美，独具风格。云：

> 玉影无尘雁影来，绕庭荒砌乱蛩哀，凉窥珠箔梦初回。
>
> 压枕离愁飞不去，西风疑负菊花开，起看清秋月满台。

玉娘不仅重情宁死，且是南宋末世人皆公认之才女。卒时年仅二十七岁。

申希光则是北宋人，十岁便善词，二十岁嫁秀才董昌。后一方姓权豪，垂涎其美，使计诬昌重罪，杀昌至族。灭门诛族之罪，大约是被诬为反罪的吧？于是其后求好于希光，伊知其谋，乃佯许之，并乞葬郎君及遭诛族人，密托其孤于友，怀利刃往，是夜刺方于帐中，诈为方病，呼其家人，先后尽杀之。斩方首，祭于昌坟，亦自刎颈而亡。

其《留别诗》云：

> 女伴门前望，风帆不可留。
>
> 岸鸣蕉叶雨，江醉蓼花秋。
>
> 百岁身为累，孤云世共浮。
>
> 泪随流水去，一夜到闽州。

申希光肯定是算不上一位才女的了，但"岸鸣蕉叶雨，江醉蓼花秋"，亦堪称诗词中佳句也。

唐诗巍巍，宋词荡荡。观其表正，则仅见才子之文采飞扬，雅士之舞文弄墨，大家之气吞山河，名流之流芳千古。若亦观其背反，则多见才女之命乖运舛，无可奈何地随波逐流。如苏轼词句所云："似花还似非花，也无人惜从教坠。"更会由衷地叹服她们那一种几乎天生的于诗于词的通灵至慧，以及她们诗品的优美，词作的灿烂。

我想，没有这背反的一面，唐诗宋词断不会那般绚丽万端、瑰如珠宝吧？

我的意思不是一种衬托的关系。不，不是的。我的意思其实是——未尝不也是她们本身和她们的才华，激发着、滋润着、养育着那些以唐诗、以宋词而在当时名噪南北，并且流芳百代的男人们。

背反的一面以其凄美，使表正的一面的光华得以长久地辉耀不衰；而表正的一面，又往往直接促使背反的一面，令其更凄更美。

当然，有些男性诗人词人，其作是超于以上关系的。如杜甫，如辛弃疾等。

但以上表正与背反的关系，肯定是唐诗宋词的内质量状态无疑。

所以，我们今人欣赏唐诗宋词时，当想到那些才女们，当对她们满怀感激和肃然。仅仅有对那些男性诗人词人们的礼赞，是不够的。尽管她们的名字和她们的才华，她们的诗篇和词作，委实是被埋没和漠视得太久太久了。

这一唐诗宋词之现象，是很有中国特色的一种文化现象。清朝因是外族统治开始的朝代，与古代汉文化的男尊女卑没有直接的瓜葛，所以《全唐诗》才会收入了那么多姬、妾、婢、妓之诗。若由唐朝的文人士大夫们自选自编，结果怎样，殊难料测也……

文化是我们另外的故乡

我这一种想法，或我这一种说法，大约是不会引起太多歧义的吧？

"人文伊始，文化天下"——其实意思也就是，自从世界上有了人类活动的现象，于是文明普及开来，遂有文化。

将文化边缘了的国家或民族，肯定难以强盛。即使强盛一时，终也不会长久。

而被文化边缘化了的国家或民族，无疑是可悲的。

虽然，文化之载体现已变得特别多样，但书籍这一古老的文化载体仍对传播文化内容发挥着极其重要的作用，估计也是没有太多歧义的。

中国国家图书馆作为中国目前唯一的国家级图书馆，发起和认认真真地进行"文津图书奖"评选活动，所秉持的正是以上思想，并且这也正是"文津图书奖"评委们的一致思想。

虽然，此次评选活动才是第三次，但是我们可以高兴地告诉人们，参选的书籍比第一次增多了一百五十余册。十部获奖图书，乃是从五百余部参选图书中经过几番投票认认真真地评选出来的。

五百余部参选图书是这样汇总的——三分之二左右是由

全国各出版社积极选送的；三分之一中的大部分是由国家图书馆的具体工作人员根据年度全国出版信息按种类比例筛选的；另有少数，是评委们推荐的。评选方式是投票。一旦有两位以上评委对结果并不满意，那么便展开讨论，各抒己见，之后再投票，直至全体评委对结果基本满意为止。

　　而评选规则是这样的——小说、诗歌仍不列入评选范围，因为此两类图书已设有全国性的优秀文学奖。我们有自知之明，深感以我们的水平恐怕难孚众望。但是评选活动并不完全排斥文学属性的图书，某些传记类、散文类、纪念文集类图书，仍包括在评选范围之内。比如第二届"文津图书奖"中，就有一部旨在纪念胡耀邦同志的文集高票获奖，而那是一部传记内容与回忆、纪念内容相结合的图书。至于散文类图书，我们的评选原则有以下三点：一、获全国散文集优秀文学奖之外的图书；二、同样具有良好的文学品质；三、其内容使普通民众感到亲切，同时有助于提升民众情怀修养和精神风貌的图书。一言以蔽之，是具有"人文"普及性的散文类图书。

　　我们盼望在下一届评选中，会有那样的散文类图书获奖。

　　我们很高兴地告诉大家，在此次评选活动中，有两部书以特别关注社会现实的内容获得评委们的重视，便是《中国教育公平的理想与现实》和《医事：关于医的隐情与智慧》。

　　对于在这两方面社会现实问题面前倍感困扰的人们，我们相信这两部书能够提供更全面更客观当然也更理性的认识，并引发思考；在公众意识方面，可进一步形成有利于改革两种社会现实问题的条件。

　　我们也愿借此机会，向国家公务员和国家领导干部们，向教育工作者、领导者和医务工作者、领导者们推荐以上两部书。我们认为，归根结底，对于教育事业均衡发展及医疗资源合理共享这两种社会现实问题，以上人士应比公众负有更大更多的改革热忱和责任。尽管，两部书的作者并没在书中提供出什么灵丹妙药式的解决方案，但我们认为这是完全可以原谅的不足。毕竟，事关一个十三亿多人口大国的严重的社会现实问题的解决，非是哪两个人的头脑所能形成完整方案的。有时候，将问题所在方方面面现象和原因予以综合和分析，实在也是书籍的意义。

在此次获奖的十部书中，自然仍有《上帝掷骰子吗》等四部科普类图书。以生动形象而又具有文学色彩的个性化风格所著的科普类图书，是我们在评选活动一如既往地予以关注的。我们非常希望我国的青少年通过阅读这一类图书，培养起对科学的浓厚兴趣。因为中国的将来，需要更多有志于科学，肯献身于科学的才俊。因为科学和文化水平，决定中国目前的崛起和腾飞能达到多高，多久，多远。

《中华文明史》（1—4卷）、《最有价值的阅读》、《万古江河：中国历史文化的转折与开展》等书籍，是此次获奖的人文类书籍。我们很希望做家长的也来读这一类书籍。依我们想来，在中国现行教育体制和模式之下，仅仅将儿女交付给学校教育来培养，显然对下一代的良好成长是不够的。家长们也应特别能动性地负起引导孩子良好成长的责任，而这就不仅需要家长们在物质方面关爱和满足自己孩子们的诉求，更需要在文化方面予以引导和满足。那么，自己首先拥有一定的文化知识，显然也就更大程度地掌握了与孩子们进行文化知识交流的主动性。

我们自我调侃地感叹，我们所参与之事，类似售楼小姐之推荐楼盘。

但我们又十分欣慰地认为，我们所推荐的"楼盘"，乃是世界上空间最大的"楼盘"，几乎可以用大到是世界的一部分来形容。比之于目前房地产商们的评价，我们所推荐的"楼盘"，也实在可以说是性价比较合乎商业原则的了。

每一部好书的封面都如同一扇门；谁打开它，就如同从某一个方向迈入了科学和文化知识的世界。在那个世界里，知识的"楼盘"是无形的，于是便也似乎是无限大的。

因为好书的特征是这样的——当人读完并合上它的时候，必将引导人思想。而思想的领域是无限的……

第三辑

孤独地行走，
目标是人生的尽头

孤独地行走，目标是人生的尽头。路，千回百转少不了磕磕绊绊；人，百孔千面却也有知己红颜。人生苦短，用心生活。以出世的心态做人，以入世的心态做事。心若是被困，那世间处处都是牢笼；心若安泰，矮瓦斗室那也是天堂。

魂兮归来

　　仓促地，我归来了。正如我去时的仓促。惘恍地，我仿佛将什么遗落了——遗落在那个叫麻城的地方，遗落在那个地方的大山里。我知道遗落的不是一样什么东西，而是我的心魂。我便觉得归来的，只是我的一部分。我知道一切感受都将过去，就好像我不曾感受过。然而即使它过去了，我想，我也不会再是从前的我了。起码少了一点儿大都市人的矫情了。

　　完全是偶然的，我和我的十几位作家朋友关心起麻城那个地方来，关心起那里的一位山区小学教师来。他的名字叫胡大清。他所教的孩子都是穷困的山民们的孩子，他出现在中央电视台《经济半小时》节目举办的新年联欢会上。当节目主持人请他说几句话时，他讷讷地竟一句也没说出来。他是那么地局促，那么地诚惶，似乎与周围的欢娱格格不入。他穿着一件半新的"涤卡"中山装，而那可能是他最好的一件衣服。事实上也正是如此。他的样子似乎来到了异国他乡。欢娱有时是需要金钱来营造的。他的样子立刻使人明白他来自偏远而穷困的地方。而那地方也是我们中国的一部分，生活着我们一部分中国人。

瞬间我觉得中国缩小了。这要首先感谢中央电视台《经济半小时》节目的领导者和工作人员。除了胡大清，他们还请了另外三位普通劳动者——一位清洁工、两位地矿工作者父子。也许他们实际上已经不普通，已经获得了某种荣誉。比如胡大清已经是国家级优秀教师，尽管是一位小学老师。但节目主持人在介绍他们时，似乎有意"忽略"了这一点，只介绍他们的事迹。因而在那些欣赏节目的观众和嘉宾中，他们的与众不同便格外地突出了。晚会的气氛在那一时刻也便显得格外庄重，并且，融入了一种真诚和一种对普通劳动者的特殊的敬意。

这一点感动了作家们，于是它们——四位普通劳动者的事迹，也感动了作家们，使作家们的心灵肃然起敬。

在电视屏幕上，那一切只不过是几分钟之内的事，摄像机的镜头早已不再对准他们了，我家中的电话铃却频频开始响起。

"晓声，看过刚才《经济半小时》的晚会节目了吗？""晓声，注意到那个山区小学教师了吗？""晓声，当介绍那两位地矿工作者父子时，我眼眶湿了。"我相信。因为我自己当时眼眶也湿了。当父子相聚在北京时，长期的离别使父亲不能从人群中认出儿子，也使儿子不能从人群中认出父亲。到火车站接父亲的儿子，只好求助于广播。有时，生活本身的真实，远比作家构思的情节更令人动心。真正的作家从来都是与人民的心相通的。真正的作家的灵魂之中永远保留着人民的位置。"人民"二字对真正的作家从来不是抽象的名词或概念。这一点事实不由他们的笔是否只写人民来判定，而由他们的情感幅度来证实。在这一前提之下，他们的笔为识字的人尤其为有阅读习惯的人们而创作，他们却用心去关注那些可能不识字的在贫穷的泥淖中匍爬的人们。也许有人轻蔑这种情愫，说这不过是同情。但如果没有了一些人对另一些人的同情，也便没有了一些人希望能为另一些人做些什么的冲动，那么世界上大概就只剩下了人为自己做什么的冲动。而世界真到了这种地步，是连仁慈的上帝也会产生厌恶的。

于是便有四册签上了十几位作家的名册送到了中央电视台。在他们签名后面是为四位普通劳动者所作的小诗。而每一首小诗，都是作家们在电话中一人一两句组成的。当然都谈不上是最好的诗，但却是一种最真的情感。给胡大清老师的诗开头是这样写的：

> 在一切有孩子的地方，
> 就应该有学校。
> 在一切有学校的地方，
> 便会有教育的诗篇。
> 你的小船你的双桨，
> 荡起你如歌的行板。

结尾是这样写的：

> 为你，为你那所破败的学校，
> 和你那些贫穷山民的孩子，
> 我们能做些什么呢？
> 我们虔诚地想……

这最后一句和开头一句，究竟出自哪两位作家之口，连整理记录的我，也记不清了。他们为胡大清老师筹集了一千元钱。《经济半小时》的主持人敬一丹同志要去采访胡大清老师，我和铁凝应邀陪同前往。临行，十几位作家嘱托我们——你们去看看也好，或许我们还能做些什么。

这些作家是：李国文、陆文夫、蒋子龙、丛维熙、谌容、张洁、叶楠、刘心武、张抗抗、张弦、陈丹晨、冯立三等。

我和铁凝十分看重友人们的这份真情实感。于是我们代表他们去了。如今我们回来了，那感受真是太多。因为我们亲眼看到了我们九百六十万平方公里土地上至今仍纠缠着我们一部分人民的另一种现实——穷困。而它与日益繁华的大都市相映照，更加显得咄咄逼人。

湖北省麻城市地处湖北、河南、安徽三省边缘交界，是全国三十几个至今尚未脱贫的地县之一，也是著名的老区之一。邓小平曾在那里生活过，李先念曾在那里领导过农民武装队伍，大将王树声，我军著名将军秦基伟、陈再道、许世友都是麻城地区人。据说，在最初的人民军队中，每十人中，就有两个麻城人。麻城人民，为中国人民的解放事业，献出了三十万优秀儿女的生命。

革命在最穷困的地区发生这当然是革命的规律。可是为什么革命的老区，在解放四十年之后，往往仍是我们九百六十万平方公里土地上最穷的地方呢？我们看到了什么叫家徒四壁。我们体会到了为什么一元钱在那里的人民看来仍是需要掂量着花的钱。我们看到了短得不能再短的铅笔头握在一双双脏乎乎的小手里。我们看到了一个作业本正反两面写满密密麻麻的字，还在继续使用。我们看到了孩子们带的菜是用淡盐水腌的葱叶。我们看到了营养不良的孩子们的瘦小身躯。与大都市同龄的孩子们相比，他们看上去至少小三岁。当大都市的孩子们不吃肉吃腻了肉的今天，他们非到过年过节是很难吃上肉的。他们没吃过"紫雪糕"。我们今天在孩子过生日时，可能随手给孩子五元钱或十元钱！而那里的孩子，他们的家长，也许仅仅因为拿不出五元钱或十元钱，孩子不得不弃学……

而县里的同志告诉我们，在全国三十几个尚未脱贫的地县，这个县不是最穷的，甚至可以说是中等经济水准的。我们去的地方，也非这个县最穷的地方，可以说是中等水准的。而县里的领导同志告诉我们——他们是极其重视教育事业的。他们已拿出全县三分之一的经费兴办教育事业。

我们相信这一点，并且感受到了这一点。"再穷也不能穷了教育，再苦也不能苦了孩子！""宁肯自己苦几年，不让孩子当文盲！""不嫁文盲夫，不娶文盲妻。"书写在沿路山石和村中宅墙上的标语，使人思想震颤。有些父母为了供一个孩子读书，那真可以说是全家人跟穷困拼了！但我们并不是教育工作检查团。我和铁凝，不过是受电视台邀请，又受作家朋友们之委托，为传递一种虔诚的情感而来。电视台的敬一丹同志，不过是为对胡大清老师跟踪采访而来。我们这些共和国的同龄人，一脚踏入了我们共和国的另一种现实。尽管我们曾想到我们是去一个穷困的地方，但看到的情形还是使我们默默流泪不止。

如今我虽又坐在自己的家里伏案写作，可确有魂系麻城之感。由麻城而想到了一切老区人民，以及全国三十几个至今尚未脱贫，也就是说在温饱线以下的地县的人民。

我想铁凝该也是如此。我想敬一丹同样如此。麻城人想尽了办法，却并未能代我们买到卧铺票。但他们为我们搞到了一张卧铺票的条子。然而上了车后补卧铺票的人太多了。望着那些在子夜后显得疲惫的人们，尤其是老人、妇女和孩子们，我们都不再觉得唯自己是最应该得一张卧铺票的人了，我们默默就地躺了下去。我们竟都睡得很实。

　　我们自身仅仅少了一点儿矫情是不够的。我们仅仅怀有某种感情也是不够的。我们究竟还能为那些被咄咄逼人的穷困所纠缠的人们做些什么呢？我们一路都在想。所幸我们想出了一些值得我们花些精力尝试去发起去做的事情。

　　哪怕仅仅能使某一穷困的地方某一所小学的状况有所改观，这便是我们的一点儿自慰了。

人性似水

天地之间，百千物象，无常者，水也；易化者，水也；浩渺广大无边际者，水也；小而如珠如玑甚或微不可见者，水也。

人性似水。

一壶水沸，遂蒸发为汽，弥漫满室，削弱干燥；江河湖海，暑热之季，亦水汽若烟，成雾，进而凝状为云，进而作雨。雨或霏霏，雨或滂沱，于是电闪雷鸣，每有霹雳裂石、断树、摧墙、轰亭阁；于高空遇冷，结晶成雹；晨化露，夜聚霜……总之一年四季，十二个月二十四节气，雨、雪、霜、雹、露、冰、云、雾，无不变形变态于水；昌年祸岁，也往往与水有着密切的关系。乌云翻滚，霓虹斜悬，盖水之故也；碧波如镜，水之媚也；狂澜巨涛，水之怒也；瀑乃水之激越；泉乃水之灵秀；溪显水性活泼；大江东去一日千里，水之奔放也。

人性似水。

水在地上，但是没有什么力量也没有什么法术可以将它限制在地上。只要它"想"上天，它就会自由自在地随心所欲地升到天空进行即兴的表演。于是天空不宁。水在地上，但是没有什么力量也没有什么法术可以将它限制在地上。只要它"想"入地，即使针眼儿似的一个缝隙，也足可使它渗入到地下溶洞中去。这一缝隙堵住了，它会寻找到另一缝隙。针眼儿似的一个缝隙太小了么？水将使它渐渐变大。一百年后，起先针眼儿似的一个缝隙已大如斗口大如缸口。一千年后，地下的河或地下的潭形成了，于是地藏玄机。除了水，世上还有什么东西能像水一样在天空、在地上、在地底下以千变万化的形态存在呢？

人性似水。

我们说"造物"这句话时，头脑之中首先想到的是"上帝"，或法力仅次于"上帝"的什么神明。但"上帝"是并不存在的，神明也是并不存在的。起码对如我一样的无神论者们而言是不存在的。水却是实在之物。以我浅见，水即"上帝"。水之法力无边。水绝对当得起"造物"之神。动物加植物，从大到小，从参天古树到芊芊小草，从蜗蚁至犀象，总计百余万科目、种类，哪一种哪一类离得开水居然能活呢？哪一种哪一类离开了水居然还能继续它们物种的演化呢？地壳的运动使沧海变成桑田，而水却使桑田又变成了沧海。坚硬的岩石变成了粉末，我们认为那是风蚀的结果。但风是怎样形成的呢？不消说，微风也罢，罡风也罢，可怕的台风、飓风、龙卷风也罢，归根结底，生成于水。风只不过是水之子。"鬼斧神工"之物，或直接是水的杰作，或是水遣风完成的。连沙漠上也有水的幻象——风将水汽从湿润的地域吹送到沙漠上，或以雨的形态渗入到很深很深的沙漠底层，在炎日的照射之下，水汽织为海市蜃楼……

人性似水。

水真是千变万化的。某些时候，某种情况下，又简直可以说是千姿百态的。鸟瞰黄河，蜿蜒逶迤，九曲八弯，那亘古之水看去竟是那么柔顺，仿佛是一条即将临产的大蛇，因了母性的本能完全收敛其暴躁的另面，打算永远做慈爱的母亲似的。那时候那种情况下，它真是恬静极了，能使我们关于蛇和蟒的恐怖联想也由于它的柔顺和恬静而改变了。同样是长江，在诗人和词人们的笔下又竟是那么不同。"万里长江飘玉带，一轮明月滚金球"，意境何其浩壮幽远而又曼妙呵！"乱石穿空，惊涛拍岸，卷起千堆雪"，却又多么气势险怵，令人为之屏息呵！人性亦然。人性之难以一言而尽，似天下之水的无穷变化。

人性似水。人性确乎如水呵！

水成雾；雾成露；一夜雾浓，晨曦中散去，树叶上，草尖上，花瓣上，都会留下晶莹的露珠。那是世上最美的珠子。没有任何另外一种比它更透明，比它更润洁。你可以抖落在你掌心里一颗，那时你会感觉到它微微的沁凉。你也能用你的掌心掬住两颗、三颗，但你的手掌再比别人大，你也没法掬住更多了。因为两颗露珠只消轻轻一碰，顷刻就会连成一体。它们也许变成了较大的一颗，通常情况下却不再是珠子；它们会失去珠子的形状，只不过变成了一小汪水，结果你再也无法使它们还原成珠子，更无法使它们分成各自原先那么大的两颗珠子。露珠虽然一文不值，却有别于一切司空见惯的东西。你可以从河滩上捡回许许多多自己喜欢的石子，如果手巧，还可以将它们粘成为各种好看的形状。但你无法收集哪怕是小小的一碟露珠占为私有。无论你的手多么巧，你也无法将几颗露珠串成首饰链子，戴在颈上或腕上炫耀于人。这就是露珠的品质，它们看去都是一样的，却根本无法收集在一起，更无法用来装饰什么，甚至企图保存一整天也不是一件容易之事。你只能欣赏它们。你唯一长久保存它们的方式，就是将它们给你留下的印象"摄录"在记忆中。露珠如人性最细致也最纯洁的一面，通常体现在女孩儿和少女们身上。我的一位朋友曾告诉我，有次她给她的女儿讲《卖火柴的小女孩》，她那仅仅四岁的女儿泪流满面。那时的人家里还普遍使用着火柴。从此女孩儿有了收集整盒火柴的习惯，越是火柴盒漂亮的她越珍惜，连妈妈用一根都不允许。她说等她长大了，要去找到那卖火柴的小女孩儿并且将自己收集的火柴全都送给卖火柴的小女孩儿。她仅仅四岁，还听不明白在那一则令人悲伤的故事中，其实卖火柴的小女孩儿已经冻死。是的，这一种露珠般的人性，几乎只属于天真的心灵。

人性似水。

山里的清泉和潺潺小溪，如少男和少女处在初恋时期的人性。那是人自己对自己实行的第一次洗礼。人一生往往也只能自己对自己实行那么一次洗礼。爱在那时仿佛圣水，一尘不染；人性第一次使人本能地理解什么是"忠贞"。哪怕相爱着的两个人一个字也不认识，从没听谁讲解过"忠贞"一词。关于性的观念在现代的社会已然"解放"，人性在这方面也少有了动人的体现。但是某些寻找宝物似的一次次在爱河中浮上潜下的男人和女人，除了性事的本能的驱使，又是在寻找什么呢？也许正是在寻找那如清泉和小溪一般的人性的珍贵感受吧？

静静的湖泊和幽幽的深潭，如成年男女后天形成的人性。我坦率地承认，二者相比，我一向亲近湖泊而畏避深潭。除了少数的火山湖，更多的湖是由江河的支流汇聚而成的，或是由山雪融化和雨后的山洪形成的。经过了湍急奔泻的阶段，它们终于水光清漪波平如镜了。倘还有苇丛装点着，还有山郭作背景，往往便是风景。那是颇值得或远或近地欣赏的。通常你只要并不冒失地去试探其深浅，它对你是没有任何危险性的。然而那幽幽的深潭却不同，它们往往隐蔽在大山的阴暗处，在阳光不易照耀到的地方。有时是在一处凸着的山喙的下方，有时是在寒气森森潮湿滴水的山洞里。即使它们其实并没有多么深的深度，但看去它们给人以深不可测的印象。海和湖的颜色一般是发蓝的，所以望着悦目。江河哪怕在汛季浑浊着，却是我常见的，对它们有一种熟悉的感觉。然而潭确乎不同。它的颜色看去往往是黑的。你若掬起一捧，它的水通常也是清的。然而还入潭中，又与一潭水黑成一体了。潭水往往是凉的，还往往是很凉很凉的。除了在电影里出现过片段，在现实生活中偏喜在潭中游泳的人是不多的。事实上与江河湖海比起来，潭尤其对人没什么危害。历史上没有过任何关于潭水成灾的记载，而江河湖海泛滥之灾全世界每年到处发生。我害怕潭可能与异怪类的神话有关。在那类神话中，深潭里总是会冷不丁地跃出狰狞之物，将人一爪捕住或一口叼住拖下潭去。潭每使我联想到人性"城府"的一面。"城府"太深之人不见得便一定是专门害人的小人。但是在这样的人的心里，友情一般是没有什么位置的。正义感公道原则也少有。有时似乎有，但最终证明，还是没有。那给你错误印象的感觉，到头来本质上还是他的"城府"。如潭的人性，其实较少体现在女人身上。"城府"更是男人的人性一面。女人惯用的只不过是心计。但是有"城府"的男人对女人的心计往往一清二楚，他只不过不动声色，有时还会反过来加以利用，以达到自己的目的。

一切水都在器皿中。盛装海洋的，是地球的一部分。水只有在蒸发为汽时，才算突破了局限它的范围，并且仍存在着。

盛装如水的人性的器皿是人的意识。人的意识并非完全没有任何局限。但是它确乎可以非常之巨大，有时能盛装得下如海洋一般广阔的人性。如海洋的人性是伟大的人性，诗性人性，崇高的人性。因为它超越了总是紧紧纠缠住人的人性本能的层面，使人一下子显得比地球上任何一种美丽的或强壮的动物都高大和高贵起来。如海洋的人性不是由某一个人的丰功伟绩所证明的。许多伟人在人性方面往往残缺。具有如海洋一般人性的人，对男人而言，一切出于与普罗米修斯同样目的而富有同样牺牲精神的人，皆是。不管他们为此是否经受过普罗米修斯那一种苦罚。对女人而言，南丁格尔以及一切与她一样心怀博爱的她的姐妹，也皆是。

如水的人性亦如水性那般没有常性。水往低处流这一点最接近着人性的先天本质。人性体现于最自私的一面时，于人永远是最自然而然的。正如水往低处流时最为"心甘情愿"。一路往低处流着的水不可能不浑浊。水在什么坑坑洼洼的地方还会成为死水，进而成为腐水。社会谴责一味自私自利着的人们时，往往以为那些人之人性一定是卑污可耻并快乐着的。而依我想来，人性长期处于那一种状态未必真的有什么长期的快乐可言。引向高处之水是一项大的工程。高处之水比之低处之水总是更有些用途，否则人何必费时费力地偏要那样？大多数人之人性，未尝不企盼着向高处升华的机会。当然那高处非是尼采的"超人"们才配居住的高处。那种"高处"算什么鬼地方？人性向往升华的倾向是文化的影响。在一个国家或一个民族里，普遍而言，一向的文化质量怎样，一向的人性质量便大抵怎样。一个男人若扶一个女人过马路，倘她不是偶然跌倒于马路中央的漂亮女郎，而是一个蓬头垢面破衣烂衫的老妪，那么他即使没有听到一个"谢"字，他也会连续几天内心充满阳光的。他会觉得扶那样一个老妪过马路时的感觉，挺好。与费尽心机勾引一个女郎并终于如愿以偿的感觉大为不同，是另一种快活。如水的人性倒流向高处的过程，是一种心灵自我教育的过程。但是人既为人，就不可能长期地将自己的人性自筑水坝永远蓄在高处。那样子一来，人性也就没了丝毫的快乐可言。因为人性无论于己还是于他人，都不是为了变成标本镶在高级的框子里。真实的人性是俗的。是的，人性本质上有极俗的一面。一个理想的社会和与之相适应的文化不该是这样的一把剪刀——以为可以将一概人之人性极俗的一面从人心里剪除干净；而且明白它，认可它，理解它，最大程度地兼容它；同时，有不俗的文化在不知不觉之中吸引和影响我们普遍之人的人性向上，而不一味地"流淌"到低洼处从而一味地不可救药地俗下去……

我们俗着，我们可以偶尔不俗；我们本性上是自私自利的，我们可以偶尔不自私自利；我们有时心生出某些邪念，我们也可以偶尔表现高尚一下的冲动；我们甚至某时真的堕落着了，而我们又是可以从堕落中自拔的……我们至死还是没有成为一个所谓高尚的人、有道德的人、脱离了低级趣味的人；但是检点我们的生命，我们确曾有过那样的时候，起码确曾有过那样的愿望……

人性似水，我们实难决定水性的千变万化。

但是水呵，它有多么美好的一些状态呢！

人性也可以的。

　　而不是不可以——一个社会若能使大多数人相信这一点，那么这个社会就开始是一个人文的社会了……

我的"人生经验"

在某次读书活动中，有青年向我讨教"人生经验"。

所谓"人生经验"，我确乎是有一些的。连低级动物都有其生活经验，何况人呢？人类的社会关系比低级动物的"社会"关系复杂，故所谓"人生经验"，若编一部"大全"，估计将近百条。

但有些经验，近于常识。偏偏近于常识的经验，每被许多人所忽视。而我认为，告诉青年朋友对他们是有益无害的，于是回答如下。

一、一类事尽量少做

去年国庆前，我将几位中学时的好同学连同他们的老伴从哈尔滨请到北京来玩——这是我多年的夙愿。他们中有一对夫妇，原本是要来的，却临时有事，去了外地。但他们都在哈市买了来程车票，返程票是我在北京替他们买的——我与售票点的人已较熟悉了，他们一一用手机发来姓名和身份证号，买时很顺利。其实，若相互不熟悉，未必能顺利，因为当时的规定是购票须验明购票者本人身份证，否则不得售票——特殊时期，规定严格。

售票点的人熟悉我、信任我，能买到票实属侥幸。

但售票点是无法退票的，只能到列车站去退票，而且也要持有购票人身份证。

我问售票点的人："如果我带齐我的一切证件，肯定退不成吗？"

答曰："那只有碰运气了，把握很小，您何必呢？真白跑一次多不值得，还是请你的老同学将身份证快递过来的好。"

而问题是——我那老同学夫妇俩在外地，他们回哈尔滨也是要用身份证的。倘为了及时将身份证快递给我，他们就必须提前回哈市。

我不愿他们那样。尽管售票点的人将话说得很明白，我还是决定碰碰运气。去列车站时，我将身份证、工作证、户口本、医疗卡等一概能证明我绝非骗子的证件都带齐了。

然而我的运气不好。

退票窗口的姑娘说，没有购票人的身份证，不管我有多少能证明自己身份的证件都无济于事。她无权对我行方便，却挺理解我的想法，建议我去找在大厅坐台的值班经理。她保证，只要值班经理给她一个电话指示，她愿意为我退票。

这不啻是好兆头。

值班经理也是位姑娘，也不看我的证件，打断我的陈述，指点迷津："你让对方将他们的身份证拍在手机上再发到你的手机上，之后你到车站外找处打印社，将手机与电脑连线，打印出来。再去车站派出所请他们确认后盖章，最后再去退票就可以了。"

我的手机太老旧，虽当着她的面与老同学通了话，却收不到发过来的图像。

我说："请行个方便吧！你看我这把年纪了，大热的天，衣服都湿了，体恤体恤吧。"

她说："我该告知你的已经告知了，车票是有价票券，你再说什么都没用了。"

我说："我明白你的意思，怕我是个冒退者对不对？所以你要看看我这些证件啊！"

我还调出了老同学发在我手机上的他们夫妇俩的姓名和身份证号码，请她与票上的姓名和身份证号码核对一下，但她不再理我了。

我白跑了一次车站。

最终还是——老同学夫妇俩提前从外地回哈尔滨，将身份证快递给我。有了他们的身份证，我第二次去车站，排了会儿队，一分钟就将票退成了。

类似的事我碰到多次。有相当长一个时期，我身份证上的名字与户口本上的名字不统一，从邮局取一个是几本书或一盒月饼的邮件或一份小额稿费汇款单，都曾发生过激烈的争执。

对方照章行事，而我认为规章是人立的，应留有灵活一点儿的空间。我每次连户口本都带了，户口本能证明身份证上的名字也是我这个人的名字。但对方若认死理，那我就干没辙。对方的说法是——只能等过期退回，或让派出所开一份正式证明，证明身份证所显示的人与邮件上写的姓名确系同一人。派出所也不愿开此类证明，他们怕身份证是我捡的。

而我的人生经验之一便是——若某部门有某种规定明明是我自己知道的，比如退列车票也须持有购票人的身份证，领取邮件须持有与邮件上的姓名一致的身份证——我们明明知道的话，就不要心存侥幸。

勿学我，侥幸于自己也许会面对着一个比较好说话、不那么认死理的人。

我的经验告诉我，面对一个好说话的人的概率仅十之一二而已，面对一个认死理的人的概率却是十之八九的事。

这也不仅是中国现象，世界上每个国家都有认死理的人，遇到不好说话的人和好说话的人的比例估计差不多也是八九比二一。起码，我在别国的小说和电影中看到的情况是那样，故我希望碰上了类似之事的人，大可不必因而就影响了自己的爱国情怀。

首先，要理顺某些可能使自己麻烦不断的个人证件关系——现在我身份证的名字终于与户口上的名字统一起来了。

其次，宁肯将麻烦留给自己，也比心存侥幸的结果好。比如我所遇到的退票之事，无非便是请老同学提前回哈尔滨，将身份证寄来，有了他们的身份证，也就不必白跑一次列车站了，更不会与不好说话的人吵了一番，白生一肚子气了。

虽然认死理的人全世界哪一个国家都有，但中国更多些。

所以，将希望寄托于面对一个比较好说话的人和事，以根本不那么去做为明智。

二、有些话尽量不说

还以我退票之事为例。

我要达到目的，自然据理力争——退票又不是上车，在职权内行个方便，会有什么严重后果呢？无非怕我是个骗子，票是捡的甚或是偷的抢的。但我出示的包括身份证、户口本在内的证件，明明可以证明我不会是骗子啊。

我恳求道："你看一眼这些证件嘛。"

她说："没必要看，户口本和身份证也有假的。"

我怔了片刻又说："那你看我这老头会是骗子吗？"

她说："骗子不分年龄。"

我又怔了片刻，愤然道："你怎么这种态度呢？那你坐在这里还有什么意义呢？"

她说："你的事关系到人命吗？既然并不，铁道部部长来了我也这种态度。"

我顿时火冒三丈。

尽管铁道部已改成铁路总公司了，她仍习惯于叫"铁道部部长"。

而我之所以发火，是因为她那么理直气壮说的话分明是"二百五"都不信的假话。别说铁道部部长了，也别说我持有那么多证件了——即使她的一个小上级领着一个人来指示她："给退票窗口打个电话，把这个人的票给退了。"说完转身就走，她不必会立刻照办吗？肯定连问都不敢多问一句。或者，她的亲戚朋友在我那种情况下想要退票，也必然根本就不是个事。

这是常识，中国人都明白的。

当时我联想到了另一件事——有次我到派出所去，要开一份证明我与身份证上的名字是同一个人的证明，说了半天，就是不给我开，答曰："派出所不是管你们这些事的地方。"

这也是一句假话。

因为我知道，派出所不但正该管这类事，而且专为此类事印有证明信纸，就在她办公桌的抽屉里。有了那样的证明，我才能在机场派出所补页允许登机的临时身份证明，第二天才能顺利登机。

但她似乎认为她的抽屉里即使明明有那种印好的证明信纸，我也不应该麻烦于她——而应将票退了，再重买一张与身份证上的名字相符合的机票。

那日我骂了"浑蛋"。

结果就更不给我开了。

无奈之下，猛想起导演尹力与派出所有密切关系，当即用手机求助。

尹力说："老哥，别急，别发火，多大点事儿啊，等在那儿，别走。"

几分钟后，一位副所长亲自替我开了证明。

口吐粗话是语言不文明的表现，过后我总是很懊悔。并且，我已改过自新了。以后再逢类似情况，宁可花冤枉钱，搭赔上时间和精力将某些麻烦事不嫌麻烦地解决了，也不再心存也许偏就碰上了一个好说话的人那种违背常理的侥幸了——那概率实在太低，结果每每自取其辱，也侮辱了别人。

我要对青年朋友们说的是，你们中有些人，或者正是从事"为人民服务"之性质的工作的人，或者将要成为那样的人。恰恰是"为人民服务"性质的工作，大抵也是与职权联系在一起的工作。而职权又往往与"死理"紧密联系在一起。参加工作初期，唯恐出差错，挨批评，担责任，所以，即使原本是通情达理、助人为乐的人，也完全可能在工作岗位上改变成一个"认死理"的人。

若果真变成了这样一个人，又碰上了像我那么不懂事，心怀侥幸企图突破"死理"达到愿望的讨厌者，该怎么办呢？

我的建议是——首先向老同志请教。有少数老同志，工作久了，明白行方便于人其实也不等于犯什么错误的道理；或者，以其人之道，还治其人之身，以自己年轻，权力实在有限无法做主为托词，反博同情。此等哀兵策略，每能收到良好效果。

但，尽量别说"××部长来了我也是这种态度"之类的话。

在中国，这种根本违背常识的话，其实和骂人话一样撮火，有时甚至比骂人话还撮火。

君不见，某些由一般性矛盾被激化为事件的过程，往往导火线便是由于有职权一方说了那种比骂人话还撮火的话。

三、某类人，要尽量包容

我的一名研究生毕业后在南方某省工作，某日与我通手机"汇报"她的一段住院经历——她因肠道疾病住院，同病房的女人五十二三岁，是一名有二十余年工龄的环卫工，却仍属合同工；因为家在农村，没本市户口。

我们都知道的，医院里的普通双人间是很小的——但她的亲人们每天看望她；除了她的丈夫，还有她的儿子、儿媳、六七岁的孙子以及女儿、女婿。她丈夫是建筑工地的临时伙夫，其他亲人都生活在农村。父母在城里打工，儿女们却是茶农，这样的情况是不多的。

从早到晚她的床边至少有三个亲人——两个大人和她的孙子。而晚上，医院是要清房的，只允许她的一个亲人陪住，她的孙子就每每躲在卫生间甚至床下，熄灯后与陪住的大人挤在一张窄窄的折叠床上睡。白天，那小孙子总爱看电视，尽管她一再提醒要把音量开到最小，还是使我的学生感到厌烦。并且她的亲人们几乎天天在病房的卫生间冲澡、洗衣服，这分明是占公家便宜的行为！我的学生内心里难免会产生鄙视。

"我本来打算要求调房的，但后来听医生说她得的是晚期肠癌，已经扩散，手术时根本清除不尽，估计生命期不会太长的。我就立刻打消了调房的念头，怕换成别人，难以容忍她那些亲人。老师，我这么想对吧？"

我的回答当然是："对。"

后来，那女人的工友们也常来看她。我的学生从她的工友们的话中得知——二十余年间，她义务献血七八次；她是她们的组长，她受到的表彰连她自己也记不清有多少次了。总之她是一个好人，好环卫工人。

那日她的工友们走后，我的学生已对她心生油然的敬意了。

而她却说："别听她们七嘴八舌地夸我。我身体一向很好，献血也是图的营养补助费。"

她说她献血所得的钱，差不多都花在孙子身上了。

她的话使我的学生几乎落泪，同时也更尊敬她了，因为她的坦率。

她说她是他们大家庭的功臣，她丈夫的工作也是她给找的。因为有他们夫妇俩在城里打工挣钱，经常帮助儿女的生活，儿女才逐渐安心在乡下做茶农了，生活也一年比一年稳定和向好了。也正因为她是这样的母亲，她一生病，亲人们自然全来了。

她说她和丈夫租住在一间十二三平方米的平房里，舍不得花钱，没装空调，正值炎热的日子，她的亲人们特别是小孙子更愿意待在病房里——有空调啊！

此时，我的学生反而替她出谋划策了——我的学生注意到，到病房有两个楼梯口。左边的，要经过护士的值班室，而右边的就不必。以后，她的亲人们就都从右边的楼梯到病房来了。

我的学生独自在那座城市工作，也想雇一名陪住。

她说：“何必呢？我女儿、儿媳不是每天都有一个在吗？你随便支使她们好了。你们年轻人挣钱也挺不容易的，能省就省吧。”

我的学生高兴地同意了。

“老师，其实我不是想省一笔钱，是想有理由留给她一笔钱。”

我说：“你不说我也知道。”

学生问：“老师为什么能猜到？”

我说：“因为你是我学生啊。”

我的学生出院时，委托护士交给那名环卫女工两千元钱。

一个多星期后，我的学生到医院复查时，得知她的病友也出院了——那环卫女工没收她的钱，反而给她留下了一条红腰带，今年是我的学生的本命年。红腰带显然是为她做的，其上，用金黄色的线绣着“祝好人一生平安”几个字。

学生问：“老师，怎么会这样？”

我说：“怎样啊？”

她说：“我居然在别人眼里成了好人！”

我说：“你本来就是好人啊！”

我的手机里传来了我学生的抽泣声。

在那一天之前，我只对我的学生们说过“希望你们将来都做好人"——却从没对任何一名学生说过:"你本来就是好人。"

我觉得,我的学生也是由于我那样一句话而哭。

对于显然不良的甚至恶劣的行径,包容无异于姑息怂恿。但有时候,某些人使我们自己不爽的做法,也许另有隐衷。此时我们所包容的,完全可能是一个其实很值得我们尊敬的人。此时包容能使我们发现别人身上良好的一面,并使自己的心性也受到那良好的影响。

包容会使好人更好。

会使想成为好人的人肯定能够成为好人。

会使人倾听到对同一人物、同一事件、同一现象的多种不同的声音,而善于倾听是智者修为——包容会使人更加具有"自由之思想,独立之精神"。

故包容不仅对被包容者有益,对包容者本身也大有裨益。

四、一类事,做了就不后悔

某日我从盲人按摩所回家,晚上九点多了,那条人行道上过往行人已少,皆步履匆匆,而我走得从容不迫。

在过街天桥的桥口,我被一个女人拦住了——她四十多岁,个子不高,短发微胖,衣着整洁。她身边还有一个女人,身材高挑,二十六七岁,穿得很正规,胸前的幼儿兜里有一个一岁左右的孩子,在睡着。她一手揽着幼儿兜,一手扶着幼儿车的车把。幼儿车是新的,而她一脸的不快与茫然。

拦住我的女人说,年轻的女人是她的弟媳。小两口吵架了,她弟媳赌气抱着孩子要回老家,而她追出来了,她俩谁的身上也没带钱。她弟媳还是不肯回家,她怕一会儿孩子醒了,渴了……

我明白了她的意思，给了她二十元钱。不论买水还是买奶，二十元绰绰有余。

我踏上天桥后，她又叫住了我，并且也踏上了天桥，小声央求我再多给她些钱。

"天都这么晚了，我怕我今晚没法把我弟媳劝回家了……可我们在哪儿过夜啊！您如果肯多给我点儿，我再要点儿，我们两个大人一个小孩今晚就能找家小旅店住下……"

我望一眼那年轻的女人，她的脸转向了别处。我略一犹豫，将钱夹中的二百多元钱全给她了。

隔日在家看电视，电视里恰好讲到各种各样行乞乃至诈骗的伎俩，而"苦肉计"是惯技之一。

我便不由得暗想，昨天晚上自己被骗了吗？

我之所以将钱包里的钱全给了那个女人，另一个女人身上的小孩子起了很大的作用。

但我毕竟也不是一个容易轻信的人，我是经过了判断的——像她们那样乞讨，预先是要有构思的，还要有道具。果真是骗乞，孩子和幼儿车岂不一样成了道具了吗？而且，构思甚具创新，情节既接地气又不一般化。问题是，那么煞费苦心，一个晚上又能骗到多少钱呢？

也许有人会说：你不是就给了二百多元吗？一晚上碰到两个你这样的人，一个月就会骗乞到一万五千多元，而且只不过是半个夜班三四个"工作"小时的事。被她们骗了，对辛辛苦苦靠诚实的劳动每月才挣几千元的人是莫大的讽刺！你被骗了其实也等于参与了讽刺。

而我的理性思考是——不见得每天晚上都碰到我这样的

人吧？

　　为了解别人面对我遇到的那种事究竟会怎么想，我与几位朋友曾颇认真地讨论过，每一位朋友都以如上那种思想批判我。

　　也有朋友说：就算她们每三天才碰到一个你这样的人，一个月那也能讨到两三千元吧？她们是较高级的骗乞者，不同于跪在什么地方见人就磕头那一类。对于那一类乞讨者，给钱的人往往给的也是零钱，给一元就算不少了，给十元就如同"大善人"了。可你想她们那"故事"编得多新，使想给她们钱的人，少于十元根本给不出手。而且呢，你也不要替她们将事情想得太不容易了。其实呢，在她们跟玩儿似的——预先构思好了"故事"，穿得体体面面的，只当是带着孩子逛逛街散散步了。锁定一个目标，能骗多少骗多少。即使到十点多了一个也没骗成，散散步对身体也是有益的嘛！……

　　我认为朋友的判断不是完全不合逻辑。

　　但我又提出了一个问题，即——就算我们所遇到的类似的事十之八九是骗，那么，总还有一两次可能不是骗吧？

　　于是，事情会不会成了这样——需要一点儿钱帮助的人认为我们是大千世界中那个有可能肯帮助自己的人，而我们基于先入为主的阴谋论的成见，明明能够及时给予那点儿帮助，却冷漠而去。须知，在这种情况之下，我们所遇非是十之八九的骗而是十之一二的真，我们自己对于那"真"要么是十之八九的不予理睬者，要么是十之一二的使"真"之希望成真的人。如果人人都认为自己所遇之事百分之百是骗，那么那十之一二的"真"对于我们这个大千世界还有什么希望可言呢？

朋友则强调：十之一二构不成经验，十之八九才是经验——人要靠经验而不要靠形而上的推理行事才对。

然而又数日后，我竟在一家超市再次遇见了那两个女人——年轻的仍用幼儿兜带着孩子，年长的推着那辆幼儿车。

她们对我自是一再感谢，还给了我二百多元钱。我也没来虚的，既还，便接了——我觉得她们是真心实意地要还。

原来她们租住在离我们那一小区不远的平房里。

与十之八九的骗不同的十之一二的她们，偏巧让我碰上了。十之一二的我这样的非阴谋论经验主义者，也偏巧让他们碰上了。

所谓极少数碰上了极少数。

在中国，其实没有谁好心施舍十次却八九次都被骗的。更多的情况是，一个人只不过发扬好心了一两次，被骗了。

那又怎样呢？

不就是几元钱十几元钱的事吗？

值得耿耿于怀一辈子吗？

难道中国人都想做一辈子没被骗过的人吗？

连上帝也受过骗，诸神也受过骗，撒旦也受过骗，不少高级的骗子也受过骗。

身为人类，竟有绝不受骗之想，乃人类大非分之想，可谓之曰"超上帝之想"。此非人类之想，亦非诸神之想。

故，若世上有一个人是终生从未受过一次骗的人，那么此人不论男女，必是可怕的。

当然，我这里仅指面对乞讨之手的时候。

君必知，某些有此经历并受骗过一次并因而大光其火发誓以后再也不给予的我们的许多同胞，虽一生不曾行乞，但有几个一生不曾骗人呢？他们中有人甚至骗人成习，而且骗到国外去。早年间出国不易的时代，在外国使馆办理签证的窗口前，他们往往一句谎话紧接着另一句谎话，所编"故事"的水平一点儿也不逊于街面上的骗乞者。

"己所不欲，勿施于人"这话，在许多同胞内心里的解读其实是——"尔所不欲，勿施于吾"。在现实中的现象则往往是——"吾欲，故施己所欲于人也"，并且从不内省这理由是否具有正当性。

面对乞讨之手，我的经验是——"骗"字既从头脑中闪过，便信那直觉，漠然而过，内心不必有什么不安；若直觉意使自己相信了，施予了，即使人人讥为弱智，亦当不悔。

那样的时候所做的那样的事，是人生做了最不值得后悔的事之一种。

以上都是些"鸡毛蒜皮"的人生经验，与成功学无关，与名利更无关，与职场帷幄、业界谋略也不搭界。概言之，不属于智商经验，也不属于情商经验。

我自谓之曰"琐碎心性经验"。

大人物们无须此类经验，他们的心性不装那等琐碎。

但我们不是大人物的中国人，基本上终日生活在琐碎之中，我们之心情也就只能于琐碎之中渐悟人性之初谛……

人生真相

　　仅仅为了生存而被自己根本不愿做的事情牢牢黏住一生的人越来越少；每一个人只要努力做好自己必须做的事情，只要自己愿意做的事情不脱离实际，终将有机会满足一下或间接满足一下自己的"愿意"。

　　人活着就得做事情。

　　古今中外，无一人活着而居然可以不做什么事情，连婴儿也不例外。吮奶便是婴儿所做的事情，不许他做他便哭闹不休，许他做了他便乖而安静。广论之，连蚊子也要做事——吸血；连蚯蚓也要做事——钻地。

　　一个人一生所做之事，可以从许多方面来归纳——比如善事恶事，好事坏事，雅事俗事，大事小事，等等。

　　世上一切人之一生所做的事情，也可用更简单的方式加以区分，那就是无外乎——愿意做的、必须做的、不愿意做的。

　　古今中外，上下数千年，任何一个曾活过的人、正活着的人们的一生，皆交叉记录着自己愿意做的事情、必须做的事情、不愿意做的事情。即将出生的人们的一生，注定了也还是如此这般。

　　细细想来，古今中外，一生仅做自己愿意做的事情，但凡不愿意做的事情可以一概不做的人，极少极少。大约，根本没有过吧？从前的国王皇帝们还要上朝议政呢。那不见得是他们天天都愿意做的事。

有些人却一生都在做着自己不愿意做的事情。比如他或她的职业绝不是自己愿意的，但若改变却千难万难，"难于上青天"。不说古代，不论外国，仅在中国，仅在二十几年前，这样一些终生无奈的人比比皆是。

而我们大多数人的一生，其实只不过都在整日做着自己必须做的事情。日复一日，渐渐地，我们对我们那么愿意做，曾特别向往去做的事情漠然了。甚至，连想也不去想了。仿佛我们的头脑之中对那些曾特别向往去做的事情，从来也没产生过试图一做的欲念似的。即使那些事情做起来并不需要什么望洋兴叹的资格和资本。渐渐地，我们变成了一些生命流程仅仅被必须做的、杂七杂八的事情注入得满满的人。我们只祈祷我们千万别被自己不愿意做的事情黏住了。果而如祈，我们则已谢天谢地，大觉幸运了，甚至会觉得顺顺当当地过了挺好的一生。

我想，这乃是所谓人生的真相之一吧？一生仅做自己愿意做的事情，凡不愿意做的事情可以一概不做的人，我们就不必太羡慕了吧！衰老、生病、死亡，这些事任谁都是躲不过的。生病就得住院，住院就得接受治疗。治疗不仅是医生的事情，也是需要病人配合着做的事情。某些治疗的漫长阶段比某些病本身更痛苦。于是人最不愿意做的事情，一下子成了自己必须做的事情。到后来为了生命，最不愿做的事情不但变成了必须做的事情，而且变成了最愿做好的事情。倒是唯恐别人们认为自己做得不够好，进而不愿意在自己的努力配合之下尽职尽责了。

我们且不说那些一生被自己不愿做的事情牢牢黏住、百般无奈的人了吧！他们也未必注定了全没他们的幸运。比如他们中有人一听做胃镜检查这件事就脸色大变，竟幸运地有一副从未疼过的胃，一生连粒胃药也没吃过。比如他们中有人一听动手术就心惊胆战，竟幸运地一生也没躺上过手术台。比如他们中有人最怕死得艰难，竟幸运地死得很安详，一点儿痛苦也没经受，忽然地就死了，或死在熟睡之中。有的死前还哼着歌洗了人生的最后一次热水澡，且换上了一套新的睡衣……

我们还是了解一下我们自己，亦即这世界上大多数人的人生真相吧！

我们必须做的事情，首先是那些意味着我们人生支点的事情。我们一旦连这些事情也不做，或做得不努力，我们的人生就失去了稳定性，甚而不能延续下去。比如我们每人总得有一份工作，总得有一份收入。于是有单位的人总得天天上班；自由职业者不能太随性，该勤奋之时就得自己要求自己孜孜不倦。这世界上极少数的人之所以是幸运的，幸运就幸运在——必须做的事情恰也同时是自己愿意做的事情。大多数人无此幸运。大多数人有了一份工作，有了一份收入就已然不错。在就业机会竞争激烈的时代，纵然非是自己愿意做的事情，也得当成一种低质量的幸运来看待。即使打算摆脱，也无不掂量再三，思前虑后，犹犹豫豫。

因为对于我们大多数人而言，我们整日必须做的事情，往往不仅关乎着我们自己的人生，也关乎着种种的责任和义务。比如父母对子女的，夫妻双方的，长子长女对弟弟妹妹的，等等。这些责任和义务，使那些我们寻常之人整日必须做的事情具有了超乎于愿意不愿意之上的性质。并随之具有了特殊的意义。这一种特殊的意义，纵然不比那些我们愿意做的事情对于我们自己更快乐，也比那些事情显得更重要、更值得。

我们做我们必须做的事情，有时恰恰是为了有朝一日可以无忧无虑地做我们愿意做的事情。普遍的规律也大抵如此。一些人勤勤恳恳地做他们必须做的事情，数年如一日，甚至十几年、二十几年如一日，人生终于柳暗花明，终于得以有条件去做自己愿意做的事了。其条件当然首先是自己为自己创造的。这当然得有这样的前提——自己所愿意做的事情，自己一直惦记在心，一直向往着去做，一直并未泯灭了念头……

我们做我们必须做的事情，有时恰恰不是为了有朝一日可以无忧无虑地做我们愿意做的事情。我们往往已看得分明，我们愿意做的事情，并不由于我们将我们必须做的事做得多么努力，做得多么无可指责而离我们近了；相反，却日复一日地，渐渐地离我们远了，成了注定与我们的人生错过的事情。不管我们一直怎样惦记在心，一直怎样向往着去做。但我们却仍那么努力、那么无可指责地做着我们必须做的事情。为了什么呢？为了下一代，为了下一代得以最大限度地做他们和她们愿意做的事；为了他们和她们愿意做的事不再完全被动地与自己的人生眼睁睁错过；为了他们和她们，具有最大的人生能动性，不被那些自己根本不愿意做的事黏住，进而具有最大的人生能动性，使自己必须做的事与自己愿意做的事协调地相一致起来。起码部分地相一致起来。起码不重蹈我们自己人生的覆辙，因了整日陷于必须做的事而彻底断送了试图一做自己愿意做的事情的条件和机会。社会是赖于上一代如此这般的牺牲精神而进步的。

下一代人也是赖于上一代人如此这般的牺牲精神而大受其益的。

有些父母为什么宁肯自己坚持着去干体力难支的繁重劳动，或退休以后也还要无怨无悔地去做一份收入极低微的工作呢？为了子女们能够接受高等教育，能够从而使子女们的人生顺利地靠近他们愿意做的事情。

"可怜天下父母心"一句话，在这一点上，实在是应该改成"可敬天下父母心"的。而子女们倘竟不能理解此点，则实在是可悲可叹啊。

最令人同情的是这样一些人——他们终于像放下沉重的十字架一样，摆脱了自己必须做甚而不愿意做却做了几乎整整一生的事情；终于有一天长舒一口气自己对自己说——现在，我可要去做我愿意做的事情了。那事情也许只不过是回老家看看，或到某地去旅游，甚或只不过是坐一次飞机、乘一次海船……而死神却突然来牵他或她的手了……

所以，我对出身贫寒的青年们进一言，倘有了能力，先不必只一件件去做自己愿意做的事情。要想一想，自己怎么就有了这样的能力。完全靠的自己？含辛茹苦的父母做了哪些牺牲？并且要及时地问："爸爸妈妈，你们一生最愿意做的事情是些什么事情？咱们现在就做那样的事情！为了你们心里的那一份长久的期望！……"

我的一位当了经理的青年朋友就这样问过自己的父母，在今年的春节前——而他的父母吞吞吐吐说出来的却是，他们想离开城市重温几天小时候的农村生活。

当儿子的大为诧异：那我带着公司员工去农村玩过几次了，你们怎么不提出来呢？

父母道：我们两个老人，慢慢腾腾的，跟了去还不拖累你玩不快活呀！

当儿子的不禁默想，进而戚然。

春节期间，他坚决地回绝了一切应酬，是陪父母在京郊农村度过的……

我们憧憬的理想社会是这样的：仅仅为了生存而被自己根本不愿做的事情牢牢黏住一生的人越来越少；每一个人只要努力做好自己必须做的事情，只要自己愿意做的事情不脱离实际，终将有机会满足一下或间接满足一下自己的"愿意"。

据我分析，大多数人愿意做的事情，其实还都是一些不失自知之明的事情。

时代毕竟进步了。

标志之一也是——活得不失自知之明的人越来越多而非越来越少了。

尽管我们大多数人依然还都在做着我们整日必须做的事情，但这些事情随着时代的进步，与我们的人生的关系已变得越来越灵活，越来越宽松，使我们开始有相对自主的时间和精力顾及我们愿意做的事情，不使之成为泡影。重要的倒是，我们自己是否还像从前那么全凭必须这一种惯性活着……

我们都知道的，金钱除了不能解决生死问题，除了不能一向成功地收买法律，几乎可以解决至少可以淡化人面临的许许多多困扰。

我们大多数世人，或更具体地说——百分之九十甚至百分之九十五以上的世人，与金钱到底是一种什么样的关系呢？

我的意思是在说，或者是在问，或者仅仅是在想——那种关系果真像我们人类的文化和对自身的认识经验所记录的那样，竟是贪而无足的吗？

我感觉到这样的一种情况——即在我们人类的文化和对自身认识的经验中，教诲我们人类应对金钱持怎样的态度和理念，是由来久矣并且多而又多的；但分析和研究我们与金钱之关系的真相的思想成果，却很少很少。似乎我们人类与金钱的关系，仅仅是由我们应对金钱持怎样的态度来决定的。似乎只要我们接受了某种对金钱的正确的理念，金钱对我们就是无足轻重的东西了，对我们就会完全丧失吸引力了。

在我们人类与金钱的关系中，某种假设正确的理念，真的能起特别重要的作用吗？果真那样，思想岂不简直万能了吗？

在全世界，在人类的古代，金即是钱，即是通用币，即是永恒的财富。百锭之金往往意味着佳食锦衣，唤奴使婢的生活。所有富人的日子一旦受到威胁，首先将金物及价值接近金的珠宝埋藏起来。所以直到现在，虽然普遍之人的日常生活早已不受金的影响，在谈论钱的时候，却仍习惯于二字合并。

在今天，在中国，"文化"已是一个泡沫化了的词。已是一个被泛淡得失去了"本身义"，并被无限"引申义"了的词。不是一切有历史的事物都能顺理成章地构成一种文化，事物仅仅有历史只不过是历史悠久的事物。纵然在那悠久的历史中事物一再地演变过，其演变的过程也不足以自然而然地构成一种文化。

只有我们人类对某一事物积累了一定量的思想认识，并且传承以文字的记载，并且在大文化系统之中占据特殊的意义，某一事物才算是一种文化"化"了的事物。

这是我的个人观点。而即使此观点特别地容易引起争议，我们若以此观点来谈论金钱，并且首先从"金钱文化"说起，大约是不会错到哪里去的。

外国和中国的一切古典思想家们，有一位算一位，哪一位不曾谈论过人与金钱的关系呢？可以这么认为，自从金钱开始介入我们人类的生存形态那一天起，人类的头脑便开始产生对于金钱的思想或曰意识形态了。它们一而再、再而三地呈现在童话、神话、民间文学、士人文学、戏剧以及后来的影视作品和大众传媒里。它们全部的教诲，一言以蔽之，用教义最浅白的"济公活佛圣训"中的一句话来概括那就是——"死后一文带不去，一旦无常万事休。"

数千年以来，"金钱文化"对人类的这种教诲的初衷几乎不曾丝毫改变过，可谓谆谆复谆谆，用心良苦。只有在现当代的经济学理论成果中，才偶尔涉及我们人类与金钱之关系的真相，却也每几笔带过，点到为止。

那真相我以为便是——其实我们人类之大多数对金钱所持的态度，非但不像"金钱文化"从来渲染的那么一味贪婪，细分析，简直还相当理性、相当朴素、相当有度。

奴隶追求的是自由。

诗人追求的是传世。

科学家追求的是成果。

文艺家追求的是经典。

史学家追求的是真实。

思想家追求的是影响。

政治家追求的是稳定……

而小百姓追求的只不过是丰衣足食、无病无灾、无忧无虑的小康生活罢了。倘是工人，无非希望企业兴旺，从而确保自己的收入养家度日不成问题；倘是农民，无非希望风调雨顺，亩产高一点儿，售出容易点儿；倘是小商小贩，无非希望有个长久的摊位，税种合理，不积货，薄利多销……

如此看来，大多数世人虽然每天都生活在这个由金钱所推转着的世界上，每一个日子都离不开金钱这种东西，甚而我们的双手每天都至少点数过一次金钱，我们的心里每天都至少盘算过一次金钱，但并不因而都梦想着有朝一日成为富豪或资本家，银行账户上存着千万亿万，于是大过奢侈的生活，于是认为奢侈高贵便是幸福……

真的，细分析，我确确实实地觉得，人类之大多数对金钱所持的态度，从过去到现在甚至包括将来，其实一向是很健康的。

一直不健康的或温和一点儿说不怎么健康的，恰恰是"金钱文化"本身。这一种文化几乎每天干扰我们对这个世界的正常视听要求和愿望，似乎企图使我们彻底地变成仅此一种文化的受众，从而使其本身变成摇钱树。这种文化的一个显著的特征就是——当其在表现人的时候几乎永远的只有一个角度，无非人和金钱的关系，再加点性和权谋。它的模式是——"那公司那经理那女人，和那一大笔钱。"

我们大多数世人每天受着这种文化的污染，而我们对金钱的态度却仍相当理性、相当朴素、相当有度。我简直不能不这样赞叹——大多数世人活得真是难能可贵！

再细加分析，具体的一个人，无论男女，无论有一个穷爸爸还是富爸爸，其一生皆大致可分为如下阶段：

童年——以亲情满足为最大满足的阶段。

少年——以自尊满足为最大满足的阶段。

青年——以爱情满足为最大满足的阶段。

中年前期——以事业满足为最大满足的阶段。

中年后期——以金钱满足为最大，也许还是最后满足的阶段。

老年前期——以自尊满足为最大满足的阶段。

老年后期——以亲情满足为最大满足的阶段……

大多数人大抵如此，少数人不在其列。

人，尤其男人，在中年后期，往往会与金钱发生撕扯不开的纠缠关系。这乃因为——他在爱情和事业两方面，可能有一方面忽然感到是失败的，甚或两方面都感到是失败的、沮丧的。也许那是一个事实，也许仅仅是他自己误入了什么迷津；还因为中年后期的男人，是家庭责任压力最大的人生阶段，缓解那压力仅靠个人作为已觉力不从心，于是意识里生出对金钱的幻想。但普遍而言，中年后期的男人已具有与其年龄相一致的理性了。他们对金钱的幻想仅仅是幻想罢了。并且，这幻想折叠在内心里，往往是不说道的。某些男人在中年后期又有事业的新篇章和爱情的新情节，则他们也不会把金钱看得过重。

在经济发达的国家，人们的追求，包括对人生享受的追求，往往呈现着与金钱没有直接关系的现象。"金钱文化"在那些国家里也许照旧地花样翻新，但对人们的意识已经不足以构成深刻的重要的影响。我们留心一下便不难得出这样的结论——那些国家的文化的、文艺的和传媒的主流内容往往是关于爱、生、死、家庭伦理和人类道德趋向以及人类大命运的。或者，纯粹是娱乐的。

因为在那些国家里，中产阶级生活已经是不难实现的。

而中产阶级，则是一个与金钱的关系最自然、最得体、最有分寸的阶级。

在经济落后的国家，普遍的人们也反而不太产生对金钱的强烈又痛苦的幻想。因为那接近梦想。他们对金钱的愿望是由自己限制得很低很低的，于是金钱反而最容易成为带给他们满足的东西。

在发展中国家，特别在由经济落后国家向经济振兴国家迅速过渡的国家，其文化随之嬗变的一个显著事实就是——"金钱文化"同步地迅速繁衍和对大文化系统的蚕食，以及对人们日常生活的方方面面的几乎无孔不入的侵略式影响。人面对之，要么采取个人式的抵御姿态，要么接受它的冲击、它的洗脑，最终变得有点儿像金钱崇拜者了。在这样的国家、这样的时代，充斥于文化、文艺和媒体的经常的主要的内容，往往是关于金钱这种东西的。在这样的国家、这样的时代，文化和文艺往往几乎已经丧失了向人们讲述一个纯粹的、与金钱不发生瓜葛的爱情故事的能力。因为这样的爱情故事已不合人们的胃口，或曰已不合时宜，被认为浅薄了。于是通俗歌曲异军突起，将文化和文艺丧失了的元素吸收去变成为自身存在的养分。通俗歌曲的受众是青少年，是以对爱情的向往为向往，以对爱情的满足为满足的群体。他们沉湎于通俗歌曲为之编织的爱情帷幔中，就其潜意识而言，往往意味着不愿长大，逃避长大——因为长大后，将不得不面对金钱的左右和困扰。

在这样的国家、这样的时代，贫富迅速分化，差距迅速悬殊，人对金钱的基本需求和底线一番番被刷新。相对于有些人，那底线不断地、不明智地一次次攀升；相对于另一些人，那底线不断地、不得已地一次次跌降。前者往往可能由于不能居住于富人区而混乱了人与金钱的关系；后者则往往可能由于连生存都无以为计而产生了人对金钱的偏狂理解。

归根结底，不是人的错，更不是时代的错，也当然不是金钱的错，而只不过是——在特殊的历史阶段，人和金钱贴紧于同一段社会通道之中了。当同时钻出以后，人和金钱两种本质上不同的东西（姑且也将人叫作东西吧）又会分开来，保持必要的距离，仅在最日常的情况之下发生最日常的"亲密接触"。

那时，大多数人就可以这样诚实又平淡地说了：金钱嘛，它不是唯一使我万分激动的东西，也不是唯一使我惴惴不安的东西，更不是我人生中唯一重要的东西。我必须有足够花用的金钱，而我的情况正是这样。

归根结底，爱国主义——正是由这一种人对金钱相当理性、相当朴素、相当有度，因而相当良好的感觉来决定的。

哪一个国家使它的人民与金钱的关系如此这般了，它的人民便几乎无须被教导，自然而然地爱着他们的国了……

人生和它的意义

确实，我曾多次被问到——"人生有什么意义？"往往，"人生"之后还要加上"究竟"二字。

迄今为止，世上出版过许许多多解答许许多多问题的书籍，证明一直有许许多多的人思考着许许多多的问题。依我想来，在同样许许多多的"世界之最"中，"人生有什么意义"这一个问题，肯定是人的头脑中所产生的最古老、最难以简要回答明白的一个问题吧？而如此这般的一个问题，又简直可以算得上是一个"哥德巴赫猜想"或"相对论"一类的经典问题吧？

动物只有感觉，而人有感受。

动物只有思维，而人有思想。

动物的思维只局限于"现在时"，而人的思想往往由"现在时"推测向"将来时"。

我想，"人生有什么意义"这一个问题，从本质上说，是从"现在时"出发对"将来时"的一种叩问，是对自身命运的一种叩问。世界上只有人关心自身的命运问题。"命运"一词，意味着将来怎样，它绝不是一个仅仅反映"现在时"的词。

"人生有什么意义"这一个问题既与人的思想活动有关，那么我们一查人类的思想史便会发现，原来人类早在几千年以前就希望自我解答"人生有什么意义"的问题了。古今中外，解答可谓千般百种，形形色色。似乎关于这一问题，早已无须再问，也早已无须再答了。可许许多多活在"现在时"的人却还是要一问再问，仿佛根本不曾被问过，也根本不管有谁解答过。

确实，我回答过这一问题。

每次的回答都不尽相同；每次的回答自己都不满意；有时听了的人似乎还挺满意，但是我十分清楚，最迟第二天他们又会不满意。

因为我自己也时常困惑、时常迷惘、时常怀疑，并时常觉出自己人生的索然。

我想，"人生有什么意义"这一个问题，最初肯定源于人的头脑中的恐惧意识。人一次又一次地目睹从植物到动物，甚而到无生命之物的由生到灭、由坚到损、由盛到衰、由有到无，于是心生出惆怅；人一次又一次地眼见同类种种的死亡情形和与亲爱之人的生离死别，于是心生出生命无常人生苦短的感伤以及对死的本能恐惧——于是"人生有什么意义"的沮丧油然产生。在古代，这体现于一种对于生命脆弱性的恐惧。"老汉活到六十八，好比路旁草一棵；过了今年秋八月，不知来年活不活。"从前，人活七十古来稀，旧戏唱本中老生们类似的念白，最能道出人的无奈之感。而古希腊的哲学家们，亦有认为人生"不过是场梦幻，生命不过是一茎芦苇"的悲观思想。

然而现代了的人类，已有较强的能力掌控生命的天然寿数了，并已有较高的理性接受生死之规律了。现代了的人类却仍往往会叩问"人生的意义"何在，归根结底还是源自一种恐惧。这是不同于古人的一种恐惧。这是对所谓"人生质量"尝试过最初的追求而又屡遭挫折，于是竟以为终生无法实现的一种恐惧。这是几乎就要屈服于所谓"厄运"的摆布而打算听天由命时的一种恐惧。这种恐惧之中包含着理由难以获得公认而又程度很大的抱怨。是的，事情往往是这样，当谁长期不能摆脱"人生有什么意义"的纠缠时，谁也就往往真的会屈服于所谓"厄运"的摆布了；也就往往会真的听天由命了；也就往往会对人生持消极到了极点的态度。而那种情况之下，人生在谁那儿，也就往往会由"有什么意义"的疑惑，快速变成了"没有意义"的结论。

　　对于马，民间有种经验是——"立则好医，卧则难救"。那意思是指——马连睡觉都习惯于站着，只要它自己不放弃生存的本能意识，它总是会忍受着病痛之身顽强地站立着不肯卧倒下去；而它一旦竟病得卧倒了，证明它确实已病得不轻，也同时证明它本身生存的本能意识已被病痛大大地削弱了。而没有它本身生存本能意识的配合，良医良药也是难以治得好它的病的。所以兽医和马的主人，见马病得卧倒了，治好它的信心往往大受影响。他们要做的第一件事，又往往是用布托、绳索、带子兜住马腹，将马吊得站立起来，如同武打片中吊起那些飞檐走壁的演员们那一种做法。为什么呢？给马以信心。使马明白，它还没病到根本站立不住的地步。靠了那一种做法，真的会使马明白什么吧？我相信是能的。因为我下乡时多次亲眼看到，病马一旦靠了那一种做法站立着了，它的双眼竟往往会一下子晶亮了起来。它往往会咴咴嘶叫起来。听来那确乎有些激动的意味，有些又开始自信了的意味。

一般而言，儿童和少年不太会问"人生有什么意义"的话，他们倒是很相信人生总归是有些意义的，专等他们长大了去体会。厄运反而不容易一下子将他们从心理上压垮。因为父母和一切爱他们的人，往往会在他们不完全知情时，就默默替他们分担和承受了。老年人也不太会问"人生有什么意义"的话。问谁呢？对晚辈怎么问得出口呢？哪怕忍辱负重了一生，老年人也不太会问谁那么一句话。信佛的，只偶尔独自一个人在内心里默默地问佛。并不希冀解答，仅仅是委屈和抱怨的一种倾诉而已。他们相信即使那么问了，佛品出了抱怨的意味，也是不会责怪他们的。反而，会理解他们、体恤他们。中年人是每每会问"人生有什么意义"的。相互问一句，或自说自话问自己一句。相互问时，回答显得多余。一切都似乎不言自明，于是相互获得某种心理的支持和安慰。自说自话问自己时，其实自己是完全知道一种意义的。

上有老下有小的人生，对于大多数中年人都是有压力的人生。那压力常常使他们对人生的意义保持格外的清醒。人生的意义在他们那儿是有着另一种解释的——责任。

是的，责任即意义。是的，责任几乎成了大多数是寻常百姓的中年人之人生的最大意义。对上一辈的责任，对儿女的责任，对家庭的责任：总而言之，是子女又为子女，是父母又为父母，是兄弟姐妹又为兄弟姐妹的林林总总的责任和义务，使他们必得对单位对职业也具有铭记在心的责任和义务。

在岗位和职业竞争空前激烈的今天，后一种责任和义务，是尽到前几种责任和义务的保障。这一点无须任何人提醒和教诲，中年人一向明白得很、清楚得很。中年人间或者仅仅在内心里寻思"人生有什么意义"时，事实上往往等于是在重温他们的责任课程，而不是真的有所怀疑。人只有到了中年时，才恍然大悟，原来从小盼着快快长大，好好地追求和体会一番的人生的意义，除了种种的责任和义务，留给自己的，即纯粹属于自己的另外的人生的意义，实在是并不太多了。他们老了以后，甚至会继续以所尽之责任和义务尽得究竟怎样，来掂量自己的人生意义。"究竟"二字，在他们那儿，也另有标准和尺度。中年人，尤其是寻常百姓的中年人，尤其是中国之寻常百姓的中年人，其"人生的意义"，至今，如此而已，凡此而已。

"人生有什么意义"这一句话，在某些青年那儿，特别是独生子女的小青年们那儿问出口时，含义与大多数他们父母的中年人是很不相同的。

其含义往往是——如果我不能这样，如果我不能那样，如果我实际的人生并不像我希望的那样，如果我希望的生活并不能服务于我的人生，如果我不快乐，如果我不满足，如果我爱的人却不爱我，如果爱我的人又爱上了别人，如果我奋斗了却以失败告终，如果我大大地付出了竟没有获得丰厚的回报，如果我忍辱负重了一番却仍竹篮打水一场空，如果……如果……那么人生对于我究竟还有什么意义？

他们哪里知道呵，对于他们的是中年人的父母，尤其是寻常百姓的中年人的父母，他们往往即是父母之人生的首要的、最大的，有时几乎是全部的意义。他们若是这样的，他们是父母之人生的意义；他们若是那样的，他们是父母之人生的意义；换言之，不论他们是怎样的，他们都是父母之人生的意义；而当他们倍觉人生没有意义时，他们还是父母之人生的意义；若他们奋斗成为所谓"成功者"了，他们的父母之人生的意义，于是似乎得到一种明证了。而他们若一生平凡着呢？尽管他们一生平凡着，他们仍是父母之人生的意义。普天下之中年人，很少像青年人一样，因了儿女之人生的平凡，而倍感自己们之人生的没意义。恰恰相反，他们越平凡，他们的平凡的父母所意识到的责任便往往越大，越多……

由此我们得到一种结论，所谓"人生的意义"，它一向至少是由三部分组成的：一部分是纯粹自我的感受；一部分是爱自己和被自己所爱的人的感受；还有一部分是社会和更多，有时甚至是千千万万别人们的感受。

当一个青年听到一个他渴望娶其为妻的姑娘说"我愿意"时，他由此顿觉人生饱满着一切意义了，那么这是纯粹自我的感受。

"世上只有妈妈好，有妈的孩子像块宝"——这两句歌词，其实唱出的更是作为母亲的女人的一种人生意义。也许她自己的人生是充满苦涩的，但其绝对不可低估的人生之意义，宝贵地体现在她的孩子身上了。

爱迪生之人生的意义，体现在享受电灯、留声机等发明成果的全世界人身上；林肯之人生的意义，体现在当时美国获得解放的黑奴们身上；曼德拉的人生意义体现于南非这个国家了；而俄罗斯人民，一定会将普京之人生的意义，大书特书在他们的历史上……

如果一个人只从纯粹自我的方面感受去追求所谓人生的

意义，并且以为唯有这样才会获得最多最大的意义，那么他或她到头来一定所得极少。最多，也仅能得到三分之一罢了。但倘若一个人的人生在纯粹自我方面的意义缺少甚多，尽管其人生作为的性质是很崇高的，那么在获得尊敬的同时，必然也引起同情。比如阿拉法特，无论巴勒斯坦在他活着的时候能否实现艰难的建国之梦，他的人生之大意义对于巴勒斯坦人都是明摆在那儿的。然而，我深深地同情这一位将自己的人生完完全全民族目标化了的政治老人……

权力、财富、地位、高贵得无与伦比的生活方式，这其中任何一种都不能单一地构成人生的意义。即使合并起来加于一身，对于人生之意义而言，也还是嫌少。

这就是为什么戴安娜王妃活得不像我们常人以为的那般幸福的原因。贫穷、平凡、没有机会受到高等教育，终生从事收入低微的职业，这其中任何一种都不能单一地造成人生意义的彻底抵消。即使合并起来也还是不能。因为哪怕命运从一个人身上夺走了人生的意义，却难以完全夺走另外一部分，就是体现在爱我们也被我们所爱的人身上的那一部分。哪怕仅仅是相依为命的爱人，或一个失去了我们就会感到悲伤万分的孩子……

而这一种人生之意义，即使卑微，对于爱我们也被我们所爱的人而言，可谓大矣！

人生一切其他的意义，往往是在这一种最基本的意义上生长出来的。

好比甘蔗是由它自身的某一小段生长出来的……

选择的困惑

　　某次，与林非先生共同参加一次文学颁奖活动，我就坐在他的旁边。确切地说，那是一次中学生作文赛的颁奖活动，台下是来自全国许多省份的获奖中学生。他们胜出的比例是一比一百多。我在表示祝贺时说，他们实在是有理由感到骄傲的。作文与文学创作当然是不同的。但我认为，经过数道评委们的筛选，以一比一百多的比例胜出了的优秀作文，是完全可以用看待文学作品的眼光来看待的。

　　回答问题是免不了的。同学们有的向我提问，有的向林非先生提问。林非先生是我所尊敬的文学界长者，然而我却是第一次见到他。

　　我留心到，林非先生在回答中学生们的问题时，第一句话总是这样说——"这个问题，我不一定能够回答得好，但我争取给同学们一个满意的回答……"

　　其谦彬彬，其诚笃笃，令我肃然。并且，他的回答，言之成理，每次都确乎令同学们满意。我相信，他的话对同学们是大有裨益的。活动结束以后，我搀着林先生往台下走时，情不自禁地对他说："我要向你学习。"林先生站住，看着我不解地问："向我学习什么呢？"我说："谦虚。以后我也要对我的学生们经常说——这个问题我不一定能够回答得好……"林先生连道："是啊，是啊，太复杂了。所以回答好一个关于文学的问题，即使是由中学生提出来的，实在不是一件容易的事情了。"他沉吟片刻，又说，"我们头脑之中以前认为肯定正确的文学理念，现在又剩下了多少呢？还能自信到什么程度呢？"我默然，深思……后来，无论在课堂上回答我的学生们的问题时，还是在指导我的学生们的论文时，我偶尔开始这么说了："这个问题我不一定能够回答得好……"有时还要加上一句，"这个问题我的看法也不一定是对的……"

然而我发现——在我这儿，谦虚的效果并不那么好。因为，我的学生们希望听到的是我的自信的回答。毕竟，我与文学发生的亲密关系，比他们要长久得多；我读的书，也比他们要多得多；我头脑里每每思考不止的关于文学的理念，还要比他们多。我较善于将诸种关于文学的现象，置于中外文学史的宏大背景之下来进行考量；而那史，对于他们，往往只不过是书本上的概述或年表……

我的学生们虽然也像大多数当代青年们一样个个无比自负，但他们内心里又都十分清楚，他们明白的终究还是太少了。倘我一味谦虚，连我应该肯定地回答的一些问题都不做肯定的回答了，那么他们非但不会欣赏我的谦虚，反而会对我大失所望的。

由此我想到了另一个问题，即选择的困惑。

通常情况之下，我们在好的、不好的，甚或坏的三种答案间进行选择时，其实并非一件难事。这三种答案，大多数情况之下区别是显而易见的。难就难在，有时候我们所面临的选择不是三种，仅是两种，而且两种都是坏的。

在青少年面前自骄自大，俨然以"祖师爷"自居，或在他们面前无原则巴结，尽显奉迎取悦之能事，便都是坏的选择。如果一个人把自己弄到了在青少年面前只剩那么两种态度选择的地步，那么自己首先也就着实可悲了。

反过来也难。比如林非先生的谦虚，无疑是长者的美德；而我有时候敢在青少年们面前大声说——你们肯定错了！你们要相信我一次，我的话是对的！这态度也是要的。

倘我变了，青少年们所能听到的坚决不赞同他们的声音，只怕就更稀少了。倘我行我素，我在青少年们眼里，可能就渐变为一个自以为是，动辄一厢情愿地诲人不倦好为人师的讨厌之人了。谦虚的修养，我所欲也。"你们青少年肯定错了！"——这一种成年人的话语权，我也还要坚决地保留。

正所谓鱼与熊掌，二者不可兼得，是以困惑。但目前，困惑期已经过去。因为在我写这一篇小文时，终于自行地想通了——正确的话正因为它是正确的，所以最没有必要厉声厉色地来说。

"我不一定能够回答得好，让我尽量给你们一个满意的回答……"

对于我，学林先生那么谦意彬彬地对青少年们说话，是一种修养方面的进步。

"你们肯定是错了，而我是对的。因为我说出的不是我一个人的想法，而是通过我的嘴，将数千年来中外某些关于人类原则的思想成果告知给你们……"

如果我对自己的话无比自信，我也完全可以继续以我的语言方式与青少年，包括我的学生们沟通——只要不再以训人的方式。甚或，就是偶尔又训了，也不必太过自责。

中国之当代某些青少年，有时确乎也是需要有几分胆量的人训训才好的；训了而遭千万只狼崽子似的"围咬"，又何必害怕？

他们毕竟不真的是狼崽子，而是我们的孩子。无论已多么像狼崽子，归根结底，那错也首先错在我们大人。因为一个事实是明摆着的——某些关乎人性的、伦理的、人类荣耻观的底线，不是我们的孩子们突破瓦解了的。有据可查。查一查，恐怕我们成年人不得不承认——那首先是我们可耻地干下的事情。

底线已遭处处突破，人性的普世伦理已遭大面积瓦解，是非界限表面看似乎混乱不清，我理解林非先生口中说出的"复杂"二字，大概是感慨于此吧？在这种情况之下，成年人与青少年交流、沟通、谦虚抑或相反，倒还在其次了。

更重要的是——我们要将一种人类文明发展至今显而易见、不言而喻、毫无疑问的世事观点表述得较为正确。在我们的青少年们连对那样一些世事观点也质疑多多时，使他们信服他们所接受了的是正确的观点，这已经不是一件容易之事了。

我其实并不好为人师。

而我现在"不幸"已为人师。

更不幸的是——我对由自己口中说出的不管文学的、文化的还是世事的观点，真的是否正确，竟越来越缺乏自信了。

悲哉也夫！

想来，也只有开口之前，认真，再认真地思考思考了。

不倦的思想者

　　郭宏若先生是我的朋友，我们相识十余年了。

　　朋友关系各种各样。一般而言，交往密切才算是朋友。而所谓交往密切，一年内至少应该见几次面，年节互致问候。但我们之间却并非如此，在我记忆中，十余年中，也就见过四五次而已，相互之间没通过一次电话。他是早就用手机的人；我去年才用手机，还不会发短信。故我连一次短信都没给他发过，也没收过一次他发给我的。他没向我要过我家的电话或我手机的号码，我也没要过他的。他是上网的人，我不上网，故十余年中，我们也没进行过一次网上交流。

　　然而我们真的是朋友。

　　我们的朋友关系真的可用"淡如水"来形容。

　　我知道，他觉得我们这种"淡如水"的关系很好，他很珍惜。我也觉得很好，同样很珍惜。浓的友情，我是需要的。淡的，也需要。

　　宏若曾是建筑行业某国企单位的党委书记、董事长。他的知识身份是哲学硕士，在国企当老总之前曾当大学教师，并当得出色，十分热爱。

　　十余年前，我由另一位朋友推荐，参加过他们公司成立十周年的庆典活动。我的父亲是新中国第一代建筑工人，我参加那次活动的热忱极为由衷，朗诵了一首自己创作的讴歌建筑工人的诗歌，于是认识了宏若。因有事，我一朗诵完立刻就离开了会场。那是八月，北京的三伏天。我已走到送我的汽车旁了，听到有人叫我，转身看时，见是宏若。他较胖，却跑向我。至我跟前，脸上已淌下汗来，握着我的手连说"谢谢"。是党委书记而且又是当过大学教师的人，那时刻竟除了"谢谢"二字，没再说出别的话来。然而他的表情，他脸上往下淌着的汗，证明那"谢谢"二字非同一般，充满了发自内心的真诚。但仅仅这一点，并不能就使我认为他已经是我的朋友了——他当然应该谢我啊。我的真诚，也当然应换得他的真诚谢意。

一个多月以后，他的秘书告诉我，说他要请我吃饭。我赴请了。那次见面后，他送给了我两部他写的书——《坐而论道》A卷B卷。

他还有暇写书，这是我没想到的。

而他谦虚地告诉我，两部书中的文章，基本上是用手机写的。在各地机场的候机室写的，或在汽车行驶的途中写的。他颇无奈地说他会多（当局级企业单位的党委书记的人会当然多），只有用手机写，也只有那些时候才能静下心来写。见我讶异，他掏出手机给我看。小于手掌，相当普通并且旧了的一部手机，只不过屏幕比一般的手机稍微大点儿。

我回家后，怀着十二分的好奇，相当认真地读了他的两部书，急切地想要了解一位国企老总用手机都写了些什么——阅读之中，我渐渐对他刮目相看了。他写的大抵是散文，也有数篇杂文，如《"无可奉告"的背后》《拒绝"忽悠"》《虚荣》

《赌性》《权术》《假清高真俗气》《礼貌的尴尬》《说官气》《王大拿的心态》《装嫩是病态》，等等。散文也罢，杂文也罢，在古代是一概都叫作文章的。我不仅刮目相看，而且又大大地讶异了——这个是党委书记的人，用手机还真写出了不少文章，其视野之宽、思想维度之广，一点儿不亚于职业的散文家杂文家呢。显然，他并没想通过写也成为"家"，所以一点儿也不卖弄文字，只不过有感而发，一吐为快，于是反而形成了一种平实自然的文风，仿佛在与朋友促膝相谈——那是一种我所喜欢的娓娓道来的文风。要从内容上来分类他的文章进行综评几乎是不可能的。因为他的文章呈现出一种极大的跳跃式的思想活跃的状态，比如前一篇是《关于人才的流失》，紧接着的一篇便是《别听瞎掰》——从很庄重的社会现象议论，一下子转向了夹枪带棒的讽刺。但大体来说，A卷的内容是散文，B卷的内容是杂文。至于大的跳跃式的思想活跃状态，恰说明篇篇都是有感而发，非是为写而写。这也是一位业余写作者的极可贵处。

我很喜欢《命运如圈儿》一篇。

此篇从法国人的一次试验起笔——"将一种毛虫沿着花瓶的边缘排成了一个圆圈，在圈外放一些毛虫最喜欢的食物——松针。于是出现了一种景象，即毛虫们绕着花瓶一圈又一圈地走，每条毛虫都跟着前边的毛虫不停地兜圈子，如此转了七天七夜，最后因饥饿与力竭而死。虽然食物离它们不足十厘米远，都没有毛虫去摄取食物补充能量，可见是何等专心致志。"

为什么会这样呢？

"据说毛虫本来就近视，因此才有行动上的盲区。人类的视距则是长远的，但个头太大，活动范围较广，因此也就难免出现盲区，跟进之道就成了安全的捷径。"

如果议论到此为止，那么我对此篇的喜欢打折扣。

宏若当然要接着议论下去："如果想追求'发展'，就去转圈儿，等待着被大毛毛虫发现或喜欢，或者等待着前边的毛毛虫出局的时刻，即使转到死也要死而无憾……"

尽管点到为止，却能引起人的共鸣，且发人深省。

我也喜欢他的《朋友》。文中有句话是——"儿童没有交友的意识，只有交友的本能。"这句话显然是针对成年人们趋利的交友倾向而言的。

"正如西方人所说的那样：'商业交往中有很多诀窍，但却不是交友的诀窍；做生意时没有朋友，交友时不应该做生意。'有时我们把生意场上的伙伴称为'朋友'，实际上有指鹿为马的嫌疑，直接目的是套近乎，根本目的还是为了做生意。如果说生意过程中可以交朋友，无论如何都牵强附会。除非某方面以牺牲自己的利益为代价，否则连感激都换不回来。以利益换取所谓的'友谊'，通常都是不会长久的。'因利而聚，必因利而散'，几乎成了颠扑不破的真理。"

诚哉斯言。像我这样的文人关于朋友发此议论，不足为奇。而一个必得终日在商场上与形形色色的商界人士打交道的人，不但对"朋友"二字心存以上感想，还要写入自己的书里，那么简直等于发表了一份"本人拒绝在商场上交朋友"的公告了！大多数自己也是商界人士的人，纵有同样感想，估计也会讳莫如深、掩藏不露的吧？

我不禁觉得宏若坦率得近乎"迂腐"，"迂腐"得极为可爱了。

关于"朋友"，他言犹未尽，于是又有了第二篇《话说朋友》。在此篇中，以下一段话，与我的交友原则完全一致："朋友也是人，不可能没有缺点。要求朋友没有缺点，就等于不要朋友。缺点可以被理解和容忍的人，都是可能成为朋友的。如果有不能被理解的缺点，或者有无法容忍的缺点，即便是朋友也会分道扬镳。能否相互理解、相互包容，取决于一方面缺点的性质，也取决另一方面的理解力和胸怀。严重的缺点是不能被理解的，要人包容也很困难；把小的缺点看得很大，心胸狭窄、斤斤计较，同样会影响友情的建立和巩固。如果说保持友谊的最好办法是不出卖朋友，那么，知道危险而不说的人就是敌人。理解和包容不等于没有是非善恶，当朋友自以为是、身处险境而并不自知时，朋友必须直言相告。朋友相处需要艺术，更需要坦荡，贵在真诚。如果总是动小心眼儿、耍小聪明，就等于把朋友当成了傻瓜，他明白过来时就会失去了对你的信任；如果花言巧语，甚至阿谀奉承，可能让朋友暂时很高兴，却不能使朋友永远高兴。一旦发现你言不由衷，也就暴露出你虚伪的品质，友谊也会因此完结了。特别在那些重要的事情上，作为朋友要直言相告、不掺水分，表达方式的斟酌是第二位的。只要你确实在为朋友着想，至少要为朋友的根本利益着想，说错了或做错了都没有关系，朋友最后一定会理解的。要知道，在朋友交往的过程之中，聪明不是关键的要素，真诚才是友谊的根本。"

读罢以上两篇关于"朋友"的文章，一种想法自我心底油然而生——郭宏若，我是值得和他成为朋友的啊！于是，我们就成了朋友，那种淡如水，淡到十余年间只见过四五面、平常也不联络的朋友。他的《朋友》和《话说朋友》，乃是我们成为朋友的纽带。但是至今，我们之间没就"朋友"二字交谈过一个字。那分明已完全多余。

我第三次与宏若相见，大约是两年以后的事，春节前。他给了我第三部书的部分手稿，他给自己那部书起的书名是《闲语江湖》。我一忙，没顾上看。又隔了两三年，我们第四次相见，他送给了我《闲语江湖》成书。而我，相当长的时间还是没看完，只对其中数篇有印象——《防小人》《感受官气》《江湖饭局》《解但丁名言》《容忍说话》……

在《容忍说话》中，他写道："有时我们仇视富人，并不仅仅是因为他们为富不仁，还因为我们有平均主义的思想和心理要求……"

在《解但丁名言》中，他写道："从设计的角度看，所谓'自己的路'，应该是那种既符合个人的主观条件又符合他所面临的客观条件的路。从这个意义上说，人生的通路关键在于走。与道路的选择比起来，行走的过程更加重要。只有在行走的过程中，才能实现主观和客观的统一，才会走出自己正确的人生之路。即使选择了别人走过的道路，走过之后也就成了自己的路。只要在那里留下了足迹，就成为自己人生道路的组成部分……"

在《江湖饭局》中，他写道："理性地说，中国的饭局文化是非常复杂的，具有的功能也不是单一的。无论如何，通过饭局来办事的习惯，绝对不是一种文明的习惯……"

在《感受官气》中，他写道："什么办公厅啊，科处长啊，还有大官身边的秘书、主管部门的大仙小神等，都是绝对不能得罪的。有些人的权力并非是独立的，却是通向权力的桥梁。由于他们具有'拼缝'的条件，也就有了组合资源的便利。

俗话说,他们'做酱不咸,做醋却酸'。他们本身办不成事,但可以影响那些能办事的人,有时会使人将他们的意思误以为大官的意思。即使为了通过他们搞好同大官的关系,有时也不得不给这些人面子,甚至把他们当'灶王'般的供奉,希望通过他们沟通上下,'上天言好话,下界保平安'!如果有哪个企业对官员的召唤置若罔闻或有所不敬,十有八九会招来祸患的……"

在《防小人》中,他写道:"一般情况下,君子全心全意地做事,很少动心思琢磨小人;小人却精心地琢磨君子,并精心地设计陷阱和攻击对策。有时是为了扳倒对手,有时则为了给对手添乱……古今中外,许多坏人都绝顶聪明,否则成就不了坏的事情……用好人,才能做出好事;用能人,才能做成大事;用庸人,就做不成事;用小人,只能坏事……"

以上仅是宏若前三部书的内容点滴,所谓"全豹"之"一斑"耳。

最后一次见到他时,他居然交给了我一纸袋文稿,真诚地说请我看看有没有些进步。

我笑问:"还是用手机写的么?"

照例相陪的勇平代答:"现在电子产品快速地更新换代,人家开始用'苹果'了!"

我取出文稿翻阅,居然厚厚的四部分,约一百余万字,再排印三部书绰绰有余。他说他退居二线了,时间充裕多了,更喜欢思考和写作了。但我由于陷入在自己的创作中难以自拔,只不过挤出时间每部分看了二三篇。那么,在后一百余万字中,宏若又写到了些什么事,记下了些什么思考呢?且举其中两篇为例:《因为无奈,只好宽容》一篇讲的是二〇〇九年他去上海出差，返回时登上了十点三十的飞机，到家却已是十九点四十，在飞机里坐了七个多小时！先是因为"空中管制"，不能起飞。十三点十五分机场上空下起了大雨。十三点十分飞机还不能起飞是因为要"排跑道"。十三点四十分"马上就要起飞"了。然而，航空公司所谓的"马上"，与乘客理解的"马上"根本不是一个概念……

对于飞机晚点，我感到焦虑，但没有愤怒。因为这是没有办法的事情，如果不下飞机，就只有等待，焦躁和泄愤没有任何意义。即使机组人员，同样也左右不了什么时间起飞。这时，坐在旁边的朋友十分感慨地说："因为无奈，我们只好宽容！"

是的！面对我们无能为力的事情，除了包容还能怎么样呢？我们无力改变环境，但可以改变应对环境的态度，至少在表面上要显得宽容些，这样可以让别人更好受一些。有时候，宽容和善良不一定反映人的修养和境界，可能完全是出于无奈！

有些人喜欢张扬个性，在乎自己的利益，维护自己的尊严，希望社会按照规则运行，这些都是对的。然而，很多事情是不以人的意志为转移的。面对有些事情，我们可以发挥主观能动性，争取它向着满足我们需求的方向转变。当无法转变时又该怎么样呢？可能只有接受现实，力争不要对我们造成损害，或者争取把损害程度降到最低。

德国哲学家康德说过："自由不是想干什么就干什么，而是想不干什么就有能力不干什么。"生活中，有许多事情需要认真对待，要根据我们所承担的角色，用心去做，认真地去做，否则就会错过机会，就良心不安。但是，总有些事情是力不从心的，放弃也是正确的选择，否则会越活越累。放弃之后，需要保持平静心态，而不是后悔。

对于有些事情，我们之所以坚持，就是因为以为那都是理所当然的。诸如飞机晚点这样的事情，没有人喜欢，可又能怎么样呢？你可以生气，甚至你可以骂街，或者干脆走下飞机。但冷静想一想，这能改变现状吗？显然无济于事。莫不如耐心等待，秉持着包容的心态，放弃所有不满的想法，包括放弃牢骚和表达愤怒的权利……

明明一件令人光火的事，他却总结出了一大套"放弃所有不满的想法"的道理。你可以不接受他的说教，但你又不得不承认，他的道理不失为一种"道"和"理"。

宏若的文章，显然与职业文人们的文章极为不同。包括我这样的后者们，写之前，那种给他人看的职业意识，或多或少总是有些的。

但宏若，或言宏若们笔下所写，似乎首先是为了完成一种为自己留下思考记录的目的。给别人看的意识，即使有，似乎也是第二位的。仿佛印成书，还是为了思考记录的整理与保留。一言以蔽之，写之于他们，更是纯粹喜欢的事。由喜欢而渐变为人生方式，非职业性的，纯粹喜欢的人生方式。功利的目的，几近于无。若非说有，大概便是，通过写，首先滋养了个人之心性。

古人云：文可润心。在从前年代，文与润心的关系，往往是通过读来达到的。现在不一样了。现在喜欢写的中国人越来越多了。对于中国，这是极好的事。许许多多中国人，已不满足通过读中坚力量人的书来润自己的心。他们通过亲自来写达到润心之目的。并且，依我想来，这是与读别人的书相辅相成的润心方式。尤其是像宏若这样的做过大学哲学教师的人，将自己所识之人、所历之事、所生之感悟一一写来，那么简直便是在自觉地实行着自己做自己的人生导师，自己教育自己的信条。

也许，正因为他这一种意识太强太自觉，才会于许许多多事情中，不断地生出感想来。而我也正是由于从他二三百万字的文章中品咂出了此点，才称他为"不倦的思想者"。

我认为，尽管他当了十几年的国企老总，但骨子里仍是一个被深深地"哲学化"了的人。他的文章，也打上了同样的印记。

一个起初被哲学所化，后来又被文学所化的人；一个起初靠读来润心，后来靠写而润心的人；一个自觉地实行自己教育自己，自己做自己人生导师信条的人；一个因为喜欢而写作，并非由于职业要求而写作的人，那么他的书，凭以上几点，便肯定具有值得一读的意义了。

但愿中国像宏若这样的人更多些！祝宏若的后两部具有叙事原态性和思考原发性的书早日出版！让我们都来学习他，不断地不倦地思考，将人生也当成思考的过程！因为，经历着、思考着、记录着——这其实也是一种人生的愉悦呢……

二〇一二年一月十六日于北京

第四辑

欣赏着沿途风景，

不忘这山高水远

看遍了人情冷暖，习惯了世事变迁，你才会明白：做人，无欲无求是最好的，因为时时刻刻你得到的都是惊喜。玩得转，脱得开，入世出世大智慧；拿得起，放得下，在尘离尘真豪杰。欣赏着沿途风景，不忘这山高水远，你的目光所及，就是你的人生境界。

万里家山一梦中

什么叫乡情？

乡情便是——一个离乡很久之人没有机会说说自己的家乡，他就很难开心得起来了；而一旦有了说的机会，于是说起来收不住话匣子，神采飞扬。

我读胜友那一篇篇关于家乡亚布力的散文，每被字里行间浓得像野生蜜的乡情所感染，所感动。其情如亚布力野生的"三莓"果，一嘟噜一嘟噜的，一串一串的；也如"甜秆"，"细吮里面的浆汁，那种甘甘的甜味，一直流到肚里，爽在心头"。

胜友是我老乡，他我都是黑龙江人。我出生在哈尔滨市；胜友的童年和少年，显然是在亚布力的林区度过的。而亚布力这一北域小县城，距哈尔滨仅一百四十多公里……

但我下乡之前，是没去过亚布力的。

并且至今，也还是没去过。

当年不像现在，旅游这一件事，对于普通人家的孩子，是连在梦里都不敢一想的。

实际上，胜友散文中所写到的，关于亚布力的种种内容，我下乡后也终日可见，习焉不察了。故读的时候，眼前仿佛过电影，什么什么，皆扑面呈现。

北大荒也有林场的，我是知青时，还在林区伐过木。自然，也住过些日子。当年我对于山林的感受，也是颇多新奇的。但山林之于我，终究没有如胜友般的乡情联系着。

由是想到，倘一个人的童年和少年时期是在北方的山林中度过的，倘那里的生活还不算太艰苦，那么未尝不是好事呢。

林区有趣的事物，比之于大大小小的城市，多得不胜枚举啊！一个人自幼接触了许多有趣之事，并且是大自然中的有趣之事，几乎可以算得上是一种幸运了啊！起码，中年以后，身居北京这样的闹市——回忆，是一种情感享受呢！也许还能安慰别的思乡的人们。

为什么我偏偏强调是"北方的山林"呢？因为北方的山林比之于南方的山林，不那么湿气弥漫。除非雨季，北方的山林一向是干爽的。到了秋天，北方的山林色彩缤纷，那一种赏心悦目的美，非是南方的山林终年单调的绿可比的。固然，绿养眼，但终年所见除了绿还是绿，确乎也会使人觉得色彩单调的。北方的山林，四季分明，一年里可见四种如画的美景。

胜友的这些散文中，有不少是关于童年和少年时期的回忆的，怀旧之意味浓矣。如果一个人的童年和少年并非浸在苦水里，那么怀旧是愉快的，也是自然而然的事。我从胜友的散文中也读到了那种愉快。

难得他如此有心，将小时候的游戏也一一写来。比之于今天的孩子们沉迷于电脑游戏，我觉得倒是从前的、生活在大自然怀抱中的孩子们，他们那些简单的、进行在大自然环境里的游戏，似乎更叫作游戏。

一言以蔽之，读了胜友的这些散文，我想，我再回哈尔滨时，当往亚布力一去了——不知现今的亚布力县城以及林区，又是一番怎样的情景……

二〇〇九年十二月十三日于北京

关于王小波

　　确实，我在向你们谈论一位具有写作才华的人。进言之，是在向你们谈论一位具有特殊写作才华的人。这一种特殊性，在他的几部作品出版以前，是中国近当代小说写作现象中少见的。我不敢肯定地说完全没有。我虽然自信是很关注小说写作现象，但我的阅读范围毕竟是极其有限的。

　　这个人就是王小波。

　　大家都知道的，他已于一九九七年去世了。

　　我向诸位谈论他，一是因为他的才华；二是因为他的作品一经出版，首先在各大学学子中引起过一阵"王小波热"，而至今他的作品的影响依然存在。那么我作为讲当代文学课程的教师，向你们分析他特殊的写作才华和他作品的与众不同，实在是教学义务之内的事。

　　我认为，一个人只要写出了超过一百万字的小说，只要其作品在一定范围的读者中发生影响，便总是有几分写作才能的。当然也不一定非得超过一百万字。我其实强调的是那一种可持续性的写作才能。王小波具有它。倘他现在还活着，我相信他会有更好的作品问世。而据我看来，某些人并不具有可持续性的写作才能。他们在特定的时代，写了几篇或仅仅一两篇作品后，再就写不出什么来了。他们写的仅仅是演绎了的个人经历罢了。个人经历演绎完了，那一份写作的才能也就丧失掉了。不可持续证明他们之写作才能的单薄。诸位肯定注意到了，我谈论王小波时，用的是"才华"一词。我认为相对于写作这一件事，可持续的才能才接近是一种才华，否则只不过是才能。

对于我，至今有如下几位作家我是刮目相看的。

一是湖南的女作家残雪。她的小说有显见的意识流风格，文字也很特别，既不同于同代男女作家，也不同于后来的"新生代"作家，给我一种神经质的印象。她笔下的许多文句，仿佛一个极其敏感的人对她的下意识的记录，足令阅读者的神经也随之敏感。我曾戏言——有了二十余年写作实践的自己，几乎可以模仿古今中外不少作家的风格写一两篇"仿作"。这里指的是短篇，中篇很难，长篇不行。比如模仿蒲松龄，写一篇文言的关于花精鬼魅的小说，能不能呢？能的。比如模仿屠格涅夫，以翻译体写一篇《木木》那类的短篇，也能的。但读过残雪早期的一些小说后，我对自己老老实实地承认——我的这位女同行的作品，我是根本无法模仿的。无法模仿她的写作思维，无法模仿她的语言。别人特殊到了自己连模仿一下都不可能，所以刮目相看。

《围城》那样的小说也是我根本模仿不来的。书中的幽默气质和睿智的比喻，显示出一种禀赋。属于人的禀赋的东西，那是别人模仿不到的。

《尤利西斯》对于我来说更是只有刮目相看的一部书。我也得老老实实地承认我并不喜欢这一部大名鼎鼎的书。它完全不符合我的阅读胃口。我之所以硬是耐心地将它读完了，乃因国外评论它是一部"登峰造极"的优秀小说。而我读完了还是怎么也喜欢不起来，也没读出它优秀在哪儿，足见我的浅薄和没出息。甚至也可以说，我挺排斥它的。但对残雪和钱锺书的书，我却是亲和的。

王小波是至今为止第四位令我刮目相看的同行。他的作品我也是根本无法模仿的。指他的小说。他的小说之所以给我"具有特殊写作才华"的印象，乃因我也同样从中看出了属于先天禀赋而非后天实践经验的东西。

那么，王小波的写作才华到底特殊在哪几方面呢？

我认为，如下：

第一，逻辑学对小说写作思维和小说文体的介入。在我看来这是王小波小说最主要的特别之点。逻辑是古典哲学的筋脉。逻辑学在基础的水平上是研学古典哲学的入门之学，而在高级水平上是提升哲学认知价值的辅助学问。王小波小说中的逻辑学现象，非是多么高级的那一类，而是很基础的，ABC 的，"三段论"那一类的。即假设 A ＝ B 或 A ≠ B，那么 A 将与 C 关系怎样怎样的那一类。在代数中即为"推导"。我一向认为，基础逻辑常识是很枯燥乏味的。但王小波信手拈来地将其写进小说中，读来竟饶有趣味，有时甚至妙趣横生。他或者以此分析"自己"即小说中"我"的心理，或者以此分析笔下人物，于是"我"和笔下人物命运的两难之境跃然纸上。心理分析是小说家写人物的常规方式。但是直接地将逻辑学的 ABC 常识引入了分析人物，仿佛使作者和读者顿时都变成了孩子。而作者本人尤其像一个大儿童，天真、郑重其事，对读者有很大的亲和吸引力，使小说之字面呈现较高的可笑性。而这就是"趣"。"趣"是当代小说读者读小说的一种越来越显然的要求。王小波深谙此点，尽量给读者以满足。他的父亲是逻辑学教授。分明地，他对逻辑学的兴趣乃受其父影响，大概是基因里带来的，也可以说是一种先天禀赋。就我的阅读范围而言，从王小波的小说中第一次读到逻辑学意味，此前从没有的一种阅读感觉。

第二，哲学对小说思维和小说文体的介入。王小波是在国外留过学的。他既然对逻辑学感兴趣，对哲学感兴趣便顺理成章了。将自己的小说本能地注入哲学意味，也就成了他小说的另一特点。八十年代晚期，国内的某些小说家也有刻意追求小说之哲学意味的。那样写往往是为了证明自己的深刻，但其深刻却每给我以故作的印象。王小波并不。哲学意味在他的小说里，其实也首先体现于一个"趣"字。中国特色的人生现象或社会现象，一经由他信手拈来，借西方哲学的光来照射，呈现出比就人论人就事论事更大的荒唐性。

逻辑学也罢，哲学也罢，对小说家也很可能是陷阱，介入到小说里，弄巧成拙即变为卖弄。王小波在那陷阱边上跃来跃去，显得较为自如。每当我就要以为他在卖弄了，他便适可而止，明智的将笔触转向正常的，也就是我们习惯了的叙述方面去了。逻辑学也罢，哲学也罢，在他的小说里是点到为止之事。与其说是为了表现什么深刻，还莫如说是为了逗读者开心。在这一点上，他有点儿像周星驰。周星驰在"周氏"电影中，往往也正儿八经地作深刻状，很哲学的一副样子。比如《大话西游》中他演的孙悟空就很哲学。但周星驰迷们看他演的电影，不是去看深刻，而是去看周星驰式的"深刻"所呈现的那一种好玩状态。喜欢看"周氏"电影的，想必也较喜欢读王小波的书。反言之，谁如果喜欢读王小波的书，那么对周星驰的电影大约也情有独钟的吧？如果谁喜欢"周氏"电影竟不喜欢王小波的书，那么其人一定……我再写下去，便近乎王小波那种游戏逻辑学了。但我难得其趣。因为他天生似乎是乐观的，而我天生是悲观的；他天生是幽默的，我天生是忧郁的……

第三，王小波式的语言是我所少见的。其语言的特殊风格在他自己视为"宠儿"的《黄金时代》中，并没给我这个读者留下什么"特别"的印象。我斗胆说一句——我觉得那一本书里所呈现的也只不过是很一般的语言水平。内容也很一般。我这一代作家笔下常见的内容而已。但是到了《青铜时代》，在我看来不一般了。也不是全书章章节节的语言都不一般，而是某些片断的语言特点不一般。一行行一页页的短句，简练又急促地扑面而来。那情形给我这么一种感觉——仿佛作者非是在写小说，像是坐在辩论席上的主辩者。他要在规定之时间内进行决定胜负的陈述和驳辩；他必得在规定之时间内最大程度地说明自己一方的立论根据，最大程度地援引有利于自己一方的信息量，并且一举驳倒对方。仿佛那又是在对抗驳论的时刻，只要他稍一停顿，便会给对方打断自己的机会，结果话语主动权被对方抢去了似的。正是这么一种行文风格，如同磁石般吸引住读者的眼，深受作者影响地急促地读下去。当然的，我们又看出，那急促体现于作者只不过是一种假象。实际上他从容得很。叙述的间或，绝不忘得幽默时便幽一默，能调侃时则调侃，为的是缓解一下我们的阅读神经。这一种语言风格，到了《白银时代》，更趋成熟，自然，也显得细致优雅了。如果说《青铜时代》的王小波给人以某类评书艺人似的印象，那么到了《白银时代》，尤其他的前十几页，则给人以唯美古典主义小说家的印象了。那十几页的描写真是好。我喜欢得不得了。其间不乏精妙比喻，使我联想到《围城》。而《围城》是不怎么写景物的，王小波却有一流的写景写物的能力……

第四，王小波是学历史的。他善于将历史和现实编织在一起。时空交错的写法在他显然是一种愉快的写法。仿佛天生善于此道，轻车熟路一般。而《青铜时代》，却是他第一次以那样的写法完成的书。

第五，他的知识结构是多方面的。对自然科学知识的了解颇丰，信手拈来，而且用得恰到好处。比如《白银时代》中形容"我"为蛇颈龙和响尾蛇。我对动物也感兴趣，但响尾蛇在夜间用脸"看"周围，则是从他的小说中获得的知识……

第六，关于比喻。前边提到了一下，这里还要格外提到。他真是格外地善于比喻。有些比喻之精妙，依我看不在钱锺书之下……

诸位，关于王小波的写作才华，大致归结如上。一位如此有才华的作家，他的早逝，是令人扼腕叹息的。也是令人心疼的。倘说是中国当代文坛的一种损失，算不得肉麻的奉承。奉承他并不能抬高我。

但我所感觉到的一种遗憾乃是——王小波作品本身的文学价值究竟有多大？

我为什么要提这样的问题呢？

因为据我想来，一位作家的才华是一回事，他的作品的文学价值也许是另一回事。

举个不怎么恰当的例子——好比一个人天生一副能成为大歌唱家的好嗓子，却并不意味着从他口中不管唱出一首什么歌都是经典歌曲。天生有好嗓子的人，除非禁止他唱歌，而只要他一开口唱歌，别人便会听出他嗓子好，听出他的音域、音质的一流特点。即使他唱的是"文革"时期的"语录歌"，或一九四九年前的"提起那王老三，两口子卖大烟"之类，也还是不能埋没他的好嗓子。一位作家也是如此，除非禁止他写，否则，哪怕他写的只不过是一封致贺信或犯罪交代书，都能看出他的写作才能和才华来。有才华的作家，你只要让他写五千字以上，不管写的是什么，只要不是抄菜单，他的写作才华都必有所呈现。哪怕他自己一遍一遍告诫自己千万别流露才华都不行。但我们看出他的才华的同时，并不意味着他所写的一概都具有了与他的写作才华相一致的重要价值。

　　我对于写作这一件事所持的观念骨子里是比较传统的。我认为一部好书一定是这样的书——有意义而且有意思。意义是传统观念上的社会认识价值、审美价值和弘扬人文精神的价值等等，意思就是那种时下常说的可读性。可读性是一个包含多方面成分的概念。王小波的小说具有较大的可读性，这一点不容置疑。但王小波小说的意义何在呢？而这就是我说不清楚的了。真的难以像对他的才华那么说得自信而且比较周到。关于他的写作才华，其实由于时间关系，我并没有展开来细说。世上有没有虽然有意义但没意思的小说呢？我以为是有的。比如车尔尼雪夫斯基的《怎么办？》，在我看来就是那么一类书。在当时，它的意义真是很大，通过三角爱情关系探讨人性所能达到的"利他主义"的道德高度，这样的书能说意义小吗？但那真是一部叙述和描写都极为沉闷的小说，比《似水流年》还需要阅读的耐性。世上有没有挺有意思但没什么太大意义的书呢？从前留下的这样的小说极少，因为可能被时间筛掉了，也可能还有我这样一类人的罪过。由于强调意义，或由于对意义心存偏解，一旦有机会梳理文学的史，就给埋没了。但据我所知，现在只在乎有意思没意思，忽视甚至轻蔑意义的写作倾向多起来了，甚至在大学里也是。现在我也是大学里的一分子了，对此现象多少有点儿发言权了。大学学子中盛行自娱写作。认为自娱就是一种意义。有意思本身就是一种意义。一旦出版，由自娱而娱人，便等于有了社会的广泛的意义。这么看待写作这件事对不对呢？有一定的逻辑上的道理，绝不能说全然不对。在当今时代，普遍地人的心理压力都很大，电影娱人，电视剧及电视节目娱人，小说娱人，当然是一种意义。王小波是从大学里出来的"自由作家"，我以为，他对写作这件事的观点，是很受大学里盛行的那一种写作观点的影响的。他在他的《黄金时代》的"后记"中强调，他之写小说不是为了教诲不良青年的，也拒绝接受好小说必得有一个"积极向上"的主题的观点。

而我要解释的是，我所强调优秀小说的"意义"，当然不是指什么教诲不良青年的功能；也当然不是指什么"积极向上"的主题，而是指我如上所谈的那些传统小说观念方面的意义元素。

其实，我认为王小波是很在乎"意义"的，而绝非那类只一味追求可读性的作家。否则，他的第一部小说就不会是《黄金时代》，而会直接是《青铜时代》了。《黄金时代》的内容是有意义的。正因为有意义，许多作家在王小波之前写过了同样的内容。王小波就同一内容写在其后，情节上有些自己的考虑，但思想性并未突破前人们，才华也没得以充分展现。

王小波的写作才华在《青铜时代》中得到了相当充分的

展现，但其内容，比如历史上殉葬的红拂、被酷刑处死的无双、鱼玄机等女性的命运，究竟意味着些什么，我还没想清楚。我对《青铜时代》的一种思想是清楚的，那就是古代男权的邪恶。这其实也是一种世界史上的丑陋现象。王小波将此点写得很明白。但我以为，凭他的才华、他思想的睿智、他的历史知识，是应该为我们提供多一些的"东西"的。

我的总体的感觉是：

王小波写《黄金时代》，本能地意识到着一种意义，但写得有意思的水平还不是特别高明。

王小波写《青铜时代》，写得"有意思"的才华一下子变得很高明，但是对意义却并没有提炼得相应的"高明"，给我的印象是陷在"有意思"的泥潭里了。而且，我再斗胆说一句，恰恰是在一些不值得大费笔墨细写的方面……

王小波写《白银时代》，写作的才华已令我钦佩之至，但我实在是不太喜欢那个"师生恋"的故事。与"道德"二字毫无关系。我看过几部外国的"师生恋"内容的电影，很喜欢。要以传统的小说方式讲好一个故事不容易，以现代的方式更不容易。王小波选择的是后一种方式，我想，大约他自己比我更能体会其中的不容易吧？

而我的切身感受是——但凡是个作家，总在想着的关于写作的问题主要是两个——怎么写？写什么？经验不够丰富的作家想怎样写多一些。

像王小波那么有才华的作家想写什么则必然多一些，大抵如此。而且，越是有才华的作家，越是生活积累和人性感受充分的作家，越是对写什么掂量来掂量去的。因为他明白，他的才华只有体现于或曰载于特别有价值的内容，他的才华才更令人钦佩。

我听到过不少关于盛赞王小波的"三部曲"的话语。而我却从他的"三部曲"中似乎看到另一种真相，即——作家对他所写的那些内容并不感到极其欣慰。他所写的只不过是他的灵感仓促情况之下紧紧抓住的一种内容，而不是他掂量来掂量去之后的决定。

当然，也许完全错了的是我。也许王小波认为，写作这一件事，本该是很随意的事，根本犯不着掂量。我前边已声明过，我对写作这一件事的观念是很传统的，也可以说是很守旧的、落伍的。所以即使对一位有才华的作家，也难免凭主观臆断，妄作评价。

而我所了解的一点点情况是——王小波自己说他的《黄金时代》是他的"宠儿"；某些读者津津乐道的却是他的《青铜时代》。《青铜时代》里塞入了太满的关于性和专施于小女子们的酷刑。那也许"有意思"，但在我看来，则恰恰是抵消王小波写作才华的"杂质"。而这一点，是否也是王小波不愿说《青铜时代》是他的"宠儿"的原因呢？

具备一流写作才华的王小波已然英年早逝，我在充分地虔诚地肯定他的写作才华的同时，却没有对他的作品像他的妻子李银河博士那么满怀深情地去高度评价，这使我不安。我无意贬低他的作品的价值，因为这根本抬高不了我自己，正如我也满怀深情和敬意地谈论他的写作才华抬高不了我一样。我只不过是凭着我老老实实的态度有一说一有二说二，尽我讲到他的义务。

王小波如果地下有灵，也许会嘲讽我。也许竟不，竟认为我倒真的比较客观也比较体恤地理解了他。理解了一位有一流写作才华的作家，要寻找到足令自己欣慰的写作内容的那份期盼和不容易。

最后我想说的是，对王小波收在《沉默的大多数》一书中的文章，我都认真拜读了，都比较喜欢。在那一本书里，我认为，他的才华、他的睿智、他的思考成果，才真正地与内容相协调了，溶解在内容之中了。或反过来说，那一本书的内容，因他的才华和睿智而显得格外有意义了。

唉，好小说总是比好文章更难一筹，对于具有一流写作才华的作家也是如此……

关于陕西三作家

在"新时期文学"十年中，陕西作家的文学创作态势相当活跃，而且颇具阵容，曾被誉为"文学陕军"。他们的作品，亦每令全国文坛瞩目。自长篇小说"茅盾文学奖"设立以来，全国只有两个省份的作家两次轮获该奖，一是四川作家，一是陕西作家。正如诸位所知，四川省获"茅盾文学奖"的两位作家是周克芹和阿来；而陕西省获该奖的两位作家是路遥和陈忠实。也正如诸位所知，周克芹和路遥已令人痛惜地去世了。到今天为止，已有三位"茅盾文学奖"获奖作家去世。另一位是湖南作家莫应丰。三位作家中，周克芹去世时不到五十四岁；而路遥和莫应丰两位，去世时还都不到六十岁，诚可谓英年早逝。从前中国人的日子都过得很清苦，几代人严重缺乏营养，身体健康素质是那么薄弱；而写作，尤其长篇写作，又尤其笔耕式写作，是那么耗心血的事。当年没有电脑，终日伏案，几十万字百余万字地"爬格子"，几近于一种静态的体力劳动。而倘以劳动而论，我认为，又以执笔进行长篇创作这一件事为最苦，连锻炼了肌肉发达的益处都谈不上。相反，只能使肌肉萎缩，并生出多种的病来。在此，诸位，让我们缅怀周克芹、莫应丰、路遥三位作家吧！他们都是对文学创作这一件事特别虔诚的作家，他们的获奖作品，虽然在今天看来，难免有这样那样的思想局限性、艺术缺憾，但仍不失为优秀的长篇。我个人又认为，今人评价十几年前的文学作品时，是不可将其思想局限性和艺术缺憾，一股脑儿视为作家本人认识生活的思想深度和艺术感觉方面的问题的。他们当年并不能像今天的写作者一样，享有如此宽松的创作自由。

让我们话归正题。

路　遥

经过二十余年的时间的筛选，中国之作家队伍，像那部外国的电视纪录片《生存者》所表现的那样，阵容显明地萎缩了。仅以陕西省而论，陈忠实和贾平凹，特别突出地意味着一种筛选后的精粹性。路遥虽然已故，但我们认为，他及他的作品，不可不与陈、贾二位相提并论。谈二十世纪八十年代以来的中国文学，尤其是陕西省文学创作的成就，到任何时候，不谈路遥都是不全面的。

这三位作家，他们有什么共性呢？

第一，他们在文坛上声誉鹊起以前，都有着较长期的陕北农村生活所赋予的后来的创作底蕴。这与父辈或祖父辈曾是农民的作家极为不同。对于后者们，农村只不过是一种家庭出身，是某一个与家庭出身相关的模糊的地方罢了。比如我，虽然祖籍山东一个小村，但父亲十四岁就闯关东成了城里人。而我出生在哈尔滨市，下乡前，除了在城市近郊参加过几次中学生的助农劳动，对农村生活形态，对农民们，是没有太多感性认识的。我尊重农民，但也仅仅当他们是人民的一大部分，纯粹从理性上尊重着罢了。而以上三位陕西作家和我不同，和一切我这样的出生在城市，长大在城市，与农村仅有祖籍关系的作家们是不同的。他们对于农村和农民的了解，毫无疑问要比我这样的作家直接得多、深厚得多、饱满得多。

第二，他们之人生经历、经验、体会和感悟的最温馨，回忆起来最动心的那一部分，亦即构成人的乡情、亲情、爱情、友情"块垒"的那一部分，又往往直接与他们的农村生活时期密切相连。

第三，是文学这一件事，直接或间接地将他们引领到了大城市里，起码是文学这一件事巩固了他们成为大城市里人的自信。故在他们的意识里，文学、农村、农民——乃是他们都不同程度地怀有感激来对待的事情，是他们的作家意识的三角框架。而此点，又不同程度地成为他们反映农村沧桑、反映农民命运的使命感。

第四，他们对于城市的心理往往是矛盾的。他们当然希望自己是置身于城市文明之中的人，但他们又都十分清楚，有利于他们进行创作的那一种生活养分，在一个不短的时期内，仍须依赖各自积累的农村生活的底蕴。这使他们一拿起笔来创作，意识便本能地转移向了农村。久而久之，依赖变成了惯性式的创作倾向。三人中，要数贾平凹反映城市的冲动最为明显。另外两位的作品，其内容基本上不曾脱离农村。笔触所到，仅探及了小城镇的人情世故的界线而已。

他们的不同：

路遥对农村和农民的感情，是司汤达似的。他笔下的农民形象，从来也没能达到周克芹写"许茂"那么丰满和生动的程度。他的作品的文学贡献更在于——塑造了贯穿八十年代史页的中国农村男性青年的典型形象。如《人生》中的高加林，如《平凡的世界》中的孙少平。由于笔下人物的年龄小于他自己，由于他体恤他们、厚爱他们，故《人生》和《平凡的世界》中，字里行间流露着兄长般的感情。一如司汤达以兄长般的作家感情，同情着笔下的于连。《人生》中的高加林身上，重叠着多么显然的于连的影子啊！而到了《平凡的世界》，给我的感觉是，孙少平这一人物形象，反而不如高加林那么鲜明了。为什么？因为高加林在对待自己与巧珍的关系方面，心灵始终承受着八十年代前后绝大多数中国人所认同的道德尺度的拷问。我们不必深究当年那道德尺度的对错，总之我们知道它曾是那么强大，令人畏怯。甚至可以从作品中看出，连作者本人对它也是有几分讳莫如深的。作者与作者笔下之人物，一并处在所谓道德抉择的十字路口，一并承受它的压力时，作品就已经具有"先天"的深刻了。事实上也是那样，《人生》在当年曾引起过这样的争议——高加林是否是一个当代的陈世美？我们今天在看这部小说时，更不必陷入当年那么必然同时又那么肤浅的争议。我们应得出的结论是——高加林这一文学形象，因了他所引起的广泛同情和同情舆论下的争议，成为当年最为重要的中国文学形象，而这是《人生》的殊荣。因为一部作品，倘塑造了一个值得人们广泛参与评说的形象，便已经不失为一部优秀的作品了。以现实主义文学的尺度衡量之，尤其如此。而到了《平凡的世界》，孙少平不同了：他极其正面，特别理想化；他坚忍，正派，感情内敛；他恪守人生原则，不曾做任何会使自己良心不安之事。他所面临的人生问题，一言以蔽之皆是生存问题。路遥对他的同情和体恤，也基本上表现在生存的层面。通过他为了生存而奋斗的过程，向现实发出的叩问是——这么好的一名农村青年，为什么连生存都这么难？应该承认，路遥对农村青年那一种兄长般的厚爱，在《平凡的世界》中流露得淋漓尽致。"谨以此书，献给我生活过的土地和岁月"——这是作者的题记。它更加意味着《平凡的世界》是一部虔诚的小说，更加意味着路遥对农村青年那一种兄长般的厚爱十分由衷。

值得指出的是——孙少平虽然因理想化而比高加林平面化了，但《平凡的世界》一书，据我所知，当年近乎是某些农村青年沐手以读的"圣书"。即使在大学里，也是那样。在来自农村的某些男女大学生搭在床头的"书架"上（那往往只不过是一块木板），每可见整整齐齐地摆着三卷本的《平凡的世界》。这一部小说，给他们以自强不息的精神力量。孙少平成了来自农村的某些大学女生所敬爱的人物形象。几乎可以肯定地说，她们以后选择丈夫，一般不会选择当了挖煤工并且毁了容的孙少平；但她们又差不多都希望以后是她们丈夫的男人，身上或多或少有孙少平的影子。

一部百万字的小说，并未铺张笔墨地编织什么三角四角的恋爱关系；也根本没有设计什么离奇的情节；更没有整页整页地细写性事；即使写到青年男女相互间的爱慕之情，也不过点到为止，毫不渲染——居然有那么大的吸引力！

说明了什么呢？

说明中国农村的青年们，当年迫切需要一个来自他们中的可信又可敬爱的文学形象。孙少平虽然是理想化的，但路遥毕竟没有使他变成为一个"高、大、全"的形象。他基本上还是一个平凡的世界中的平凡的农村青年，因而可信。他身上所具有的，基本上还是平凡的可爱之点。这一相当理想化的农村青年的典型形象，在当年，在《平凡的世界》出版之前，在新时期文学的史页上还没有过。也许，路遥敏感地感到了他的农村的"弟弟妹妹"一代的精神需要，他适时地给予了他们。而当年，他们几乎都是怀着对他的感激读他的书的。

路遥若泉下有灵，当欣慰也。

今天，就给予过许许多多青年正面的精神营养这一点而言，路遥的文学成就在我之上。

《平凡的世界》一书的成就，意味着现实主义与理想主义相结合的一种小说文本的成就。而这一种二者结合的文学成就，在《平凡的世界》以后，以我的眼看来，再没有过成功的例子。几乎可以说，理想主义的文学元素，在《平凡的世界》以后，似乎不再是一种能获认同的文学元素了，它凝固在《平凡的世界》中……

《平凡的世界》的另一文学特征，在我看来是它较为细致的景物和季节描写。我并不认为路遥是这方面特别擅长的作家，但我极为欣赏路遥小说对这方面的观照。其实我本想用的是"追求"一词，却又觉得此点体现于路遥的两部代表作，还没有达到一种风格追求的状态，只不过是观照到了而已。虽然仅仅是观照到了，也使他的小说增色不少。比如《平凡的世界》吧，开篇第一章，第一页，以及其后第三章、第四章的起笔，或从写景开始，或从写季节开始，这给我一种如读欧洲古典主义小说的感觉，比如哈代的《还乡》，雨果的《巴黎圣母院》，屠格涅夫的某些短篇小说（《叶尔莫莱和磨坊主妇》《阿西亚》等等）的开篇。雨季、古城、水渌渌的石板路、泥泞的县中学操场——路遥笔下的景物并不特别优美。但我读时，却觉字里行间跃动着丝丝缕缕的温馨。是的，路遥是以一种温馨的笔触对那并不优美的景物进行描写的。这种描写，到了他的主人公进入"大城市"，亦即"地区首府"后，不但渐少，而且也没了温馨。这更加证明，城市不能引起他感情的亲和。只有他熟悉的农村能，只有他熟悉的小城镇能。路遥显然是受欧洲古典主义小说影响的，这是他与陈忠实、贾平凹很不同的地方。在路遥笔下，他所厚爱的男女农村知识青年主人公们，身上都或多或少有些欧洲古典主义作品中小知识分子的气息。他们口中会偶尔说出一段诗，是外国诗；头脑中会闪过一句什么格言，是外国文学作品中的；相互谈到别人们的爱情，也是外国小说中的……

九十年代以后，中国小说创作的视野由农村由乡土风格而城市而现代风格，观照景物描写的小说越来越少了。路遥小说中的景物和季节描写，尽管够不上多么出色，却仍能引起我对从前阅读享受的某种怀旧。

路遥的创作，生前没能走出农村，其半径最远从农村到县城到达"地区首府"那么远。而他小说中的"地区首府"，也不过就是八十年代陕北的一座处处老旧的古城而已。今天的许多县级市，比他笔下的"地区首府"要大得多，也要繁华得多。

有些作家是——自己的足迹到过哪里，创作的思维便在哪里呈现能动性，于是便可在哪里"生出"笔下的主人公。对于这些作家，笔下的主人公跟着他们的感受走。路遥不是这样。路遥似乎是——不管他走到了哪里，感受到了什么，一拿起笔，就又是他所熟悉的陕西农村、小城镇。他在小说中，就视那样的小城镇为"城市"，称小城镇人为"城里人"。这自然也没错。然我认为，农村、古城小镇、大都市——三者之间，古城小镇的风貌，也许更特别一些。相对于农村，它们是城市；而相对于大都市，它们只不过又是农村的"派生地方"。我的意思是，路遥如果弄明白过三者的关系，不是站在农村的角度将他笔下的古城小镇当成都市来写，而是站在大都市的角度将它们当成与农村关系很近便的地方来写，那么那些古城小镇，可能会被他写得更加有声有色。欧洲包括俄国的古典主义作家们，是极善于写小城风貌和人情世故的。他们为什么写得那么好？因为他们明白，小城是绝对区别于彼得堡、莫斯科、伦敦和巴黎这等大城市的。对比不出区别，不明白笔下之主人公虽然走进了古城小镇，实际上仍没走到离农村远到哪儿去的地方，仍没走到离真正意义上的城市近到哪儿去的地方，是《平凡的世界》的缺憾之一。在路遥，他以为从农村写到了城市；而我们读的印象是——他只不过从农村写到了一个不是农村的地方，那地方与城市读者概念中的城市区别太大。所以，还莫如不当城市来写那地方，而在主观上当那地方是农村和城市之间的一道特别的风景来写，它有既不同于农村也不同于城市的特别……

《平凡的世界》之后，路遥还将写什么？还将怎样写？他的笔，能否写到由他所熟悉的陕西农村和城镇所构成的《平凡的世界》以外更广大的世界里去？

这些，都是谜了……

贾平凹

在陕西省三作家中，我以为，贾平凹是最感性的，也是最智慧的。他好比紫薇树、海星一类敏感的动植物。人若用手轻挠紫薇树之皮，顷刻它树冠的叶子就会抖动作响。海星一被触碰，表面看似乎还没有什么反应，其实体内已经迅速起着生理性的化学的变化了。是的，贾平凹正是这样一类作家，几乎随时随地都能被激发起写作的灵感。比如，倘他与人一道旅游观光了一天，别人都在散漫逍遥的当儿，他却也许在悄没声息地暗自构思着什么了。当然，我认识的贾平凹，似乎不是那种喜欢聚众欢娱的人，而是一个喜欢独处贪静的人。这样一位作家，表面看，似乎与现实生活很隔着。其实不然，他的双耳倾听着呢，他的双眼关注着呢。他可能对某一地某一天内发生的事情不如你知道得多，但他对某一地某一个月某一年内发生的事情，肯定比那些自以为天天淹在生活里的人更了解。并且，经他那网状的头脑筛过了，可作为创作素材的，都储存在头脑里了。

这世界上不喜欢独处不喜欢静的作家是极少的。那么为什么有的作家写得多些，有的作家写得少呢？一与勤奋或惰性有关，二与敏感的程度有关。当然还有第三种第四种第 X 种原因。贾平凹是多产作家。他的多产除了证明他的勤奋，一定还证明着他的敏感。我言他是陕西作家中"最感性"的，正是根据一千余万字的作品总量所作的结论。"感性"并不就是敏感的意思。理性的人也会是很敏感的人。但那敏感激发的是理性思考的活力。我所言"感性"的贾平凹，是指他对生活现象首先作出的反应是形象思维的而非理性思维的。这一点是多产作家的潜质。事实上有些作家刚好相反，面对触动了自己写作欲望的生活现象，首先启动的是主管理性思维的那半边大脑，然后用另半边主管感性思维的大脑里的素材去加工理性。这两种区别并不足以判断作家才情的高下，只不过就是区别而已。但一个事实毫无疑问是——感性反应极度敏感的作家，他握笔在手的时候是经常的，因而他必有总量上多的成果。

　　贾平凹对他所熟悉的陕西农村和小城镇的生活以及人们，具有与路遥很不一样的感情。贾平凹对于黄土高坡、窑洞、陕西农村的沟沟梁梁、堑堑岭岭，也许并没有怎样深情厚谊的眷恋心理。他笔下也写景，但无温馨。即使写得比路遥优美时，读来也无路遥笔下那种温馨感。在路遥笔下，一写到农村，哪怕几笔，哪怕荒凉，也总是含情脉脉的。贾平凹小说中的写景从未给我这样的印象。只不过是谋篇经验式的写景而已。贾平凹对于陕西的古城小镇，似乎也没什么特别的感情。它们之对于他，更像是古址对于业余考古学家。他迷恋的纯粹是它们隐藏着的什么文化。他因了它们的往往不被外界周知的文化而欣赏它们，而并非因了它们与自己的人生有过什么密切的关系。好比一个男人爱一个女人主要是因为她出身于书香门第，而不是因为曾与她青梅竹马。但在路遥那儿不是这样。路遥对它们的感情方式是——我曾是它们活生生的一部分，它们曾是我人生的见证，所以我爱它们。至于文化不文化，在路遥那儿不重要。即使他也写点儿它们的文化，却常写得漫不经心，顺笔一带而已。贾平凹则一写到它们的文化，则就好比向人展示家藏古物，很自得的一种心理。路遥视他所熟悉的农村的人们为父老乡亲，写他们的缺点也往往透着股亲近劲儿。而贾平凹，只当他们是自己特别熟悉的人罢了。

　　如此说来，似乎贾平凹内心里根本没有乡情了，也根本没有乡亲意识了？

不，乡情也罢，乡亲也罢，贾平凹内心里自然也是有的，较浓地体现在他早期的作品中，体现在他笔下塑造的些个陕西农村的小女子们身上。

早期的贾平凹，同情她们、怜惜她们、亲爱她们，如蒲松龄之对于自己笔下那些既美且善且仁义的狐女鬼妹。贾平凹的乡情乡亲之情愫，经由对她们的塑造，在早期作品中体现着，也是温情脉脉的。比如他的《满月儿》，他的《腊月·正月》，他的《鸡窝洼人家》。贾平凹小说中的人物，一向没有什么理想主义的色彩，于今是更加的没有了。他笔下的农村的男青年，也一概不属于《平凡的世界》中孙少平那一种近乎榜样的形象，而常是《阿Q正传》中小D那一类，归不到好人一块儿也归不到坏人一块儿的那一类。比如他较新的中篇《阿吉》中的阿吉。评论家一向认为，贾平凹最擅长的是塑造陕西农村招人怜爱的小女子形象。《阿吉》意味着，他塑造同一地域的农村小男人，也颇见经验。

贾平凹最令我刮目相看的，是他将笔探向城市的那种创作主动性、能动性。他在《浮躁》中已有所尝试，通过《废都》更加证明。

我为什么对此点刮目相看呢？

因为一九四九年以后的中国当代文学，在八十年代以前，差不多仅仅由两类小说构成。一类是革命历史题材的，一类是农村题材的。既是现实题材的，又是城市题材的小说，一二部而已。中短篇也少得很。少得很的几篇中好的，又无一例外地在"反右"中被列为"毒草"，成为压在政治"雷峰塔"下的"禁株"。伴随着"新时期文学"一页的翻开，曾出版过一本集子，所收皆一九五七年前后遭到过批判的短篇。那一本集子里，有王蒙的《组织部来了个年轻人》、陆文夫的《小巷深处》等，算是从前年代的城市小说吧。然毕竟是从前的，印数有限，读的人也少，只不过有种纪念的性质。而"新时期文学"的十年中，城市题材的小说同样少得很。连当年还都年轻着的我这一代作家，所写也大抵是农村题材的小说，或以"广阔天地"为背景的小说。那十年中获奖的中短篇，绝大多数是此类小说。有影响的真正算得上是城市题材的长篇，尤其是"当下时"的长篇小说，已然成为小说读者的一种迫切期待。哪些作家来填写此空白？在我的思想中，首先想到的是我这一代作家当肩起使命。总不能使一部中国当代文学史，凡三十几年中一直像是一部中国当代农村小说史啊。所以，贾平凹的《废都》的出版，我是刮目相看的。路遥的《平凡的世界》，如上所述，并未出色地完成文学题材由农村向城市的拓展；陈忠实那时仍在沉寂着；贾平凹写《废都》所呈现的创作能动性，我认为，在当时，不仅对于写农村小说为擅长的陕西作家们是一种具有积极意义的带动，对于一直还胶着在农村题材小说创作的同代作家们，也是一种激励。

　　但认真读了《废都》之后，在肯定以上一点的同时，我也确实感到了《废都》令人扼腕叹息的几方面遗憾。

　　都，大城市也。书名证明，贾平凹要用他的笔反映大城市的创作初衷是十分明确的；废，无非是废弃、荒废、废墟、颓废这些意思。从小说的内容看，那样一座城市，当然还没到自然荒废，将渐成废墟的地步。因而也就不足以令人们废弃。它不是作为《霍乱时期的爱情》之背景的那座小城镇，也不

195

是作为《十日谈》背景的中世纪的小城堡。是的，我认为小说内容并没描绘出那样的大城市危机。即使贾平凹的主观创作意识是力图达到那样的文学效果，而实际上也没有达到。我们只能结合小说内容来理解书名，并通过对书名的理解，来更客观地读解小说内容。基于这样的一种阅读习惯和经验，我个人更愿从颓废的意义上来理解《废都》的"废"。

《废都》——颓废的大城市。

是的，这就是我的理解。

九十年代（二十世纪九十年代。编者注，下文同）初期，这是贾平凹写《废都》的时期。他个人之人生，那时经历着一场变故。他处在个人情绪的低落时期、苦闷时期。那苦闷与创作的自信与否或许有些微关系。但肯定关系不大。总体而言，贾平凹是一位创作上有成就感，并且一向对自己创作能力较为自信的人。

九十年代初期，中国之"改革开放"也与"新时期文学"一样，经历了十年的坎坎坷坷，准备无怨无悔地推开面前的商业时代的对开大门了。那是普遍之中国人的人心极为浮躁的几年。许多中国人的眼，当年看到了中国许许多多方面的颓废现象，包括腐败现象。腐败毫无疑问也是一种社会和时代的颓废现象。感性的、敏感的贾平凹自然更不例外。他要用他的笔来反映那似乎弥漫于城市各个角落的颓废，这种创作初衷也是较难能可贵的。意味着他的创作，当年有了批判现实主义的意识。此前他的创作，其实一直是现实主义的。即使某些作品看起来有批判现实主义的成分，也非是他主观上明确的批判现实主义创作意识促使之下的产物。当年的作家，谁没有过进行批判现实主义创作的冲动呢？那是作家们总体上所不曾习惯，所必然质疑的种种社会的和时代的现象直接作用于作家们创作心理的必然结果。

站在今天来回首当年，来重读《废都》，其实无论当年现实生活中的，还是小说中所呈现的种种颓废现象，早已是今人司空见惯、见多不怪，甚而视为必然、正常、可以理解，无须乎愤世嫉俗的了。但在当年，大多数中国人不能有今天这种极为理性的平常心。

但一个创作上的实际问题是——在中国，一位作家，哪怕他是一位出了名的作家，哪怕他的交际面特别广泛，通过小说启动他全部可以启动的人际关系、社交关系，又能牵动起多大面积的一种城市的颓废状态？——倘那城市的状态确乎是颓废的。若并不能如作家所愿结构成一种上下纵横自然调遣的牵动布局，则便不"足以展现"一座城市是"废都"的创作初衷。究竟能否呢？又当然是能够的。对于文学进言之对于作家，其实没有什么创作的意图是不能实现的。但需要较高明的匠心。比如果戈理的《死魂灵》《钦差大臣》，比如左拉的《娜娜》，比如契诃夫的《第六病室》。如诸位所知，以上作品，除《娜娜》外，背景皆是小城市。契诃夫的《第六病室》的创作思想，其实就是主人公医生在小说中说的那一句话："俄罗斯病了。"这一句话也可以看作以上作品的共同的创作思想。颓废之对于一座大城市，当认为是一种病。那么，又不妨认为"城市病了"也是《废都》的创作思想。一个国家"病了"，一座大城市"病了"，这是极有分量的创作思想。果戈理、契诃夫们以小城市为背景来实现他们的创作思想，在小说结构上是独具匠心的。而贾平凹以一座大城市为背景力图实现同样的创作思想，却并没有实现得比前者们更充分更深刻。理应"更"而并没有，何以然呢？在结构的匠心和经验方面功亏一篑耳。一部《废都》，使我们看来看去，似乎主要地看到的只不过是一个作家或曰一个中国当代文人自身在隐私生活方面即性事方面的颓废情形而已。虽然也由"庄之蝶"牵动了另外一些颓废现象，但只不过净是大城市里小角色的颓废，相对于《废都》这一部书名，那是微不足道的，以轻载重的。好比一个体格瘦小单薄之人，却戴了一顶大而重的盔，给人以内容"不能承受之重"的感觉。在《娜娜》中，一个妓女所能牵动的那一种大面积的城市的颓废状态，在《废都》中，一个中国当代有些名气的作家"庄之蝶"却未能牵动得了。"娜娜"是颓废的镜子，即不但自身颓废着，也映出了巴黎各层面的颓废；而"庄之蝶"，只不过自己在那儿颓废着而已，间或映出点儿文艺单位的小真相。相对于一座是"都"的大城市而言，怎么也算不上是多棱面的镜子。

又，果戈理、契诃夫、左拉们，他们都是一向生活在大城市里的作家，但是我们从他们的作品看出，他们刻画小城市里的形形色色上上下下的人物，那么地得心应手，一言以蔽之，写出了种种小城市里人物们的共同的气质。那就是，不管他们的身份如何、地位如何，他们既都是区别于农村里人的城市里人，气质上又皆很"小"，区别于大城市里的相应身份和地位的人们。而我读《废都》，却感到贾平凹笔下那些生活在是"都"的大城市里的人物，从"庄之蝶"到他周围的女人们拥戴者巴结者一干人等，总体上都缺少大城市里人的共同气质，与大城市里相应身份和地位的现实中人一比，似乎都刚从小城市小城镇甚至农村而落户在大城市里没多久。倘不一再提醒自己作者写的是大城市里的人和事，我会读着读着就在头脑中浮现一座小城市的背景，比如路遥在《平凡的世界》里称作"地区首府"那样的一座城市而已。至于他笔下那些女子，恕我直言，无论文化水平高点儿的低点儿的，似乎都或多或少有他笔下曾写出过的那些农村女子一摇身变成了城市里的女子的印象。

而这说明了些什么？

我以为实在并不能简单地认为贾平凹的写作才情怎样。他毫无疑问是极具写作才情的作家。

大约也还意味着以下三点：

第一，陕西诸城市，无论大小，包括西安这样的省会城市的人们，他们与农村的关系，也许比全国所有别的城市里的人们与农村的关系都紧密。他们与农村人的关系，仍保持得相当贴近；他们曾是农村人或农村人后代的根性，并没被大城市的生活形态破坏得多么严重。所以，贾平凹《废都》中的大城市里人，也许正是他在他所久居的大城市里感觉的那样。而这一点，如果他在书中适当之处或通过人物对话或通过作者论及，对小说的水平将是有益的。那样，我们就会认同和接受他的写法，消除我们读者对各自稔熟的大城市里人的总体"气质"先入为主的见解。

第二，贾平凹自身也许是相当矛盾的。他是直接来自农村的大城市里人。他对农村并不眷恋，他对大城市却也亲近不起来。他当然从不以自己是农民的后代为耻；但是他也很有些与大城市生活格格不入，甚至心理上经常发生抵牾。我认为实际上贾平凹始终是一个生活在农村意识形态和城市意识形态临界上的人；一个既不可能再是农村人，也不可能在意识上是彻头彻尾的大城市里的——那样的一个人，那样的一位作家。他希望他的笔也能成为解剖某一座大城市的解剖刀，但是真正那样做的时候，给我的感觉是他却又并不多么兴趣盎然。起码不像陈忠实用自己的笔解剖一个叫作"白鹿原"的地方的人事那么有快感。

第三，我在前边说过，贾平凹是感性的。感性的贾平凹在写《废都》时，对"庄之蝶"这一人物的兴趣，远远大于对一座是"都"的大城市的兴趣。显然，"庄之蝶"这一人物，调动了他林林总总的感性积累。而对于一座是"都"的大城市之颓废状态，不能说他毫无感性积累，但说他感性积累不够大约符合事实。总而言之，"庄之蝶"是"庄之蝶"；一座是"都"的大城市是一座是"都"的大城市，二者并不等于，甚至也不约等。写好后者，不但需要比写好"庄之蝶"们更多的感性积累，恐怕还需要足够充分的理性思考的准备，以更高明地处理好一个人物是一座是"都"的大城市的"镜子"与世相之间广阔些的映照关系。

接下来，我们该谈谈《废都》中的性事描写了。

这是我最不能由衷欣赏和称赞《废都》的一点。

我并非卫道士，自己读也罢，写也罢，从来是不讳性事的。然《废都》中的性事，有着不少我读原版《金瓶梅》时的似曾相识的片断。比如"庄之蝶"正和一个女子做那一种事，不料被另一个女子撞着了，于是在第一个女子的怂恿之下，紧接着去与第二个女子做同样的事。事毕，第一个女子对第二个女子说——"现在我们是姐妹了"，而第二个女子受宠若惊，而她在身份上又是低于前者的。这简直就是《金瓶梅》中陈敬济、潘金莲和丫环春梅之间一段性事关系的"盗版"。

"庄之蝶"和其他女子之间性事关系之描写，在明清性色小说中，也屡见不鲜。我认为，借性事描写以展示一座是"都"的大城市的颓废图景，即使在九十年代初，也当写得有点现代感才是的。

人们对于《废都》中性事描写的批评当时较为强烈，而所针对，又主要是那些字里行间标明删去多少字的空格。当然，这是洁本《金瓶梅》和某些明清性色小说的做法。

然一个问题是——倘《废都》中没有那些标明删去多少字的空格，结果又将怎样？

那些强烈的批评还会存在么？

如果还会存在，于是我不解——为什么对其后不久出版的《白鹿原》中的性事描写，人们就缄默无言了呢？倘《废都》中并没有那些标明删去了多少字的空格，与《白鹿原》相比，二者之间性事描写的片断、赤裸程度、自然主义倾向、性事过程中言语的不雅特点，所占各自全书的比例，其实是分不出个谁多谁少谁好谁坏的。

倘批评仅仅是由空格所导致，那么另一个问题是——性事描写之相对于文学，怎样的程度是不至于败坏一部小说品质的？怎样的程度又必然败坏？

标准究竟是什么？

界线究竟在哪里？

身为作家，这始终是我阅读中的一个困惑，包括阅读某些名著时产生的困惑。比如读《尤利西斯》时，那一部使作者因而获诺贝尔文学奖的名著，我在读到它结尾时那些关于性的粗话时，是怎么都难以觉得是享受的……

迄今为止，纵观贾平凹的创作，他的大多数小说，皆是感性的贾平凹笔下的"产品"。感性气质使贾平凹这位作家始终对生活保持着职业性的敏感，创作活力始终未减。但，理性的欠缺、忽视，以及借助理性提高感性积累质量的那种创作自觉的不足，是贾平凹的局限。也是贾平凹与陈忠实相比，逊于后者的。陈忠实的《白鹿原》证明了此点。

陈忠实和《白鹿原》

《白鹿原》之印刷成书，与《废都》在同样的时间，都是一九九三年六月第一版。我印象中，《废都》之面市，大约早于《白鹿原》十余日。可以说，是在《废都》因那些空格以及性事描写的沸扬声中，《白鹿原》悄然推出。后来的结果，正如诸位所知，《废都》遭禁，《白鹿原》获奖。《白鹿原》的获奖也并非一路绿灯，顺利异常。歧见不但存在，而且曾体现为一种阻力。主要原因倒不是书中那些性事描写，而是它的"史观"倾向不特别符合一九四九年以后所提倡的一向的"史观"。——其"史观"是正面弘扬革命伟力对旧社会摧枯拉朽的功绩。在我看来，那一届的长篇评奖，总体上是质量偏弱的一次。《白鹿原》以被要求修改后半部，并得到作者明确同意的态度为前提，才最终获奖。

相对于《平凡的世界》和《废都》，《白鹿原》写的是距今百余年前之人事，从百余年前写到一九四九年前大约五十年间的人事。一部小说，有着近五十年的时间跨度，其背景又距今百余年了，自然该归为历史小说一类。

它是一部典型的农村题材的近现代历史小说。虽然某些章节写到了当时的渭北城市，但总体内容上是农村的。其实我明白如此评说《白鹿原》这样一部历史小说是不甚妥当的，一种姑且的分类而已。

　　写一部历史小说，它的作者是怎样看待历史小说的呢？陈忠实自己的题记引用了巴尔扎克的那句名言——"小说被认为是一个民族的秘史"。

　　巴尔扎克不愧是巴尔扎克。他关于小说的这句话说得极为精辟。巴尔扎克的话，也可以换一种说法，那就是——"小说是史外之史"。这句话是我说过的。在我还不知道巴尔扎克那句名言时，我就是如我自己所理解那么看待小说的。那纯粹是读得渐多之后的一种阅读体会。比如《战争与和平》《悲惨世界》《九三年》《双城记》《静静的顿河》《红旗谱》，都曾使我获得"史外之史"的阅读感受。这似乎更是针对历史小说而言。实际上包括了优秀现实题材的小说在内。比如左拉的《底层》，在他写作的当年，那小说分明是现实题材的。但今天看来，它也具有是法国的一种"秘史"的意味。比如柳青的《创业史》，在作者写作的当年，它分明是现实题材的，但今天看来，它是中国农村合作化历史时期的"史外之史"。

　　陈忠实引用巴尔扎克那句名言作为《白鹿原》的题记，证明他对自己所写的内容，确乎进行过"史观"性的思考。《白鹿原》中人物、家族，当然是他虚构的。能虚构到读来较为真实可信的程度，又证明着一种想象的能力。进一步证明，陈忠实作为作家的想象能力是一流的。类似《白鹿原》小说中的人事，在中国，在相应的一段历史时间内，是不乏其例的。民间老辈人一代代口头传下来的家族人物之命运故事，地方志中的散记杂陈，显然是构成《白鹿原》的原始素材。它们加上作家的一流想象能力，编织为可读性较强的小说是不难的。但若赋予这样的小说以某种思想的深意，则便需要经过理性的提炼了。否则，小说也只不过能写成一般的演绎故事罢了。

陈忠实对他所掌握的原始素材进行了较为不一般化的理性提炼，因而赋予了《白鹿原》以少见的某种思想的深意。

我个人在创作方面对历史性题材的小说一向是退避三舍的。不是怕驾驭不了，是不愿陷入故事和情节的泥沼。因为在我看来，历史性题材的小说写起来恰恰是容易的，而现实题材的小说要写好则很难。为什么这样说呢？因为对于后一类小说，人们往往习惯于用现实的人事常规去衡量、去要求、去评价，既要经得起，又要高于现实的人事常规；既要写得有意义，又要写得有意思，不容易。现实题材的小说，要么写得有意义，但读起来没意思；要么读起来挺有意思，但掩卷沉思，又觉得没什么特别值得一读的意义。故我对于文学创作这一件事，一向较为固执地认为——现实小说写得怎样，才见作家真功力。所以，我又一向认为，托尔斯泰的《安娜·卡列尼娜》，高于他的《战争与和平》；雨果的《悲惨世界》，高于他的《九三年》和《巴黎圣母院》；狄更斯的《雾都孤儿》《大卫·科波菲尔》高于他的《双城记》。反之，一般小说读者，既不太会以现实中的人事常规去衡量、去要求、去评价历史题材小说中的人事，也不太会以历史研究者的眼光去那样对待历史题材的小说。而这就给历史题材的小说留下了远远大于现实题材的小说的虚构空间、编织余地。我认为，这乃是许多既属于历史题材，又不属于纪实性的历史题材的小说总是比许多现实题材的小说在内容上更具有故事性的真相之一。倘雨果只有《九三年》和《巴黎圣母院》，而没有《悲惨世界》，那么他就实际上不比以《三个火枪手》和《基督山伯爵》而出名的大仲马之文学成就高到哪儿去。

是怎样的一种理性提炼使《白鹿原》超出了一般这类小说的水平了呢？

是黑娃这一个人物而已。

这一个人物，他先成了地方的一个革命的带头分子；接着因为革命受到镇压，于是成了流匪；又由于救了真正的地方革命者，于是重新成为革命队伍中的一分子，而且成了新政权的副县长；但最后，终由于当流匪头子时的劣迹（最主要的罪恶恰恰是最委屈的也是最跳进黄河洗不清楚的），被新政权枪毙了。

这样的一个人物，在《白鹿原》之前的近当代文学作品中，是少有的，极少有的。

为什么不说根本没有过呢？

因为类似的人物，毕竟是有过。

在我的阅读范围内，似乎《新儿女英雄传》中有过一个类似的人物，先是拉竿子抗日，后来被中国共产党所领导的真正的抗日队伍收编；再接着反水，投到伪军那边当什么副司令；于是成为真正的抗日队伍的敌人；于是最终被从肉体上消灭之……那样的一个文学人物，和《白鹿原》中的黑娃只不过类似，并不完全属于同一类。因为前者在时代的风云变幻中的反复无常，每次都是个人利益得失考虑之下的抉择。即使其立场走向反动，也完全是自主的行为，就是说具有掌控自己命运的能力。而黑娃则不一样，他自己原本是并无主义，也无信仰的；可以说他的主义就是活着，他的信仰就是他的女人小娥。倘这两方面都还算顺遂，那么他未必不愿像他父亲鹿三一样，给任何一位白嘉轩那般和善的主家忠忠实实地当一辈子长工，并且给世界生下几个小黑娃。可是族人们首先是他的父亲坚决地不能容忍他爱他的女人，于是他只有离开"族"这一种群体和村这样一种"根地"，好比非洲大草原上的动物离开了种群。而我们都知道的，这样的一只动物，除非是强悍的猛兽，否则不加入"同纲同科"的新种群，生存的长久性是大成问题的，当然也就养活不了自己的母兽。黑娃，原本非是那么一种强悍的猛兽，它是生存环境普遍恶劣情况之下的个体。他的出场是不谙世事的，自甘低下的，仅求生存的一种状态和心理。他的爱也是既强烈又战战兢兢的，但却无怨无悔。他之参加农民的暴动或曰初级的"革命"，在极大程度上是为了投靠新的种群。只有那一种群和他"同纲同科"，故他只能加入它。而他一旦加入了它，他的命运便更其失控。因为革命这一件事，是世上最不寻常的，前景最难料测之事。只有将革命当成信仰和主义也就是大事业的人，才能在革命中有自主性。他天生不是那样的人，他只不过是被革命裹挟之人。什么叫"秘史"？"秘史"是史的某种真相之一。在中国近代史中，在漫长的内战硝烟下，曾有许许多多黑娃式的人，忽儿红，忽儿白，忽儿在红白之间沦为丐，沦为盗，沦为匪，如河滩卵石，被昨日之潮冲到那里，又被今日之潮冲到这里；一忽儿成了白的眼中钉，一忽儿又成了红的敌人。又比如鹿兆海这一人物，参加十七军原本是抱着一腔热血为抗日的，但十七军是国军，须听蒋介石调遣的，结果并未死在抗日的疆场，而成了红军的枪下鬼。连鹿兆海那等明白自己是去干什么的人，也稀里糊涂身不由己地干了自己不明白的事（"围剿"红军占据的苏区），并且搭上了性命，更遑论黑娃乎？

黑娃这一个文学人物，在当代文学中，在《白鹿原》之前，是从未有过的。而他背后，可以说曾有千千万万命运雷同者。他们被夹匿在史页中，且不留任何痕迹，仿佛根本不曾存在过。这就是中国近现代史的真相之一。是否有作家的视野包含过他们呢？我想肯定也是有的。长期的不言而喻的原因使谁都没写，于是一部中国的近当代文学史，尤其一九四九年以后被正统化了的文学的史，几乎像政治的史一样界线分明了；文学的人物画卷中，便只有革命和反革命两类人物了。"十七"年中的革命斗争长篇小说，皆凸显此点。然而政治的史是一回事，文学的史是另一回事。否则，文学的史就仅仅成为政治的史的复印本了。而文学的人物画卷，理应包容比政治的史更多种多样的人物。另一方面，倘一部五十余万字的长篇小说，仅仅为一个黑娃式的人物而写，而试图令我们感慨万千，那么则未免是用心良苦价值单薄之事。幸而，《白鹿原》中还写了白嘉轩，还写了他的姐夫朱先生两个人物。

白嘉轩这一人物也是此前中国文学画卷中没有过的人物。从所谓阶级成分上论他是地主。父辈也是地主。于是会很自然地使人联想到《白毛女》中的黄世仁，或《红旗谱》中的冯老兰、《暴风骤雨》中的韩老六。但白嘉轩和他们截然相反，他在小说中完全是一个"好地主"的形象。不是虚伪的假善人那种好，而是表里如一的好。而且他的父亲也是这么好的一个地主。父子二人不但对自己家的长工比如鹿三（黑娃的父亲）特别好，对全村全族之人皆好。又非常有对全村和全族的责任感、使命感、义务感和荣誉感。还敢做敢当，亲自到县里去投案，为的是保出因暴动而被捕在押的乡亲们。总而言之，他仿佛是一九四九年后的一位好村长、好支书。好到如此这般的一个地主，一九四九年前的中国究竟是有还是没有呢？我实在是不敢断言，没有调查就没有发言权。但我想，大千世界，芸芸众生，人是千般百种形形色色的，绝非"阶级"二字所能划分得好坏分明的。故我是宁肯相信会有的。何况，书中所写，不由人不信。文学的眼，正是要发现形形色色之人。所以文学之人物，是完全可以超阶级性存在的。

最终我要说的是——白嘉轩实在是被作家陈忠实特别理想化的一个文学人物。

那么一个问题随之是——作家陈忠实为什么要特别理想化地塑造一个地主形象呢？

依我想来，原因大约如下：

第一，作家陈忠实对一向左右中国人思想的"阶级论"是逆反的，至少在潜意识里是逆反的。而这曾是大多数中国作家头脑中的逆反，在不少同代作家的作品中都有不同程度的流露，只不过不像《白鹿原》那么鲜明。

第二，作家陈忠实对农村的社会秩序，也许怀有某种在自己头脑里理想化了的农耕时代的憧憬——它的意识形态的核心是仁义；而载仁义的形式是一种或可曰之为"人文"化了的宗族礼教；而维护和执行其权威的是经过几代那种宗族礼教熏陶和培养的人，比如白嘉轩。他除了仁义，勇于承担责任，执行起那礼教原则来还特别公正，哪怕是自己的亲子触犯之，亦严加惩罚。因而小说中的白嘉轩，只能是好地主，不可能是农民。农民承担不了那么一种重任。

如果我们的思维也随着作者的理想主义倾向进行联想，那么我们会很容易地联想到雨果的《悲惨世界》。雨果笔下的特定时代的世界是悲惨的，陈忠实笔下的也是。雨果于他的《悲惨世界》中，塑造了一个极其理想化的，与他的《巴黎圣母院》中的副主教克洛德恰好相反的另一类正主教米里哀；陈忠实在他的《白鹿原》中，塑了一个极其理想化的，与梁斌的《红旗谱》中的冯老兰恰好相反的另一类地主白嘉轩。二者的区别是，米里哀所代表的宗教感召力，成功地影响了冉·阿让的一生，用作品中的话说——"人们从冉·阿让身上看到了米里哀主教的影子"。而白嘉轩所代表的"人文"化了的宗族礼教，只不过感召了一名长工鹿三；在鹿三的儿子黑娃那儿，却遭到了失败；在自己的女儿白灵那儿，也遭到了失败。他们都不以他那一套为然，各走各的路了……

　　白嘉轩这样一个在白鹿村具有权威的人物，何以从不滥用权威，做下过什么损人利己的事呢？——因为他身边有着一位是姐夫的，虽没什么权威，却极具人格魅力的乡下知识分子朱先生。他对白嘉轩，有时起"纪检委"书记的作用，有时起思想启蒙和导师的作用。

　　朱先生是《白鹿原》的第二个理想人物。这个人物并非前所未有的。比如《红旗谱》中严萍的父亲，保定师专教中文的严教授，便与朱先生有相似的精神品格——无党无派，远避政治，上不媚官，下不傲民，为了一方安宁，往往会正义担当，挺身而出，总之都是自标清流的知识分子形象。但朱先生与严教授又有不同。朱先生其实思考政治，故对国共两党之争，说出过自己的一番观点。严教授不谈国事，甘愿做一个政治上的糊涂人。作家梁斌是尊敬严教授一类知识分子的，但遗憾他们的不问政治；作家陈忠实更是敬仰他自己笔下的朱先生的，并尤其欣赏他对政治那种冷静明白的不卷入立场。五十年代的《红旗谱》和九十年代的《白鹿原》，呈现了不同时期的两位作家对知识分子文学人物的不同的欣赏视角。

一部长篇小说，塑造了两个中国文学画卷中前所未有的人物。有一个似曾相识，但刻画视角更具作家思想个性的人物，毫无疑问便称得上是一部优秀作品了。

至于书中另外一些人物，诸如鹿子霖、鹿三、小娥、白灵、鹿兆鹏等等，则就没有什么特别值得评说的价值了。我们也不能要求一部优秀小说中的一概人物都具有评说价值。

至于书中那些性事描写，尤其小说开篇是现在这样的，而非别种样的，恕我斗胆直言，给我以很商业化写作的印象。我们将《白鹿原》与《废都》与《平凡的世界》相比较，我的结论是——路遥的创作意识是最没受文学商业化影响的。《平凡的世界》初版于一九八六年，那时出版界还没开始实行版税。诸位显然已经注意到，我对前两部小说始终用的是"性事"一词，而非"性爱"，更非"爱情"。我认为，作家陈忠实也许不曾想到——他的《白鹿原》包含着比他自己写作时估计到的更多的文学价值。倘他想到了，我以为，对于书中那些"性事"的片断，他也许会呈现给我们另一种更符合一部优秀长篇小说品质的写法。我的感觉是，那些"性事"片断使《白鹿原》优秀长篇小说的品质下坠，尽管它的发行量或许正因为那些片断而大大增加。

我认为，倘从"史外史"的角度看，仅读《红旗谱》，对中国农村革命这件事，极易得出简单的印象；而若以为肯定更是《白鹿原》所写的那样，也是另一种片面和幼稚。只有两部小说都看了，才算了解得全面了些。《红旗谱》和《白鹿原》，好比一枚镍币的正反两面。《红旗谱》若算正史，那么《白鹿原》颇为成功地完成了"秘史"的创作初衷。

现在，让我们将陕西作家们曾写出的重要小说按故事年代顺序排列在一起，它们是：

《白鹿原》《保卫延安》《创业史》《鸡窝洼人家》《正月·腊月》《人生》《平凡的世界》《废都》……

我们会获得一种怎样的大印象呢？

那就是——陕西的作家们，用他们的笔，分阶段地、共同地完成了一个省份的从百年前到现在的文学性质的史。在这一个省份经历过的历史沧桑，几乎全凸现于他们笔下了。全国还没有哪一个省份的作家们的作品，排列在一起会给我们这一种大印象。而有趣的是，同代的三位作家，即陈忠实、贾平凹、路遥——一个的笔写百余年前，补上了关于这个省份的近现代的文学"秘史"；一个的笔写到了大城市，写出了它在转型向商业时代必然经历的阵痛和必然出现的扭曲世象；而另一个的笔，真诚地记录了在它的土地上的共和国儿女们迷惘又自强不息的心路和人生之旅……

陈忠实对于他所熟悉的那片土地的感情是罗贯中写《三国演义》式的，是超脱式的，但又是剪不断的。比如《白鹿原》中白嘉轩赴乡绅们的宴时心中的反复诘问——"他们这是吃的谁们的钱？"——分明也是对今天农村鱼肉乡里的现象的质问。我作为陈忠实的同行，认为他所面临的一个创作问题那就是——接下来写什么？怎样写？我认为，评价一位作家，另有一条很重要的标准那就是——他用他的笔，对他所处的当代，进行了哪些方面的文学性的反映、诠释和记载？这是他这样一位中国当代重要作家不可回避的。而迄今为止，即使不说他在这方面做得不够，也起码可以说太少。欣慰的是，据我所知，他正在创作着另一部我们期待着的当代题材的长篇小说……

路遥和他的《平凡的世界》

一

路遥是一位让我心存敬意的作家。

《平凡的世界》是我所喜爱的小说。我调到北京语言大学后，曾向学生们分析过这部作品难能可贵的文学价值。

路遥生前，我们仅见过一次，应该是在一次作协召开的会议上——那是一九八四年，当时，他将他的一部重要作品《人生》改编成了电影，引起了巨大反响，好评多多。却也有一些不同声音，认为男主人公高加林是当代陈世美——他为了达到成为城市人的目的，抛弃了曾与他热恋的农村姑娘巧珍，因而高加林身上有于连（《红与黑》主人公）的影子。

但那又怎样呢？司汤达不正是由于塑造了于连这一复杂的法国青年形象而享誉世界文坛的吗？

我见到路遥时说：电影《人生》是成功的，作家的笔应写出各式各样的他者。司汤达笔下的于连、哈代笔下的苔丝、福楼拜笔下的包法利夫人都是成功的文学人物。没有这些文学人物，文学画廊便谈不上丰富多彩，文学的社会认识价值便会大打折扣。同样，高加林是中国文学画廊中不可无一的"那一个"。

他当时握着我的手说："晓声，你的手很暖，话也是。"他生前也只对我说过这么一句话。

路遥病故后，我敬爱的师长李国文、好友铁凝和我，共同筹集了一小笔款子。记得只有五千元，是把我们三人包括当年还健在的叶楠师长的稿费凑在一起的。

那一两年是中国文坛的忧伤年份。我们不仅失去了路遥，还失去了周克芹、莫应丰、姜天民。前三位都是茅盾文学奖得主，而姜天民比我年龄还小。我们将那五千元中的四千元分别寄给了四位作家朋友的亲人，以表达我们的哀思。余下的一千元寄往哪里了我已忘记，似乎是寄给贾平凹，支持他修缮柳青墓了。

如今，《平凡的世界》也改编为电视剧，并且获得了良好的收视效果，我们替路遥兄感到欣慰。

二

在全国"两会"期间，我在发言中指出——在国产电视剧现实题材委实偏少的情况下，《平凡的世界》之播出可谓拾遗补缺……

依我想来，路遥兄在创作《人生》时，一定为千千万万一心想要实现好一点儿的人生而走投无路的农村青年们泪湿稿纸，且不止一次。须知，那时的中国之农村和城市，还处于固若金汤般的二元结构的形态。而当他在创作《平凡的世界》时，肯定时时热血沸腾，以至于不得不停笔平静一下自己的万千思绪吧？

孙少安是有责任感的文学人物，凡这一类文学人物，同时也便寄托了作家的人格理想。责任感和脚踏实地的精神，在孙少安身上统一得很可信。这乃因为，路遥塑造这一人物时，心怀着大的敬意和诚意，他明白——他是在为千千万万上进的农村青年塑造一个外部压力越大、自己内心越刚毅、精神上越坚韧的榜样。

我认为路遥出色地完成了他的创作初衷。

当年，大批农村青年进城打工的现象还没发生——孙少平走在了前边，他是如今的农民工兄弟姐妹们的先驱。这也证明，路遥的社会发展思想走在了时代的前边。

据我所知，《平凡的世界》问世后，不论是进城务工的农村青年，还是成为大学学子的农村青年，许多人都将《平凡的世界》作为枕边书。所以，我在大学授课时曾言："《平凡的世界》不啻是千千万万农村青年们精神上的《圣经》……"

三

尽管从人物分量上看，孙少安显然是《平凡的世界》的主角，但小说却是从弟弟孙少平写起的。

较之中学还没读完，便因生活所迫不得不回村务农，十八岁成为生产队长，不但要挑起全家人的生活重担，还需为全队人的事日夜操心劳累的哥哥，已身为全县"最高学府"县立高中学子的弟弟少平，似乎应该感到几分幸运——然而实际情况绝非如此。

开篇一段季节转换不动声色的写景之后，情境定格县立高中的操场一隅，即学生们的午餐之地。少平一出现，其近于"悲催"的心态便像阴雨一般，一阵洒落在字里行间了，完全是欲哭无泪的被宿命所缚的无奈。

这一现实生活的轴画一经徐徐展开，路遥便一气呵成地写了整整十章，交代出形形色色的人物——而哥哥少安直到第十一章才千呼万唤地正式出现。

作家为什么要这么写呢？

我觉得，在少平与少安两兄弟之间，路遥的影子在少平身上反而多一些。少平所体会的那种不知如何改变命运的无助与迷惘，想必也正是农民的儿子路遥所经常感到的。

他在创作《平凡的世界》时虽已是专业作家，但当他的笔开始写到农民们的儿子，他几乎便是在写自己，也是在写众多和他一样的穷愁的农民们的儿子——这种对于无奈之命运的深度描写，实际上是对于时代的叩问，具有"天问"的性质。因为作家明白，普遍之中国农民以及他们的儿女的命运的改变，首先只能依靠国家农村大政方针的调整和改变。

同时作家也明白，在国家政策尚未改变以及逐渐改变的过程中，农村中新人的带头作用示范影响也是极其需要的——于是哥哥少安成了作家笔下的文学"新人"，正如屠格涅夫、车尔尼雪夫斯基曾满腔热忱地通过《父与子》《怎么办？》要为老俄罗斯"接生"出"新人"那样。从这个意义上说，《平凡的世界》乃是当年中国农村题材小说中的《父与子》和《怎么办？》。

四

可以这么认为，弟弟少平身上，具有路遥人生经历的影子；而哥哥少安身上，则体现了路遥的精神寄托。

少平是很像路遥的文学人物，少安是他想成为的人物。少平与少安之和，乃是创作《平凡的世界》时，作家路遥的动力之和。

读《平凡的世界》，如果结合二十世纪八十年代中国文学的总体风貌来欣赏，则尤其能从中欣赏到当年"新时期文学"的独特品质——那时稿费极低，每一位作家的写作都较有定力，也较纯粹，大抵是在为文学的责任、使命以及光荣而创作，路遥尤为如此。因而，字里行间少有浮躁之气，也少有刻意想要吸引眼球，企图取悦某一类读者的市场利益追求的动机。

今天，《平凡的世界》重新唤起人们阅读的愿望，证明好的文学作品依然是能够经受得住时间考验的。

我希望通过人们对《平凡的世界》的关注，影响更多的人重读二十世纪八十年代的文学作品——依我看来，总体上商业思谋很少，文学品质追求较为纯粹、不媚俗、不迎合低级阅读趣味的"新时期文学"，对人心性的营养更多一些，有利于人们进一步思考——人类为什么需要文学？中国缺少怎样的文学？怎样的文学才称得上是好的文学？

《平凡的世界》是跨年代的著作，从"文革"中的一九七五年写到了"文革"后的一九七八年——这一点，对于广大读者，特别是领导干部，具有值得一读的意义。

不了解农村、农民，便不能说较全面地了解中国。而不了解从前的农村、农民，便很难理解如今的农村"空心化"现象为什么比比皆是；很难理解如今的农民为什么会在农村城镇化进程中犹豫徘徊、左顾右盼、有所向往而又有所不舍的矛盾心态。

各级政府的领导干部，比我们的青年们更应间接补上这认知、理解的一课。补上了这一课，面对农民的诸项工作，就会多一些温度，少一点儿冷感；多一些人性化的举措，少一点儿官僚主义、教条主义。

我又认为，孙少安身上的担当精神，尤其是领导干部们应该学习的。看那孙少安——水库决堤事故，本无他任何责任，但他为了替一名乡亲争取"烈士"的名分，宁肯自己担起责任来。

因为他想的是，如果不为死者争取到一份极有限的抚恤金，那一户人家往后的日子可怎么过呢？他是生产队长，他对乡亲们有大爱之情怀。姑且不论情怀，只论担当——时下工作中，推卸责任、委过于人、撇清干系，凡事以保官为大的现象，是不是应改变一下呢？

所以，就人格力量而言，孙少安身上有闪光之点，值得我们以其为镜，自照、自省、自检、自勉。虚构人物也可以是一面镜子，小人物也可以是一面镜子。

一部作品若有此等作用，当然便是值得一读的好作品之一种了。

静夜时分的梁衡

一次见面握手后，他悄然说："晓声，给我即将出版的新书写序吧！"——说得那么认真。

我不由一愕，疑惑地看他，一时竟有点儿不知该做何种表示。因为我知道，他和我一样，一直是自己的书印自己的序的人，而且，又每是按出版社的要求才那样。

他又说："过几天我嘱出版社把校样寄给你。"

我赶紧推搪："不行，不行，我怎么好给你的书写序呢？……"

"写吧，写吧，出版社一提出希望有人写篇序，我当即就回答请你写，他们已经同意了。最近在忙些什么？……"

他把话岔开了。似乎关于序的事，我们一言为定了。

梁衡同志每出一本书都赠我的。而我却仅回赠过他一本我的书。我们过从并不甚密，但开某些会的时候，倘他不是以官员的身份坐在台上，我们往往便坐在一起。我们都姓梁，一般性排名次的会，"二梁"照例不分开。某次座谈会，桌上并未摆着写有姓名的小牌，给他留了一个主座。他到场后，见我身边也空着一个座位，就习惯地径直朝我走来坐下去。我心里明白，他一直当我是一个朋友。

梁衡很谦虚。

梁衡待人很诚恳。

在文学这个"界"里，梁衡一点儿文化官员的架子也没有。不，是没有什么文化官员自觉高人一等的意识。他始终视自己为中国散文作家中的普通一员。别人若因他的文化官员身份特别地对他另眼相看，他内心里反而会大不自在，甚至会暗觉沮丧。有次他跟我谈到过这一点。我能理解他。他身在中国官员的序列中，但他天性上有一颗亲近文学的心。我确信他是这样的一个人。我也喜欢他这一点。是的，我喜欢他的谦虚、诚恳和做人的低调。虽然他——中国当代优秀散文作家的地位已获读者和评家广泛的承认，他却不止一次对我说："还应该写得更好一点儿。就要求那一点儿进步，竟成可望而不可即的标准……"

是的，梁衡现在的散文成就，远未使他自己满足过。

几天后，出版社果然寄来了他的书稿……

我是喜欢梁衡散文的人。一如我尊敬他的为人。

仅就散文而言，他的作品，给我不少营养。他的那些名篇，如《这思考的窑洞》《红毛线，蓝毛线》《大无大有周恩来》《特利尔的幽灵》，我在几年前就拜读过。当年转载率很高。我也曾听别人当面向我称道过。

有的评家将他这些散文概括为"政治散文"。散文之文本而载政治之内容，政治的抒情遂成特色。抒情是一种自然而然的人性表现，是人之心灵活动自然而然的外溢。政治每演绎出人类的大事件。这些大事件所蕴含的正反两方面的思想元素，倘经散文家的笔予以客观揭示，并诉诸抒情性的文笔，毫无疑问对读者是极有意义和认识价值的奉献。比如毛泽东的《为人民服务》《纪念白求恩》《愚公移山》，我现在都是视为经典的"政治散文"的。又如在法庭上曾以律师身份援引"天赋人权"学说语惊四座的帕特里克·亨利的《不自由，毋宁死》之演说稿、乔治·华盛顿的总统就职演说和告别演说、拉尔夫·爱默生的《一个普通美国人的伟大之处》、罗斯福的《勤奋的生活》、马丁·路德·金的《我有一个梦想》、雨果的《巴黎的自由之树》……我也都是当作优秀的散文读过的。

"政治散文"在改革开放以前的中国是难以想象的。有过的，也很难称其为散文。故这一文本，后来差不多成了中国文苑的一处荒圃。而梁衡的"政治散文"，是使那荒圃从而有了芭株的文学现象。梁衡在自己这些散文中的思考、议论、抒情，是真挚的，由衷的；同时又是谨慎而有分寸的。他的抒情是欲言又止，偏于低沉凝重的那一种。或而，今天看来，使人有不够酣畅之憾，但在它们发表的当时，已属难能可贵，已是"政治散文"的幸事和欣慰。即使在这些行文谨慎的散文中，字里行间也时见其睿智的思想。比如《这思考的窑洞》中——"在中国，有两种窑洞，一种是给人住的，一种是给神住的"；"窑洞在给神住以前，首先是给人住的"。比如在《特利尔的幽灵》中——"马克思是一个伟大的思想家，而我们却硬要把他降低为一个行动家。共产主义既然是一个'幽灵'就幽深莫测，它是一种思想而不是一个方案。可是我们急于对号入座，急于过渡，硬要马克思给我们说下个长短，强捉住幽灵要显灵"。我的梁衡兄毕竟是中国意识形态领域级别较高的行政官员，即使他思想到了三分那么深，有时仅言及一二分，我以为是未尝不可的。我确信，作为一个勤于思想的人，梁衡对历史的反思，肯定比他写出来的以上篇章要更深邃更全面些。而他后来发表的《最后一位戴罪的功臣》《觅渡，觅渡，渡何处》《把栏杆拍遍》，证明了这一点。他的思想一游到更远的历史中去，一与那些历史时期中的人物敞开心扉地对话，则就变得火花四溅了。文字也时而激昂；时而惋叹；时而叩问；时而调侃，恣肆张扬起来了……

但总而言之，梁衡的"政治抒情散文"——（恕我冒昧加上"抒情"二字），是严谨的、周正的、抑制内敛的那一种。同时是虔诚的那一种。两种风格包裹着他的深思熟虑。如厚玻璃板底下的照片，预先定下了摆放的位置。

故他的散文是积极向上的。

这显然是他对自己"政治抒情散文"的要求。

我也很欣赏梁衡的另外散文篇什，便是他写普通人的那些。梁衡是从农村走出来的知识分子，这令他对普通人长期不泯关爱之心。他赠我的第二本书中，就写到了植树老人。并将老人几十年如一日以愚公移山般的精神改造生存环境这一点，比作《三国演义》里身后抬着棺材与关羽的决一死战的庞德："死了也没什么了不起。"进而赞曰："真是一副堂堂男子汉大丈夫的气概。"还写到两位乡村女教师。在题记中他这么写道："我自惭。我遗憾。我这个记者曾写过许许多多的人们，可就是很少写她们。是因为她们实在太伟大了，却又太平凡。事情平凡得让人无从下笔，可品格又是高尚得令人心颤。我每采访一次，心里就经受一次这样的矛盾和痛苦。"

写她们时，梁衡其实已是中国最高文化机构里的官员。可他仍以"我这个记者"来自报家门。

"品格又是高尚得令人心颤。"

"心里就经受一次这样的矛盾和痛苦。"

梁衡的百姓心，还需要再强调吗？

"土炕，我下意识地摸摸身下这盘热烘烘的土炕。这就是憨厚的北方农民一个生存的基本支撑点，是北方民族的摇篮。"

"生存的基本支撑点"——梁衡将土炕与北方农民的关系一语中的写到了根子上。

另一篇的题目，干脆是《事业便是你的宗教》。其实这一篇的题目，我觉得还莫如改成《教学就是你的宗教》。因为，我想，一位注定了要将一生奉献给县城中学的女性，她的头脑里大约已没了什么事业不事业的意识。教学之于她，已纯粹化了只是教学这一件事了吧？

他写道："阳光从窗户里斜射进来，勾勒出你端庄慈祥的剪影。我感觉你脸上漾起微笑，也伤心地发现你脑后散着几缕白发……"

他写道："大凡世界上的事太普通了倒反而很难。做一个纯粹的普通人难，为这样的人写篇稿也难。这种负疚之情一直折磨了我好几年，你的形象倒越磨越清晰。于是我终于动笔写下这点儿文字，不算什么记述，只是表达一点儿敬意。"

我读梁衡以上散文的第一感觉是，与他的"政治抒情散文"（我是将他的那种极有分寸的议论也视为抒情式议论的）相比，笔调由严谨而变得异乎寻常地温暖而且那么地谦卑了。

我认为，有一个梁衡的心灵真相肯定是——从农村走出来的他，只要一见到一想到中国"纯粹的普通人"们，就似乎心生一种惴惴不安的负罪感。仿佛他是官员所坐的小汽车，径直开到了中国"纯粹的普通人"们咄咄逼人的贫困之境，他却又深感自己的无能为力。所以，也只有"表达一点儿敬意"

而已。如鲁迅所言，"而已而已"。

在他送给我的第二本书中，第一辑便是"壮丽人生"。在这一辑中，梁衡将他笔下的"纯粹的普通人"，与瞿秋白、毛泽东、周恩来、邓小平、马克思、列宁、居里夫人等编在同一部分。其对中国一些品质高尚的"纯粹的普通人"们的敬意之情，又不言自明。

我愿中国对于"纯粹的普通人"们心有这一种情愫的官员多起来，再多起来。多比少好。倘他们心灵里断没了此情愫，不好。那么，中国之事就更复杂，更难办了。

梁衡的写作，是从时间表上忙里偷闲扯下来的"得空儿"。

故我眼前每浮现深夜持笔沉思的梁衡的身影。

我愿中国爱读书的官员多起来。

愿中国爱文学的官员多起来。

却不愿中国专爱读朝廷内讧、相互倾轧、明争暗斗的书的官员——多起来……

目前，那一类书和那一类电视剧，在本已有五千余年封建历史的中国，未免太泛滥了。我替中国时感羞赧和惆怅……

让我们读点儿别的书，看点儿别的吧！

真的。

中国人，离那些远点儿，再远点儿，再远点儿！……

读赏张鸣

起初记住了张鸣这个名字，是因为《读者》转载了他的一篇文章——《马屁与露丑》，自然是一篇针砭时弊的杂文。文章和文字有关，从乾隆皇帝点到陈水扁再点到时下大陆的"拍马屁"现象，挖苦得很是痛快。

这类杂文，我也是每每写的。自己也写杂文的人，读别人的杂文，难免麻木。但张鸣这篇杂文中的一行字，却使我从而记住了他的名字。他讲乾隆当年为"灵隐寺"题匾，"结果把个繁体灵字的'雨'字头写大了，下面一大堆零碎，不好安排，另要纸重写，又略显尴尬"。旁边善于拍马屁的大臣见了，在皇帝耳边嘀咕了几句，于是龙颜大悦。而至今"灵隐寺"匾额上写的仍是"云林禅寺"四个字……

繁体的"云"字比繁体的"灵"字笔画少，那大臣倒也算智慧。古今中外，拍马屁的现象多了去了，以上例子，也就只能说是一个一般的例子，并不特别地精彩。即使和露丑联系起来针砭，也是如此。

但"下面一大堆零碎，不好安排"一行字，当时令我这个操文弄字了三十来年的人，几乎失笑。暗想，倘由我来写，头脑里肯定是派生不出那等样的词句的。似乎信马由缰的写法，仅十一字，将乾隆那会儿的不知所措处理得跃然纸上……

后来，作为国家图书馆"文津奖"的评委，我便得到了他的两部书——《历史的坏脾气》和《历史的底稿》，都是出版社推荐给国家图书馆，国家国书馆分发给评委。而这两部书，我都相当认真地读了，自觉受益匪浅。张鸣的书中，有知识，有掌故，有见地，有思想，读来还特生动，因而有趣。尽管我很喜欢他的书，却并没有力主他的书获奖。事实是，在"文津奖"两届评选活动中，在最后几十部书过评委们这一关时，他的书的得票率从未进入过前十名。内容属于史类书，文体属于杂文书，对于包括我在内的评委们，张鸣的两部书分明有点儿另类。国家图书馆之评奖，不消说有一条不成文的标准是"别太另类"，偏偏他的书的封面上赫然印着"晚近中国的另类观察"一行声明似的字。

然而我作为一个读书很杂的人，却没法儿不承认，我确乎是很喜欢那两部书的。进而，对张鸣这个人也不由得喜欢起来了。虽然到现在为止，我和他互是陌生人，连彼此的一句话都没亲耳听到过。从作者简介得知，他在人民大学教书，那么和我是同行，以下我当称他张老师。

我觉得，从张老师的两部书中可以看出，他对于晚近中国的史况，巨细无遗，分明是详熟于胸的。史况是由史事酝酿而成的，史事是由史中人物们行动而成的。谈到史中的人物们，我以为，和我的专业文学则就发生了密切的关系。史中的人物们皆活生生过的人物，而文学中的人物大抵是虚构的。两类人物间的区别是常识，这点儿常识我还是有的。我的意思是——倘"文学即人学"这一理念成立，那么以"人学"的立场或曰角度来审视、来析评史中人物们，则非但并不有损于史学的庄严，反而能大大促近我们今人和史的关系，遂从史中获更多更细的感悟。史识大抵是宏观的，史事却必有细节若干。那些细节，往往是由人是怎样的人才决定的。张老师的眼，从史事现象和史性人物们身上，看到了不少"人学"的因素，这是他的书令我刮目相看的一方面。当然，举凡历史人物传记类的书，大抵也都是很"人学"的书。但张老师的书中，每个历史人物仅一千几百字地写来，闲聊似的，便使读者对某些历史人物有了更新一点儿、更细一点儿的印象，这怎么也不能不说是一类书的价值所在。比如《历史的坏脾气》一书中那篇《别个世界里的第一夫人》，张老师这样写道："事实上，宋美龄虽在中国的土地上，却一直生活在另一个世界里——一个典雅、美国老式中产阶级的世界。尽管我们把她列为'四大家族'中的一分子，然而报上说，她死后的遗产只有十二万美金，她唯一的房产在上海，可以说直到死，她都维持在一个老式的美国中产阶级的财产水平。"

作为一家之言，我以为，张老师的观点无疑是具有专利性的。我比较孤陋寡闻，此前关于宋美龄的传记读过几种，相同的观点从未读到过。

由是联想到我们的一些腐败官员，口口声声标榜要为劳苦大众亦即"无产阶级"谋福利，人生观却比资产阶级还资产阶级。中产阶级的财产水平他们是绝不满足的。贪污受贿十余万美金，对于他们实在是太小意思的事了。这就很耐人寻味。我接触的史界人士有那么几位。一般而言，分为两类。一类是历史的"耙梳者"，善于将某一段历史"耙梳"得特别清楚。但那清楚，更体现于对事的清楚。时间、地点、国内外史况、社会风云背景，谈论起来不会有误的。至于人物，往往也能说出些观点。但那些观点，却并不是自家的。听后想想，几十年前，别人们也都是那种观点。这类史界人士，我一向也是尊敬的。研究史而对于史具有了一等的知性，自然也是成为史学问家的资本。

史界另有一类人士，我是打心里更加尊敬的。他们同样对于自己所研究的某段历史了如指掌，且不仅于此，还总是有些个人的想法，或曰"识性"。

张老师对自己的史性杂文（姑且言之）作出过这样的表明："不管别人怎么看，我在面对历史故事和人物的时候，如果非要写出点东西，往往在于这故事背后的东西。如果我认为发掘不出来什么，那百分之百是不会动笔的。当然，我没有任何理论或者思想体系，也从不奢想用自己的所谓思想框架给历史以某种解释。"

他属于我更加尊敬的一类人士，纵使他并没有自己的任何理论或者思想体系。

而且我一向认为，对于人类的史，对于一个国家的史，预先既定了某一种思想体系去加以解释，是否便更符合史学的原则，也许是值得怀疑的。

又，我还很喜欢张老师这两部书的文笔。晚近的中国，处于"后文言"与"白话文"的国文更替时期。他的文章，有"后文言"的点滴痕迹。读着读着，冷不丁一个特文的词汇入眼，如"孑遗"之类，但毕竟不多。我指的主要是他的行文句式——文言中长句式是极少的，"后文言"时期亦然。都说鲁迅将文言与白话结合很好，在很大程度上乃因他深谙了文言短句式魅力的要义，张老师在这方面分明也驾轻就熟了。他的行文，像老马夫铡料草，长也长不到哪儿去，短也短不到哪儿去，于是视觉效果舒服，读来也易上口。但我并不是说他的文风便像鲁迅了。太不像了，完全两码事。他的文章，时下文风的调侃特征是显然的。比如他写张勋，说江西奉新县的百姓，当年"个个都爱死了他们的张大帅"——"八〇后"也似的行文。

说晚清某亲王的风月之事泄密——"不久，地球人都知道了。"

不但像极了"八〇后"之文风，简直还像极了"八〇后"小女生们的文风。我这么看，并无贬意。依我想来，一个年已半百的大男人，笔下每现"八〇后"们也似的句式，证明着具有操作文字的特青春的心态。而这一种操作文字的心态，与他那一种审视历史的相当老到的眼光相结合，恰是他的史性杂文的与众不同之处。

并且他也绝非一味儿在文风上"傍少"，他的文章，对语言显然是很在乎的。

比如写张勋的沽名钓誉、乐善好施——老乡求到门下，便"吃穿度用，一切包圆"。委实是有意趣的句子，八个字中，文也文了，白也白了，雅也雅了，俗也俗了。

看来，张老师下笔，心理上没有那种不好的修辞暗示，即我乃大家，文采亦当华美。

又比如他有一篇写到李零（对我还是一个陌生的名字）的文章中有这么一句："现实中的李零很淡，不好看，言谈也没有多少魅力，不抓人。"

这等句式，在我这儿，即使头脑中侥幸冒了出来，紧接着也必会自己个儿否定掉的。什么叫一个人"很淡"？什么又叫一个人"不抓人"？如此庸人自扰，笔下自然也就出现不了特"筋道"的句式喽。"很淡"和"不抓人"，我以为体现着人对文字妙趣的悟性……读书界和写书的人之间，也是需要一些相互勉励的。我将我的读赏心得奉献给张鸣老师，权作元旦拜年。好在他我素昧平生，不至于引起吹捧之嫌……

评贾凤山将军的散文随笔

　　某年仲夏我到南方，出租车拐上一段公路后，但见两旁高树成排，新叶翠绿。我问："是什么树？"司机回答："水杉。"又问："那不是珍贵树种吗？"他说："当然。所以我们省一向重视水杉树苗的培育，如今大获成功。"树我是识得十几种的，此前也见过水杉——在植物园里。我忍不住问，是因为当时我所见到的水杉们，给我一种过目难忘的印象，很深刻。

　　每一棵树都特别直，还特别高。倒皆不太粗，根部也就碗口那么粗吧，越向上越细。至树梢，变成蒲公英似的伞形。这一种树的枝丫较长，故叶片不密。在十几里公路的两侧，排列得整整齐齐，仿佛士兵组成的仪仗队，夹道最长的仪仗队——肃穆，庄严。

　　我读贾凤山将军的散文、随笔，不知怎么，一下子联想到了那些又高又直的水杉。在植物园里见到几棵是一回事，见到公路两旁整整齐齐地排列着数千棵是另一回事。

　　那情形别有一番壮观和一番美观，构成不寻常的风景。贾凤山将军即将付印的散文、随笔书系，也很壮观。全部八卷一百七十万余字，四百九十篇，总共二千六百页左右。真是可喜可贺的收获！我与将军是在二〇一一年中国散文年会举办的颁奖会上相识的。那一天他穿便装。当主持会议的人介绍他是一位少将时，我不由得多看了他几眼——

倒不是因为他是一位少将，而是因为他是一位多次获得散文奖的少将。

当今军队群英荟萃，人才辈出。是少将同时是歌唱家、舞蹈家、演员、编剧、诗人、作家者不在少数。但他们大抵先是文艺家，其后才是将军的。虽是将军了，人们却还是会首先视他们为文艺家的。

贾凤山将军却不同。他不是专门的文艺家。他的身份首先是军人，一直是军人；写散文、随笔，只不过是他业余所热爱的事。一位职业军人，业余热爱读书，还写散文、随笔，并多次获奖，这使我刮目相看。

但他给我的第一印象，却又没有多少儒将气质。他年轻时想必很英俊，我从他堂堂正正、棱角分明的脸上，更多看出的还是军人那种坚毅、果敢、雷厉风行的性格特征。对于男人，那种特征特别有魅力。

主持人请他发言，他未推辞，朗声说道："在座的还有八一电影制片厂的著名导演翟俊杰将军，如果说翟将军是老兵，那么我比他入伍晚，我是小兵。在座的还有不少文学前辈、散文大家，那么在你们面前，我是新人。能有机会聆听你们畅谈散文、随笔写作的心得体会，一定会使我受益匪浅。能有这样的机会我很高兴。我是来向大家学习的……"

类似的话，在别的场合我也听得多了，其他人分明也听得多了。然而大家热烈鼓掌。为什么呢？因为他的话说得真诚。不是故作的真诚，不是逢场作戏的那一种谦虚；而是一种发自内心的真诚，发自内心的谦虚。何以见得呢？参加那次会的十之七八都是文学人物。即使在全国算不上，在地方也肯定是。那样一些人，是太善于区别发自内心的真诚、谦虚和作秀了！自然，掌声便也是由衷的。后来将军请我为他的散文、随笔提提意见；我正想拜读，如愿而诺。及至他亲自将八大部打印稿送到我家，我一时惊呆了。问："写多久写了这么多啊？"将军淡淡地回答："二十多年。"我不禁一阵肃然。

当下中国，人心浮躁，一个人并非以写作为业，却坚持业余写作二十多年，那么简直可以说是不解之缘了。倘还是一位将军，又简直可以说是武魄文心了。

然八大部书稿，我看实是难以集中时间和精力全部拜读的，便请《散文选刊》编辑部为我从各集中抽出几篇。他们总计为我抽出了二十篇，篇目如下：《爱女出嫁了》《井冈山兰》《家》《守望乡土》《大楂子粥和大饼子》《"红""绿"辉映井冈山》《读石》《心灵视觉》《欣赏自己》《守望遥远》《懂得珍惜》《感悟第一次》《守住气节》《境界之上的境界》《半字歌的随想》《二十三倍差距的忧思》《难忘那个大通铺》《走上草帽山》《感叹岳桦林》《读书的境界》，相对于四百九十篇，二十篇仅是二十四分之一多一点。

但毕竟，我觉得可以谈谈感受了。

落笔之前，我不禁又联想到了水杉排列公路两旁的情形。

贾凤山将军的散文，犹如水杉。

为什么我会有此种印象呢？

因为不论他的散文还是他的随笔，首先给我一种毫不犹豫、果断地直奔题目而去的直截了当的风格。像爆破兵，目标一经确定，抱着炸药包或雷管就冲上去了。而且呢，通篇

233

文字，紧扣主题，既不拐弯抹角，也不屑于扯开去。

如果我是在读职业散文家的散文或随笔，也许还会不太适应。但一想到写作者是一位将军，顿时理解了。

他是将军人那种雷厉风行的作风，和他本人直来直去的性格，相结合着"落实"到他的写作"行动"中去了。他不是一位赋闲在家的文人，他是一位在职将军。业余写作之于他，很可能像夜晚急行军，也可能像一次夜间发起的冲锋；估计，四百九十篇散文、随笔，大抵是夜晚写就的。但每篇的思想、人生感悟，却肯定是经常胶着于脑海，咀嚼再三的。倘酝酿成熟了，大约他会心里对自己说："明天解决掉它！"——像决定打仗那样。

"境界，是指事物所达到的程度或表现的情况。"——《读书的境界》。

"第一次拿起铅笔歪歪斜斜写下自己的名字，第一次背上书包……"——《感悟第一次》。

"人生旅途中，人人都喜欢受到欣赏。"——《欣赏自己》。

"石，以其独特的音容笑貌生存在大自然中……"——《读石》。

"家，一个多么美好的字眼啊！"——《家》。

"乡土，是一个人闭目就能想到抬首就想看到的地方。"——《守望乡土》。

"踏上井冈山，有一种莫名的激动，有一种莫名的感动。"——《"红""绿"辉映井冈山》。

"草帽山，因山的形状像一顶草帽而得名。"——《走上草帽山》。

我所读过的二十篇，基本都是如此这般写起的。这一种开门见山的风格，不仅使我联想到成排成列的仪仗队般的水杉；还使我联想到"单刀直入"这一词汇；联想到王维的"大漠孤烟直"这样的诗句。以上种种关于"直"的联想，又使我得出一种"快"的印象。一种"快速反应"式的思维记录。贾凤山将军的散文、随笔的风格，既给我以水杉那一种"直"的感觉，又给我水杉那一种"高"的印象。而"高"，乃指充满字里行间的家国情怀，指精神之境界。家国情怀之于他，关系反过来联系为国、家，才更能体现出他的思想逻辑。

在《家》一篇中，他最后写道："共产党人和革命军人对家应该有更深层次的认识，有更深层次的理解，那就是：心中装着的不仅仅是自己的'小家'，还有祖国和人民这个'大家'。"

倘若这样的一段字句，出于职业散文家笔下，我会感到寡淡无味。但出自一位军人散文家笔下，却令我怦然心动。因为，军人如果不是这样，那我们还有敬爱军人和军队的理由吗？

贾凤山将军"直"而且"白"地用他的散文语句诠释了"咱当兵的人，有啥不一样"这一句军旅歌词的含意。

"直"和"高"，这两种印象，使他的散文、随笔，具有了一种特殊的风格美，一种精神高迈的军歌般的美，一种硬朗的美。连他笔下的抒情文字，也于温暖之中体现着硬朗。

那么，我想将他的散文、随笔，概括为"军魂文章"。一种恪守气节、崇尚气节的文章，一种直抒胸臆的文章。"气节也是一种力量，在一种更高的意义上说，这句话比知识就是力量更加正确。"以上是他的散文《守住气节》中的一句话。我只想在其后加上一句"也比知识就是力量更加有力量"。

依我想来，大约他这四百九十篇散文、随笔，无一不是他与自己心灵的坦诚对话吧？

好比——他在自己的精神园圃中，一棵接一棵栽下了四百九十棵水杉。每一棵都直直的、高高的，成排也直也高。没有太多的枝丫，故没有太多的叶片。

但，水杉之美，正美在那么一目了然，那么简约，那么分明。他的散文也是这样……

二〇一一年三月七日于"两会"间

如果王惠明不写散文

借《散文选刊》每年一度评奖活动的光，有幸结识了许多喜欢散文写作的新朋友，其中当然包括惠明啰！

但我听选刊主编蒋建伟先生有次说，惠明写散文的热忱，其实是在评奖活动的一次次感染之下才渐渐高涨起来的——他一度不打算继续写下去了，因为工作忙，觉得精力不够。

而我要说——王惠明不继续写散文的话，那么他就犯一个大错误，一个热衷于散文写作的朋友们所难以原谅的大错误！明明能把散文写得很好的人，怎么可以说不再写散文了就不再写了呢？这是我们喜欢写散文读散文的人根本不能答应的嘛！好比一个明明嗓音很好的人，居然找借口说他不再唱歌了；一切喜欢听歌的人怎么能答应呢？唱歌唱得好的人，有一种义务唱歌给喜欢听歌的人听嘛！他不能轻易地剥夺了别人喜欢听他唱歌的那一种享受嘛！而散文写得好的人，如身体健健康康的惠明同志，也有义务继续写出更多更好的散文给我们这些喜欢读散文的人看嘛。我还听说，惠明获奖的散文《我们家的名片》，在网上的点击率可高了，好评如潮。这就足以证明，他已经有了很多的"粉丝"。我自己是不上网的。我是在《散文选刊》上读到《我们家的名片》的。我也特喜欢这一篇散文。如果我是评委，也会毫不犹豫地投此篇散文一票。

在从前的年代，在中国的农村，有两种人是值得农民们铭记的。他们对于中国农村的贡献几乎也可以说是可歌可泣的——一种是乡村教师，一种是乡村医生。关于乡村教师，以文学的、文艺的形式，已有过相当广泛的反映。

而关于乡村医生，其实以文学的、文艺的形式反映得还很不够。

那么，惠明的《我们家的名片》，则就不仅仅是满怀深情地为自己至今仍是乡村医生的哥哥以散文作了篇赋，也等于为全中国千千万万他哥哥那样的乡村医生竖了一块文字碑，立了一篇集体传。

这是多么值得一位散文作者欣慰的事啊！我没想到惠明当年也像他的哥哥一样，十六岁就当上了乡村教师，还未成年啊！——这是他的散文《老师，我最珍爱的称呼》告诉我的。然这一篇太短了，使我读来有"不解渴"的感觉。《桃江有个响水洞》同样不长，然写得很细腻，文中童趣的回忆读来使人愉快。《淡定》也很好，给人以启迪。当然，由于短，以上三篇，都不如《我们家的名片》那么感染我。但是，我从以上三篇散文中，看出惠明的文笔是很好的，一种特适于写散文的温暖笔调。若比之于唱歌，那么便是一种"中音"特质的散文笔调。我也看出，惠明的散文和他这个人给人的印象是又同又不同的。真诚——这是同的一面；不同的是——他本人是性格开朗的，而他的散文，却是温情脉脉的。他的散文所呈现的是他这个人性格的另一面。我还看出，他有极丰富的生活积累，只不过尚无暇梳理、咀嚼、成文。

有特点的文笔加上真诚的不乏温情的心情加上丰富的生活积累，我相信他日后仍会写出像《我们家的名片》那么好，比之更好的散文！让我们耐心期待着。

二〇一二年一月二十七日于北京

第五辑

世间百态，人情冷暖，

看淡点，吃咸点，做

一个宁静淡泊的雅人

做事之前，先学会做人。做人做到恰如其分，恰到好处，才是人生的最高境界。世事太喧嚣，你耐不起重口味的折腾。凡事最好少计较，少争执，能往宽处行就莫往窄处挤。世间百态，人情冷暖，看淡点，吃咸点，做一个宁静淡泊的雅人。

何以善良，何以多情

　　二月将过，春节将至，最是诸事缠身的时候。偏偏的，薛健寄来了他的几篇散文给我看；其中之一篇，还要在《文学报》发表，嘱我写篇关于他的印象记。而我，第二天就到北京郊区开区人大代表会来了。倘开完会再写，即使寄"特快"，肯定也过发稿的日子了。所以，我也只有在会上写。用会上发的笔，用宾馆信纸的背面。屈指算来，我与薛健相识，已二十几年了。记得当年他作为一名文学青年到北京访我，刚从大学毕业不久，就业在邵阳一家印刷厂里。后来他就成为湖南文艺出版社的编辑了。现在，据我所知，他是出版社总编室的主任。

　　二十年间，他四次做我的责任编辑，编发了我三部散文集、一部长篇小说。而且，我给予他的，都是原创作品。接连将自己的原创作品给予一家省出版社，这种情况在我和出版社的关系中是唯一的。

　　有时，我自己想想，也觉奇怪。某次薛健出差到京，又来我家。我便将我心里的那份奇怪，笑着问了他。他说："也许因为，我当初从印刷厂到出版社，和你写过的一封推荐信有关吧？"我不禁又问："是吗？"他说的事，我早忘了呀。

薛健是个极真诚的人——这是我和他之间，有二十几年友情的基础。因了和他的友情，我与湖南文艺出版社的关系也仿佛非同一般了。我这么说，对于我的另一些编辑朋友，似乎太欠公道。我至今所接触的编辑，每一位也都是真诚的人啊！

薛健不仅极真诚，他还是个极善良的人。

他知道有些底层的人们，由于遇到了这样那样的困难或不公平对待，每找到北京，找到我家里，希望我能给予帮助。而我只不过是个写小说的人，教书的，做不了"及时雨"的，于是经常苦恼。有次薛健写信给我，告诉我他的收入并不高，他妻子下岗多年，他家里的经济水平……我读着，心里不免困惑。读到信尾，才恍然大悟。几行字写的分明是——"现在，我妹妹的病情已比较稳定了，我的工资又加了些，我也有点儿能力帮助他人了，包括不相识的人。如果你认为某些找到你家的人真值得帮助，而你又能力有限，那么就把他们的地址抄给我吧！"

以上几行字的后边是括号。括号中的字是——"我指的仅仅是经济帮助，几百元，一两千元，我还是拿得出来的。如果对某些人有救急的作用，我是愿意的。"

我读罢那样一封信，心中温暖而怆然。我了解，实际上，他的生活负担也蛮重的呢。薛健是一个深深感动过我的人。所以，二十几年中，我不仅视他为某出版社编辑，还视他为兄弟。出乎我意料的是，他自己居然也写作，也有散文杂感之类发表。

二十几年中，他从未跟我说起过，我读他《飘雪的日子》一篇，领略了他的多情。多情与风流，对于男人，区别大了。薛健多情，却绝不风流。他是那么内向，他的多情是埋藏在心里的那一种，是属于我们人性中特温馨的那一种。

　　"生平只流双行泪，半为苍生半红颜。"

　　这是忘年交文怀沙先生有次写给我的两句话，是老先生情怀世界的自白。以这两句诗来形容我的兄弟薛健，也是可以的（我指的仅仅是情怀……）

二〇〇八年一月二十二日于北京

禅机可无，灵犀当有

　　我和作家柯云路应出版社的要求，自北京始，取道南京、上海、杭州、武汉、西安签名售书。历时十四天。

　　我正为中国电视剧制作中心创作电视连续剧《同龄人》，十四天对我来说是极其宝贵的时间，不情愿得很。而且，我一向认为，好的作家，只将自己认真耕耘的书稿经由出版社交付社会就是了，大可不必连自己也一并热热闹闹地交付出去，仿佛用自己给自己的书做广告似的。但是时下，签名售书不仅已成了一种时髦，简直进而成了作家对出版社对书店以及对读者的一种义务。既然已经是义务了，也就无论以什么理由拒绝都会显得不礼貌了，也就只有识时务而从之的份儿了……

　　我在南京签名售书时，桌前曾一度拥挤，一中年妇女向我提出请求——"把我名字也写上吧！"我看了她一眼说："对不起，不写了，我看后边排了那么多人！"她还想争取，被后边的人挤了开去……后来一本我已签过了的书又摆在了我面前。我困惑地说："这一本我不是签过了吗！"它的主人说："为了能请您签上我的名字，我又排了一次队。这总可以了吧？"我抬头一看，是刚才那位妇女。我不忍再拒绝，问："你

叫什么名字？"她说："我叫林晓婷……"我问："哪一个
'婷'字？"她说："女字旁加一个街亭的亭……"直至我
签上了"林晓婷同志惠存"几个字，她才心满意足地持书而
去……那一天我还碰到了中学时期教过我政治的一位女教师。
她很激动，眼眶湿了。我也很激动，但又不可能和教师长谈，
只能嘱咐书店的同志，将她买书的钱退给她，签名活动后我
交钱，我不愿让我的中学教师买我的书，我要赠她我的书……
晚上，陪同我们的花城出版社的阎少卿同志交给了我一张字
条。我展开看，只写着这样几行字：

> 晓声同志：多年不通信了。不知您一向可好。也不
> 知您以前的病怎么样？得知您签名售书的消息，我特别
> 向单位请了一次假。我已有了自己的小窝儿，并且有了
> 一个可爱的小女儿，已经三岁了……祝您创作丰收！
>
> 林晓婷

倏地我想了起来——她是十年前很喜欢读我的小说的一
位读者。当年她每读我一篇小说都差不多要写给我一封信。
有时写得很长。对于我写得不好的小说，或虽不失为好小说
但写得不好的地方，指出的比批评家们还坦率，一语中的。
仿佛她是我写作方面的一位严师……

一位作家能拥有这样的一位读者真是一种幸运。至今我
对写作绝不敢产生哪怕一点儿漫不经心，不能不承认因为我
心中常有她那样的读者似乎时时要求着我……后来我们在南
京见过一两面，我是"高高在上"的讲座者，她是普普通通
的一名文学女青年、一名听众……再后来随着时间的流逝，

她从我的读者来信中消失了……而十年后的今天，我们面对面的时刻，我竟"眈眈相视不识君"。

我好懊恼。

懊恼我没能一眼便认出她，还要问她的名字是哪个"婷"……尽管那字条上留下了她单位的电话号码，但斯时她的单位肯定已下班无人……第二天我一早便离开了南京，将那份懊恼以及内疚带到了上海，带到了杭州、武汉和西安，一直带回了北京……当年的读者来信我早已不保存了。实在地说，我已忘了她的工作单位，只记得她是从医的。我给南京电视台的朋友写了封信，抄了她的电话号码和我家的电话号码。嘱咐朋友替我多多问候她，并欢迎她有机会来北京时，到我家里做客……

在西安，同样是签名案前拥挤的时刻，花城出版社的阎少卿同志挤入人墙，将一本书说——"先签这一本，先签这一本，一位残疾女青年摇着轮椅来买你的书……"

争先恐后塞到我面前的书，一本本地又从我面前移开了，使我得以先签了那一本书……

倏忽间我想到——她从多远的地方赶来购书呢？如果很远，我是否应多给她一份满足呢？为了能够确实对得起她摇着轮椅车而来……

我放下笔对人们说："请大家耐心略等一会儿，我要去看看那青年……"

人们默默从签名案前闪开了。那一刹那我从人们脸读到了两个字是——理解。

我绕出柜台走到了那坐在轮椅上，只能远远观望签名情形的文学女青年跟前。

她说："谢谢你为我签名。"

我说："谢谢你买这一本书。"她在西安画院工作，画工笔花鸟画……

我见她似乎欲言又止的样子，主动说："如果你高兴的话，我们合一张影吧？"

她说："我心里正这么想，可不好意思开口……"说着要从轮椅上站起来……

我急忙扶她坐下，请一位记者替我们照了一张相。过后我悄悄嘱咐那位记者："不一定要寄给我，但是别忘了一定寄给她一张……"

我并不以为自己是名人。在今天，一位作家若这么以为，是荒唐可笑的。某些作家也会这么说，但骨子里那份妄自尊大，是非常讨嫌的。他们或她们有时无视别人对自己的哪怕一点小小的企望，仿佛在大大的名人眼里普通人是根本不必费神予以理睬的。不但讨嫌而且意识浅薄。我因我能那样做，首先自己愉快，如今开口闭口玄谈禅机的人是越来越多了，因为已经成了一种时髦。我自忖与禅或道或儒什么的是无缘的，而且不耻于永做凡夫俗子。凡夫俗子就该有点凡夫俗子的样子。禅机可无，灵犀当有——那就是对人的理解，对人间真诚的尊重。这一种真诚的确是在生活中随时随处可能存在的，它是人心中的一种"维生素"。有时我百思不得其解，社会越文明，人心对真诚的感应当越细腻才是，为什么反而越来越麻木不仁了呢？那么一种普遍的巨大的麻木有时呈现出令人震惊的状态来。也许有人以为那一种真诚是琐碎的。可是倘若琐碎人生里再无了"琐碎"的真诚，岂非只剩下了渣滓似的琐碎了吗？诚然几本书并不可能就使谁的人生真的变得不琐碎。作如是想除了妄自尊大，还包含有自欺欺人……

返回北京途中，小阎说："五个城市签下来，你一共大概签了一千五六百本！"我笑笑说："也许吧。"我问他是否感到是一种损失？他说并不。他说收获很大。收获到了别样的不曾预想过的……

我相信他说的是真心话。于是我们的手互握了一下。

在有的城市，书店的同志不免会在我耳畔低声催促："快点儿签。日期用阿拉伯数字签就行……"

我那样签了几本，但绝大多数并不用阿拉伯数字，而且签得极认真，尽量将名字写清楚。有一次购书者听到了书店同志的话，抗议起来："别催他！我们有耐心！"

我以为"耐心"二字颇堪咀嚼。虔诚是需要一点儿耐心去换取的。于我于读者于生活中一切人，该都是这样吧？

做竹须空，做人须直

"人生"对我是个很沉重的话题。

第五次文代会，我因身体不好迟去报到了两天。会上几次打电话到厂里催我，还封了我一个"副团长"。

那天天黑得异常早，极冷，风也大。

出厂门前，我在收发室逗留了一会儿，发现了寄给我的两封信。一封是弟弟写来的，一封是哥哥写来的。我一看落款是"哈尔滨精神病院"，一看那秀丽的笔画搭配得很漂亮的笔体，便知是哥哥写来的。我已近十五六年没见过哥哥的面了，已近十五六年没见过哥哥的笔体了。当时那一种心情真是言语难以表述。这两封信我都没敢拆。我有某种沉重的预感。看那两封信，我当时的心理准备不足。信带到了会上，隔一天我才鼓起勇气看。弟弟的信告诉我，老父亲老母亲都病了。他们想我，也因《无冕皇帝》的风波为我这难尽孝心的儿子深感不安。哥哥的信词句凄楚至极——他在精神病院看了根据我的小说《父亲》改编的电视剧，显然情绪受了极大的刺激。有两句话使我整个儿的心战栗——"我知我有罪孽，给家庭造成了不幸。如果可能，我宁愿割我的肉偿还家人！""我想家，可我的家在哪儿啊？谁来救救我？哪怕让我再过上几天正常人的生活就死也行啊！"

我对坐在身旁的影协书记张青同志悄语，请她单独主持下午会议发言，便匆匆离开了会场。一回到房间，我恨不得大哭，恨不得大喊，恨不得用头撞墙！我头脑中一片空白，眼泪默默地流。几次闯入洗澡间，想用冷水冲冲头，进去了却又不知自己想干什么……

我只反复地在心里对自己说两个字：房子、房子、房子。

母亲已经七十二岁，父亲已经七十八岁。他们省吃俭用，含辛茹苦抚养大了我。我却半点孝心也没尽过！他们还能活在世上几天？我一定要把他们接到身边来！我要他们死也死在我身边！我要给他们送终，我有这个义务！我的义务都让弟弟妹妹分担了，而弟弟妹妹们的居住条件一点儿也不比我强！如果我不能在老父老母活着的时候尽一点儿孝子之心，我的灵魂将何以安宁？

哥哥是一位好哥哥，大学里的学生会主席。我与哥哥从小手足之情甚笃。我做了错事，哥哥主动代我受过。记得我小时候生过一场大病，想吃蛋糕。深更半夜，哥哥从郊区跑到市内，在一家日夜商店给我买回了半斤蛋糕！那一天还下着细雨，那一年哥也不过才十二三岁……

有些单位要调我，也答应给房子，但需等上一两年，童影的领导会前也找我谈过，也希望我到童影去起一些作用。童影的房子也很紧张，但只要我肯去，他们现调也要腾出房子来，当时我由于恋着创作，未下决心。

面对着两封信，一切的得失考虑都不存在了。

我匆匆草了一页半纸的请调书——用的就是第五次文代会的便笺。接着，我去将童影顾问于蓝同志从会上叫出，向她表明我的决心。老同志一向从品格到能力对我充满信任感，执着双手说："你做此决定，我离休也安心了！"随后我将北影新任厂长宋崇叫出，请他——其实是等于逼他在我的调请书上签了字。开始他愣愣地瞧着我，半晌才问："晓声，你怎么了？你对我有什么误解没有？"我将两封信给他看。他看后说："我答应给你房子啊！我在全厂大小会上为你呼吁过啊！"这是真话。这位新上任的厂长对我很信任，很关心，而且是由衷的。岂止是他，全体北影艺委会都为我呼吁过。连从不轻率对任何事表态的德高望重的老导演水华同志，都在会上说过"不能放梁晓声走"的话。北影对我是极有感情的。我对北影也是极有感情的。

记得我当时对宋崇说的是："别的话都别讲了，北影的房子五月才分，而我恨不得明天后天就将父亲母亲哥哥接来！别让我跪下来求你！"

他这才真正理解了我的心情，沉吟半晌说："你给我时间，让我考虑考虑。"

下午，他还给了我那请调报告，我见上面批的是："既然童影将我支持给了北影，我没有任何理由不将晓声支持给童影。但我的的确确很不愿放他走。"

为了房子，到童影干什么我都心甘情愿，哪怕是公务员。童影当然不是调我去当公务员。于是我成了童影的艺术厂长……

我正式到童影上班两个多月了，给我的房子却还未腾出来。

我身患肝硬化，应全休，但我能刚刚调到童影就全休吗？每天上班，想不上班也得上班。中午和晚上回去迟了，上了小学的儿子进不了家门，常常在走廊里哭。

　　房子没住上就不担当工作吗？那也未免过分功利了。事实上，我现在已是全部身心地投入我的那份工作。我总不能骗房子住啊！

　　"人生"这个话题对我来说真是沉重的，我谈这个话题如同癌症患者对人谈患癌症的症状……

　　我从前不知珍惜父母给予我的这血肉之躯，现在我明白这是一个大的错误。明白了之后我还是把自己"抵押"给了童影厂。现在我才了解我自己其实是很怕死的。怕死更是因为觉得遗憾。身为小说家面对这纷杂的、迷乱的、浮躁的时代，我认为仍有那么多可以写的、能够写的、值得写的。我最需要谨慎地爱惜自己的时候，亲人和朋友们善良劝告，我也只能当成是别人的一种善良而已。我的血肉之躯是父母给予我的，我以血肉之躯回报父母，我别无选择。这是无奈的事。我认可这无奈，同时牢记着家母的训导。

　　家母对我做人的训导是——做竹须空，做人须直。

　　在我的中学毕业鉴定中，写有这样的评语：该学生性格正直，富有正义感。责人宽，克己严……一九六八年，"文革"第三年，我的鉴定中没有"造反精神"如何如何之类，而有这样的评语，乃是我的中学母校对我的最高评定。这所学校当年未对第二个学生做出过同样的评语。

　　在我离开兵团连队的鉴定中，也写有这样的评语：该同志性格正直，富有正义感，要求自己严格……

　　在我从复旦大学毕业的鉴定中，还写有这样的评语：性格正直，有正义感，同"四人帮"做过斗争，希望早日入党……十六位同学集体评定，连和我矛盾极深的同学，亦不得不对这样的评语点头默认……

在我离开北影的鉴定中，仍写有这样的评语：正直，正派，有正义感，对同志真诚，勇于做自我批评。

我不是演员。演员亦不可能从少年到青年到成年，二十多年表演不是自己本质的另一个人到如此成功的地步！我看重"正直、正派、真诚"这样的评语，胜过其他一切好的评语。这三点乃是我做人的至死不渝的准则。我牢牢记住了家母的训导，我对得起母亲！我尤其骄傲的是在我较长期生活和工作过的任何地方，包括一直不能同我和睦相处的人，亦不得不对我的正直亦敬亦畏。我从不阿谀奉承，从不见风使舵。仅以北影为例，我与历届文学部主任拍过桌子，"怒发冲冠"过，横眉竖目过，但他们之中的绝大多数，如今都是我的"忘年交"。我调走得那么突然，他们对我依依不舍，惋惜我走前没入党。早在几年前，老同志们就对我说："晓声，写入党申请书吧，趁现在我们这些了解你的人还在，你应该入党啊！你这样的年轻人入党，我们举双手！有一天我们离休了，只怕难有人再像我们这么信任你了！"党内的同志们，甚至要在我走前，召开支部会议，"突击"发展我入党。是我阻止了。连刚刚到北影不久的厂长宋崇，对此也深有感慨。

我愿正直、正派、真诚、正义这些评语，伴我终生。人能活到这样，才算不枉活着！

人在今天仍能获得这些，当然也是一种幸福！所以我又有理由说，我活得还挺幸福。

最主要的，我自己认为是最主要的，我已并不惭愧地得到了，其他便是次要的、无足轻重的。

我对自己的做人极满意。

我是不会变的。真变了的是别人。一种类似文痞、流氓的行径，我看到在文坛在社会挺有市场。

我蔑视和厌恶这一现象。

真的文坛之丑恶，其实正是这一现象。

我将永久牢记家母关于做人的训导——做竹须空，做人须直……

好母亲应该有好儿子。反之是人世间大孽。

就是这样。

好想法是值得欣赏的

　　青年周宗敏是"中国海外文化系列丛书"的执行总编。他对他的工作抱有极大的热忱，而且善于创想；他追求工作成就感，以他的工作为快乐。在抱怨自己工作的人越来越多的当今，他这一种以工作为快乐的青年难能可贵。自然，也就可爱了。

　　我应邀在大连参加中建集团的一次活动的日子里，小周专程从广州飞到大连见我，请我为他的这一本书作序。见我精神疲惫，他降低了对我的请求，向我阐述了他为什么要写这样一本书的初衷之后，只希望我谈谈我的看法，由他录音、整理。我感动于他的执着，承诺还是要看看他的书稿再议。我也向他提出请求，倘我看后觉得自己没什么好写的，希望他勿勉强我。后来他就将书转寄到了北京我的家中。今天，我终于有精力看他的书稿了。而现在，已经是后半夜一点多，我看他的书稿看得失眠了，索性便伏案写下我的心得。好想法是值得欣赏的。中海集团在房地产开发和物业管理方面，业绩卓然，享誉久矣。在全国各大城市包括港澳地区都有中海集团开发并管理的高品质住宅楼区。

　　而对业主们进行采访，还要编印成书，此种想法、做法，实在是值得欣赏的。我们常说的企业文化，体现得很深入。我读此书，有幸了解了许多人乐观向上、充满自信的人生，亦悦事也。

这一想法、做法，实在是具有创举性的。而由青年的头脑想出来，并由青年认认真真地做了，又实在使我钦佩。我不喜欢大事做不来、小事不屑做的青年。世上被人视为"事业"的那样一些事，据我看来，起先往往是小事。小事一旦意味着是一个好想法，它后来可能成为事业的前途，那是别人挡都挡不住的。

我相信，这一件事，将会成为载入中海史册的一件事。虽然它不能像高楼大厦一样去卖，但是能使已令业内刮目相看的中海集团又一次吸引刮目相看的目光。

我相信，此书一出，房地产业、物业管理业内，将会渐起仿效之风。而有文化的事一旦被仿效，那便是光荣了。由此书我想到，其实中海集团的思路还可以更活跃一些。比如，可否在中海网站（我相信中海集团已有自己的网站）中开辟文艺网页，吸引中海社区的业主们，在文艺网站上各显其能？举凡文学、美术、书法、摄影，甚至小品表演、曲艺演唱，皆可鼓动号召。而且，还要进行评比颁奖。

社区是小社会。尤其"中海"名下的社区，肯定藏龙卧虎，隐居人才。倘鼓动号召果有成效，则为中国社区文化发展做出贡献也！夜成拙文，权作小序。

二〇〇六年九月三日

让我们爱憎分明

让我们共同体验爱憎分明之为人的第一坦荡、第一潇洒、第一自然吧！

几经犹豫，我才决定写下这一行题目。写时我的心里竟十分古怪——仿佛基督徒写下了什么亵渎上帝的字句。仿佛我心怀叵测，企图向世人散布很坏的想法。我能预料到某些人对这样一个题目的忐忑不安。他们大抵是些丧失了爱憎分明之勇气的人，这使我怜悯。我能预料到某些人对这样一个题目的不以为然乃至愤然。他们大抵是些毫无正义感的人，并且希望丑恶与美好混沌在我们的生活中。因为他们做人的原则以及选择的活法，更适应于丑恶而有违于美好。唯恐敢于爱憎分明的人多起来，比照出了自己心态的阴暗扭曲，甚至比照出了自己心态的邪狞。我不怜悯这样的人，我鄙夷这样的人。

世上之事，常属是非。人心倾向，便有善恶。善恶之分，则心之爱憎。爱憎分明之于人而言，实乃第一坦荡，第一潇洒，第一自然之品格。

古人云：审其所好恶，则其长短可知也。又云：民之所好，好之；民之所恶，恶之。

怎么的，现在，不少人，却像些皮囊里塞满稻草似的人？他们使你怀疑，胸腔内是否有我们谓之为"心"的器官，纵有，那也算是心吗？

男欢女爱之爱，他们倒是总在实践着。不但总在实践着，而且经验丰富。窃恨妒仇，也是从不放过体验机会的。不但自己体验，还要教唆别人。于是，污浊了我们的生活环境。在这些人看来世界大概是无是无非，无美无丑，无善无恶的。童叟仆跌于前，佯装视而不见，绝不肯援一挽一扶之手，抬高腿跨过去罢了。妇妪呼救于后，竟充耳不闻，只当轻风一阵，何必"庸人自扰"？更有甚者，驻足"白相"，权作消遣。

苏格拉底说："有人自愿去作恶，或者去做他认为是恶的事。舍善而趋恶不是人类的本性。"

苏格拉底是对的吗？

帕斯卡尔说："我们中大多数人欲求恶。"又说，"恶是容易的。其数目是无限的。"还说，"某些人盲目地干坏事的时候，从来没有像他们是出自本性时干得那么淋漓尽致而又兴高采烈了。"

帕斯卡尔所指的是人类生活现象的一方面事实吗？

而屠格涅夫到晚年也产生了对人类及其生活的厌恶。他写了一篇优美如诗但情感色彩冷漠之极的散文——《山的对话》，就体现出了他的这种情绪。

当然我们不必去讨论苏格拉底和帕斯卡尔之间孰是孰非。人性本善抑或人性本恶早已是一世纪的命题，并且在以后的世纪必定还有思想家们继续进行苦苦的思想。

我要说，目前我们中国人的某些人，似乎也是一种"疾病"，可否叫作"爱憎丧失症"？

爱憎分明实在不是我们人类行为和观念的高级标准。只不过是低级的最起码的标准。但一切高尚包括一切所谓崇高，难道不是构建在我们人类德行和品格的这第一奠基石上吗？否则我们每个人的内心必将再无真诚可言，我们的词典中将无"敬"字。

中国人口占世界人口将近四分之一。如果我们中国人在心理素质方面成为优等民族，那么世界四分之一的人将是优秀的。反之，又将如何？

思想哲人告诫人类——对善恶的无动于衷是人类精神最可怕的堕落。

生物学家则告诫我们——一类物种的灭绝，必导致生态链条的断裂，进而形成对生态平衡的严重威胁和破坏。

人类绝不是首先因憎激发了爱的冲动、力量和热情。恰恰相反，是由于爱的需要才悟到了憎的权利。好的教养可以给予我们爱的原则。懂得了这一点才算懂得了爱的尺度，也就懂得什么是恶了，也就必然学会了怎样用我们的憎去反对、抵制和战胜恶了。

爱憎分明的人是我们人类不可缺的"物种"，是我们人类精神血液中的白细胞，是细腰蜂，是七星瓢虫，是邪恶当前奋不顾身的勇敢的蚁兵。因了爱憎分明的人存在，才会使更多的人感到世上有正义，社会有良知，人间有进行道德监督和道德审判的所谓道德法庭。

我们中国人是很讲"中庸之道"的。但我们的老祖宗也留下了这么一句"遗嘱"——"道不同，不相为谋"，并指出——"物以类聚，人以群分"。

可是我们当代的有些人，似乎早把老祖宗"道不同，不相为谋"之"遗嘱"彻底忘记了，似乎早把"物以类聚，人以群分"这凭以自爱的起码的也差不多是最后的品格界线擦掉了。仅只恪守起"中庸之道"来。并且浅薄地将"中庸之道"嬗变为一团和气，于是中庸之士渐多。并经由他们，将自己的中庸推行为一种时髦。仿佛倡导了什么新生活运动，开创了什么新文明似的。于是我们不难看到这样的情形——原来应被"人以群分"的正常格局孤立起来的流氓、痞子、阴险小人、奸诈之徒以及一切行为不端品德不良居心叵测者，居然得以在我们的生活中招摇而来招摇而去，败坏和毒害我们的生活到了随心所欲的地步。所到之处定有一群群的中庸之士与他乘兴周旋逢场作戏握手拍肩一团和气。

我们常常希望有人拍案而起，厉曰："耻与尔等厕混！"

对这样的人，我们心中便生钦佩。

我们环顾左右，觉得这样做其实并不需要太大的勇气。然而我们当中有许多人唯恐落个"出头鸟"或"出头的椽子"之下场。于是我们自己便在一团和气之中，终究扮演了我们本不情愿扮演的角色。

更可悲的是，爱憎分明的人一旦表现出分明的爱憎，中庸之士们便会摆出中庸的嘴脸进行调和，我们缺乏勇气光明磊落地同样敢爱敢憎，却很善于在这种时候作乖学嗲。

我们谁有资格说自己从未这样过呢？

因而我觉得我们首先应该憎恶我们自己，憎恶我们自己的虚伪。憎恶我们已经染上了梅毒一样该诅咒的"爱憎丧失症"。

那么，便让我们从此爱憎分明起来吧！

将这一希望寄托在别人身上，莫如寄托在我们自己身上。

倘你周围确实无人在这一点上值得你钦佩，你何不首先在这一点上给予自己以自己钦佩自己的资格呢？如果你确想做一个爱憎分明之人，的确开始这样做了。我认为你当然有自己钦佩自己的资格，你也当然应该这样认为。

以敢憎而与可憎较量，以敢爱而捍卫可爱。以与可憎之较量而镇压可憎之现象。以爱可爱之勇气而捍卫着可爱在我们的生活中发扬光大。让我们的生活中真善美多起来再多起来！让我们在我们每一个人的生活范围内，做一块盾，抵挡假丑恶对我们自己以及对生活的侵袭，同时做一支矛。让我们共同体验爱憎分明之为人的第一坦荡第一潇洒第一自然吧！其后，才是我们能否更多地领略人类之种种崇高和美好的问题……

沉思奥运精神

几乎每一个地球人都知道，由五环组成的奥运会标代表着五大洲各国各地的人民，也可以说代表全人类；它所传达出的手臂挽着手臂的图形深意，倘用文字诠释，应为"参与比获胜更重要"。

为什么"参与比获胜更重要"？

因为——各个国家所参与的，并不仅仅是世界性的体育盛事，还是参与了"相互理解、友谊长久、团结一致、公平竞争"的世界性的人文活动之中；而这一载入《奥林匹克宪章》中的主旨精神，对全世界的影响大于单纯的体育赛事的胜负，超越于胜负之上。故所以然，每一国每一位运动员的好成绩，都是人类在体育活动中的好成绩。

人类终究只不过是人类，不是神也不是神兽；人类永远不可能单凭自身能变成超人或绿巨人。从古代到近代到当代，人类在奥运会中所刷新的纪录，一向以零点几米、零点几秒、零点几公斤来证明——如果世界性的体育盛事仅仅是为了证明这一点，依我看来，似乎反而不能证明现代了的人类之思想的现代性。

所以我认为，是时候了，人类应该回归到"参与比获胜更重要"的理念方面来。

而评价在哪一国家举办的哪一届奥运会更好、更成功，也有比刷新了几项纪录、产生了几名新的奥运冠军更主要的标准，即——看在哪一国家举办的奥运会更加体现了"相互理解、友谊长久、团结一致、公平竞争"的奥运精神。

并且我相信，全世界大多数国家的运动健儿们，也必然愿以自身之赛场表现来彰显和弘扬以上光荣。

而我，心怀着以上理想，衷心祝愿即将在巴西举行的本届奥运会圆满成功，大放奥运精神的异彩！

二〇一六年七月九日于北京

我如何面对困境

小蕙：

你来信命我谈谈对人生"逆境"所持的态度，这就迫使我不得不回顾自己匆匆活到四十七岁的半截人生。结果，我竟没把握判断，自己是否真的遭遇过什么所谓人生的"逆境"？

我曾不止一次被请到大学去，对大学生谈"人生"，仿佛我是一位相当有资格大谈此命题的作家。而我总是一再地推脱，声明我的人生至今为止，实在是平淡得很，平常得很，既无浪漫，也无苦难，更无任何传奇色彩。对方却往往会说，你经历过三年困难时期，经历过"文革"，经历过"上山下乡"，怎可说没什么谈的呢？其实这是几乎整整一代人的大致相同的人生经历。个体的我，摆放在总体中看，真是丝毫也不足为奇的。

比如我小的时候家里很穷，从懂事起至下乡为止，没穿过几次新衣服。小学六年，年年是"免费生"。初中三年，每个学期都享受二级"助学金"。初三了，自尊心很强了，却常从收破烂的邻居的破烂筐里翻找鞋穿，哪怕颜色不同，样式不同，都是左脚鞋或都是右脚鞋，在买不起鞋穿的无奈情况下，也就只好胡乱穿了去上学……有时我自己回想起来，以为便是"逆境"了。后来我推翻了自己的以为，因在当年，我周围皆是一片贫困。

倘说贫困毫无疑问是一种人生"逆境"，那么我倒可以大言不惭地说，我对贫困，自小便有一种积极主动的、努力使自己和家人在贫困之中也尽量生活得好一点儿的本能。我小学五六年级就开始粉刷房屋了。初中的我，已不但是一个出色的粉刷工，而且是一个很棒的泥瓦匠了。炉子、火墙、火炕，都是我率领着弟弟们每年拆了砌，砌了拆，越砌越好。没有砖，就推着小车到建筑工地去捡碎砖。我家住的，在"大跃进"年代由临时女工们几天内突击盖起来的房子，幸亏有我当年从里到外一年多次的维修，才一年年仍可住下去。我家几乎每年粉刷一次，甚至两次，而且要喷出花儿或图案，你知道一种水纹式的墙围图案如何产生么？说来简单——将石灰浆兑好了颜色，再将一条抹布拧成麻花状，沾了灰浆往墙上依序列滚动，那是我当年的发明。每次，双手被灰浆所烧，几个月后方能褪尽皮。在哈尔滨那一条当年极脏的小街上，在我们那个大杂院里，我家门上，却常贴着"卫生红旗"。每年春节，同院儿的大人孩子，都羡慕我家屋子粉刷得那么白，有那么不可思议的图案。那不是欢乐是什么呢？不是幸福感又是什么呢？

下乡后，我从未产生跑回城里的念头。跑回城里又怎样呢？没工作，让父母和弟弟妹妹也替自己发愁么？自从我当上了小学教师，我曾想，如果我将来落户了，我家的小泥房是盖在村东头还是村西头呢？哪一个女知青愿意爱我这个全没了返城门路打算落户于北大荒的穷家小子呢？如果连不漂亮的女知青竟也没有肯做我妻子的，那么就让我去追求一个当地人的女儿吧！

面对所谓命运，我从少年时起，就是一个极冷静的现实主义者。我对人生的憧憬，目标从来定得很近很近，很低很低，很现实很现实。想象有时也是爱想象的，但那也只不过是一种早期的精神上的"创作活动"，一扭头就会面对现实，做好自己在现实中首先最该做好的事，哪怕是在别人看来最乏味最不值得认真对待的事。

后来我调到了团宣传股。这是我人生中的第一次"上升阶段"。再后来我又被从团机关"精简"了，实际上是一种惩罚，因为我对某些团首长缺乏敬意，还因为我同情一个在看病期间跑回城市探家的知青。于是我被贬到木材加工厂抬大木。

那是一次从"上升阶段"的直接"沦落"，连原先的小学教师都当不成了，于是似乎真的体会到了身处"逆境"的滋味，于是也就只有咬紧牙关忍。如今想来，那似乎也不能算是"逆境"，因为在我之前，许多男知青，已然在木材厂抬着木头了。抬了好几年了。别的知青抬得，我为什么抬不得？为什么我抬了，就一定是"逆境"呢？

后来我被推荐上了大学。我的人生不但又"上升"了，而且"飞跃"了，成了几十万知青中的幸运者。

在大学我因议论"四人帮"，成为上了"另册"的学生。又因一张汇单，遭几名同学合谋陷害，几乎被视为变相的贼。那些日子，当然也是谈不上"逆境"的，只不过不顺遂罢了。而我的态度是该硬就硬，毕不了业就毕不了业，回北大荒就回北大荒。一次，因我说了一句对"四人帮"不敬的话，一名同学指着我道："你再重复一遍！"我就当众又重复了一遍，并将从兵团带去的一柄匕首往桌上一插，大声说："你可以去汇报！不会判我死刑吧？只要我活着，我出狱那一天，你的不安定的日子就来了！无论你分配到哪儿，我都会去找到你，杀了你！看清楚了，就用这把匕首！"

那事儿竟无人敢去汇报。

毕业时我的鉴定中多了一条别的同学所没有的——"与'四人帮'作过斗争"。想想怪可笑的，也不过就是一名青年学生对"四人帮"的倒行逆施说了些激愤的话罢了。但当年我更主要的策略是逃，一有机会，就离开学校，暂时摆脱心理上的压迫，甚至在一个上海知青的姨妈家，在上海郊区一个叫朱家桥的小镇上，一住就是几个星期……

这些都是一个幸运者当年的不顺遂，尽管也埋伏着人生的凶险，但都非大凶险，可以凭了自己的策略对付的小凶险而已。

一名高干子弟，我的一名知青战友，曾将他当年的日记给我看，他下乡第二年就参军去了，在北戴河当后勤兵，喂猪。他的日记中，满是"逆境"中人如坠无边苦海的"磨难经"——而当年在别的同代人看来，成了一名光荣的解放军战士，又是何等幸运何等梦寐以求的事啊！

鲁迅先生当年曾经说过家道中落之人更能体会世态炎凉的话。我以为，于所谓的"逆境"而言，也似乎只有某些曾万般顺遂、仿佛前程锦绣之人，一朝突然跌落在厄运中，于懵懂后所深深体会的感受，以及所调整的人生态度，才更是经验吧？好比公子一旦落难，便有了戏有了书。而一个诞生于穷乡僻壤的人，于贫困之中呱呱坠地，直至于贫困之中死去，在他临死之前问他关于"逆境"的体会及思想，他倒极可能困惑不知所答呢！

至于我，回顾过去，的确仅有些人生路上的小小不顺遂而已。实在是不敢妄谈"逆境"。而如今对于人生的态度，是比青少年时期更现实主义了。若我患病，就会想，许多人都患病的，凭什么我例外？若我生癌，也会想，不少杰出的人都不幸生了癌，凭什么上帝非呵护于我？若我惨遭车祸，会想，车祸几乎是每天发生的。总之我以后的生命，无论这样或那样了，都不再会认为自己是多么不幸了。知道了许许多多别人命运的大跌宕，大苦难，大绝望，大抗争，我常想，若将不顺遂也当成"逆境"去谈，只怕是活得太矫情了呢！……

晓声

一九九六年六月三十日

我心灵的诗韵

怀　疑

△对于人，怀疑是最接近天性的。人有时用一辈子想去相信什么，但往往在几分钟甚至几秒钟内就形成了某种怀疑，并且像推倒多米诺骨牌一样去影响别人……

怀疑是一种心理喷嚏，一旦开始便难以中止，其过程对人具有某种快感。尤其当事重大，当怀疑和责任感什么的混杂在一起，它往往极迅速地嬗变为结论，一切推理都会朝一个主观的方向滑行……

△在任何时候，在任何情况之下，倘对出于高尚冲动而死的人，哪怕他们并未死得其所——表现出即使一点点儿轻佻，也是伤人心的。是的，伤可以为之遗憾，但请别趁机轻佻……

△那些挥霍无度的男人和那些终日沉湎于享乐的女人——当他们和她们凑在一起的时候，人生便显得癫狂又迷醉。但，仅此而已。我们知道，这样的人生其实并没太大的意思，更勿言什么意义了……

△同样的策略，女性用以对付男性，永远比男人技高一筹，

稳操胜券……

激　情

△人的诉说愿望，尤其女人的，一旦寻找到机会，便如决堤之水，一泻千里，直到流干为止……

△某些时候，众人被一种互相影响的心态所驱使而做的事，大抵很难停止在最初的愿望。好比许多厨子合做一顿菜。结果做出来的肯定和他们原先商议想要做成的不是一道菜。在此种情况下，理性往往受到嘲笑和轻蔑。而激情和冲动，甚至盲动，往往成为最具凝聚力和感召力的精神号角。在此种情况之下人人似乎都有机会有可能像三军统帅一样一呼百应千应万应——而那正是人人平素企盼过的。因而这样的时候对于年轻的心是近乎神圣的。那种冲动和激情嚣荡起的漩涡，仿佛是异常辉煌的，魅力无穷的，谁被吸住了就会沉入蛮顽之底……

虔　诚

△追悼便是活人对死的一种现实的体验，它使生和死似乎不再是两件根本不同的事，而不过是同一件事的两种说法了。这使虔诚的人更加心怀虔诚，使并不怎么虔诚的人暗暗感到罪过。这样虔诚乃是人类最为奇特的虔诚，肯定高于人对人产生崇拜时那种虔诚。相比之下，前者即使超乎寻常也被视为正常，而后者即便寻常也会显得做作……

△即使神话或童话以一种心潮澎湃的激越之情和一种高亢昂扬的自己首先坚信不疑的腔调讲述，也会使人觉得像一

位多血质的国家元首的就职演说。故而，多血质的人可以做将军，但不适于出任国家元首。因为他们往往会把现实中的百姓带往神话或童话涅槃……

△普遍的人们，无论男人抑或女人，年轻的抑或年老的，就潜意识而言，无不有一种渴望生活戏剧化的心理倾向。因为生活不是戏剧，人类才创造了戏剧以弥补生活持久情况之下的庸常。许多人的许多行为，可归结到企图摆脱庸常这一心理命题。大抵，越戏剧化越引人入胜……

△虔诚于今天的年轻人，并非一种值得保持的可贵的东西。不错，即使他们之中说得上虔诚的男孩儿和女孩儿，那虔诚亦如同蝴蝶对花的虔诚。而蝴蝶的虔诚是从不属于某一朵花的。他们的虔诚——如果确有的话，是既广泛又复杂的。像蒲公英或芦棒，不管谁猛吹一口气，便似大雪纷纷。他们好比是积雨云——只要与另一团积雨云摩擦，就狂风大作，就闪电，就雷鸣，就云若泼墨，天地玄黄，大雨倾盆。但下过也就下过了。通常下的是阵雨。与积云不同的是——却并不消耗自己……

△人们在散步的时候，尤其在散步的时候，即使对一句并不睿智，并不真值得一笑的话，也往往会慷慨地赠予投其所好的一笑。人们的表情拍卖，在散步的时候是又廉价又大方的……

权　威

△一种权威，如果充分证明了那的确是一种权威的话，如果首先依持它的人一点儿不怀疑它的存在的话，那么看来，无论在何时何地，它就不但是真实存在的，而且是可以驾驭

任何人任何一种局面的。在似乎最无权威可言的时候和情况下，普通的人，其本质上，都在盼望着有人重新管理他们的理性，并限制他们的冲动。人，原来天生是对绝对的自由忍耐不了多久的。我们恐惧自己行为的任性和放纵，和我们有时逆反和逃避权威的心理是一样的。我们逃避权威永远是一时的，如同幼儿园的儿童逃避阿姨是一时的。我们本质上离不开一切权威。这几乎是我们一切人的终生的习惯。无论我们自己愿意或不愿意承认，事实如此……

给表上一次弦，起码走二十四小时。

给人一次"无政府主义"的机会，哪怕是他们自己选择的，起码二十四年内人们自己首先再不愿经历。于权威而言"无政府主义"更是大多数人所极容易厌倦的……

希　望

△希望是某种要付出很高代价的东西。希望本身无疑是精神的享受，也许还是世界上最主要的精神的享受。但是，像其他所有不适当地受着的快乐一样，希望过奢定会受到绝望之痛苦的惩罚。某种危险的希望，不是理性的，所期待产生的不合乎规律的事件，而不过是希望者的要求罢了。危险的希望改变了正常的过程，从根本上说，是只能破坏实现什么的普遍规则的……

△行动总是比无动于衷更具影响力。任何一种行动本身便是一种影响，任何一种行动本身都能起到一种带动性。不过有时这种带动性是心理的，精神的，情绪的，潜意识的，内在的，不易被判断的。而另一些时候则是趋之若鹜的从众现象……

爱

△爱是一种病。每一种病都有它的领域：疯狂发生于脑，腰痛来自椎骨；爱的痛苦则源于自由神经系统，由结膜纤维构成的神经网。情欲的根本奥秘，就隐藏在那看不见的网状组织里。这个神经系统发生故障或有缺陷就必然导致爱的痛苦。呈现的全是化学物质的冲击和波浪式的冲动。那里织着渴望和热情，自尊和嫉恨。直觉在那里主宰一切，完全信赖于肉体。因为它将人的生命的原始本能老老实实地表达出来。理性在那里不过是闯入的"第三者"……

△男人结婚前对女人的好处很多——看电影为她们买票，乘车为她们占座，进屋为她们开门，在饭店吃饭为她们买单，写情书供她们解闷儿，表演"海誓山盟"的连续剧为她们提供观赏……

结婚以后，男人则使她们成为烹饪名家——"那一天在外边吃的一道菜色香味儿俱全，你也得学着做做！"还锻炼她们的生活能力——"怎么连电视机插头也不会修？怎么连保险丝也不会接？怎么连路也不记得？怎么连……"

最终女人什么都会了，成了男人的优秀女仆。男人还善于培养她们各种美德，控制她们花钱教导她们"节俭"，用"结了婚的女人还打扮什么"这句话教导她们保持"朴实"本色。用纠缠别的女人的方式来使她习惯于"容忍"，用"别臭美啦"这句话来使她们懂得怎样才算"谦虚"……但如果一个女人漂亮，则一切全都反了过来……

△我时常觉得，一根联系自己和某种旧东西的韧性很强的脐带断了。我原是很习惯于从那旧东西吸收什么的，尽管它使我贫血，使我营养不良。而它如今什么也不能再输导给

我了。它本身稀释了，淡化了，像冰融为一汪水一样。脐带一断，婴儿落在接生婆血淋淋的双手中。我却感到，自己那根脐带不是被剪断的，它分明是被扭扯断的，是被拽断的，是打了个死结被磨断的。我感到自己仿佛是由万米高空坠下，没有地面，甚至也没有水面，只有一双血淋淋的接生婆的手……

而我已不是一个婴儿，是一个男人，一个长成了男人的当代婴儿，一个自由落体……我只有重新成长一次。我虽已长成一个男人，可还不善于吸收和消化生活提供给我的新"食物"。我的牙齿习惯于咬碎一切坚硬的带壳的东西，而生活提供给我的新"食物"，既不坚硬也不带壳。它是软的，黏的，还粘牙，容易消化却难以吸收……

我必须换一个胃么？我必须大换血么？我更常常觉得我并没有被一双手真正托住。或者更准确地说，我并没有踏在地上，而不过是站在一双手上……大人们，不是常让婴儿那么被他们的双手托着的么？……

嬗 变

△人间英雄主义的因子如果太多了，将阻碍人的正常呼吸……

△骆驼有时会气冲牛斗，突然发狂。阿拉伯牧人看情况不对，就把上衣扔给骆驼，让它践踏，让它噬咬得粉碎，等它把气出完，它便跟主人和好如初，又温温顺顺的了……

聪明的独裁者们也懂得这一点的。

△讲究是精神的要素，与物质财富并没有太直接的关系。满汉全席可以是一种讲究，青菜豆腐也是一种讲究。物质生

活不讲究的社会，很少讲究精神生活，因为精神观念是整体的……

△现在的人们变得过分复杂的一个佐记，便是通俗歌曲的歌词越来越简单明了……

△破裂从正中观察，大抵是对称的射纹现象——东西、事件和人际关系，都是这样……

△信赖是不能和利益一样放在天平上去称的。

△友情一经被精明所利用，便会像钻石变成了碎玻璃一样不值一文……

△一次普通的热吻大约消耗九卡路里，亲三百八十五次嘴儿足可减轻体重半公斤。由此可见，爱不但是精神的活动，而且是物质的运动……

△友情和所谓"哥儿们义气"是有本质区别的。"哥儿们义气"连流氓身上也具有，是维系流氓无产者之间普遍关系的链条。而友情是从人心通向人心的虹桥……

理　解

△生活中原本是有误会和误解存在的。谁没误解别人？谁没被人误解过？误会和误解，倘被离间与挑唆所谋，必然会造成细碎的过节和不泯的仇憎。品格优良的人，对误会和误解的存在，应以正常的原则对待，便不至于给小人们以可乘之机。误会和误解也便不会多么持久……

△在生活中，成心制造的误会和误解并不比梅雨季节阴湿墙角生出的狗尿蘑少，因而我们有些人才变得处处格外谨小慎微，唯恐稍有疏忽，成了这一类"误会"和"误解"的牺牲品……

△某一类人存在，某一类事注定发生；好比有蛹的存在，注定有蝇孵出……

△尽管现实之人际正变得虚伪险诈，但并非已到了"他人皆地狱"的程度。只要我们稍微留意，便不难观察到，常言"他人皆地狱"者，其实大抵活得相当快意，一点儿也不像在地狱之中受煎熬——人们，千万要和他们保持距离啊！

△宽忍而无原则，其实是另一种怯懦……

△我们每个人都有遭到流氓袭击和欺辱的可能性。倘是我，决不怯懦。我也有男人的拳头，还有人人都有的牙齿，可做自卫之"武器"。流氓可以杀死我，但我会咬下流氓的一只耳朵，或者抠出他的一只眼睛，甚至夺下凶器，于血泊之中，也捅流氓一刀！即或捅其不死，也要令其惨叫起来……

流氓不止在下流的地方存在，也不见得靴中藏刀——总之我们要使他们惧我们，而不要怕他们……

人　格

△人，不但要有起码的保护自己生命的主动意识，也应有维护自己尊严的主动意识。一个连自己保护自己的冲动都丝毫没有的人，当他夸夸其谈对他人对社会的任何一方面的责任感时，是胡扯……

△中国许多方面的问题，或曰许多方面的毛病，不在于做着的人们，而在于不做或什么也做不了或根本就什么也不想做的甚至连看着别人做都来气的人。做着的人，即使也有怨气怒气，大抵是一时的。他们规定给自己的使命不是宣泄，而是做。不做或什么也不做不了或根本就什么也不想做甚至连看着别人做都气不打一处来的人，才有太多的工夫宣泄。

因为他们气不打一处来，所以他们总处在生气的状态下。所以他们总需要宣泄。宣泄一次后，很快就又憋足了另一股气。这股气那股气无尽的怨气怒气邪气，沆瀣一气，氤氲一体，抑而久之，泻而浩之，便成人文方面的灾难……

　　△我常和人们争论——我以为做人之基本原则是，你根本不必去学怎样做人。所谓会做人的人，和一个本色的人，完全两码事。再会做人的人，归根到底，也不过就是"会做人"而已。一个"会"字，恰说明他或她是在"做"而不是"作"。

　　我绝不与"会做人"的人深交。这样的人使我不信任。因为他或她在接受我的信任或希望获得我的信任时，我怎知他或她那不是在"做"？想想吧，一个人，尤其一个男人，"会做人"地活着而不是作为一个人地活着，不使人反感么？倘我是一个女人，无论那样的男人多么风流倜傥，多么英俊潇洒，我也是爱不起来的。除非我和他一样，都是"做"人的行家。我简直无法想象一个女人和一个善于"做"人的男人睡觉那一种古怪感觉。那，做爱可真叫是"做"爱了……

　　△我们在对文字过分谨慎地加以修饰的同时，在我们最初的思想和感情经过打扮的同时，"最初的"思想和情感也便死亡了。不，我要写的不是那样的一篇东西。绝对不是。绝对并不那样写。我要我的笔直接地从我的头脑和心灵之中扯出丝缕。它可断了再连起来。但我不允许我的笔像纺锤一样纺它。它从我头脑和心灵之中扯出的丝缕，当然应该是属于"最初的"那一种，毛糙而真实。爱憎之情，必是"最初的"。正如冬季里的一个晴日，房檐是冰融化滴下的水滴，在它欲落未落的那一瞬间它才是它，之前和之后它都不是它，也就不是什么最初的……

珍　惜

△每个人内心里其实都应有一个小宝盒——收藏着点值得珍惜的东西。我们所做之事，有时既为着别人，同时也为着我们自己。人需要给自己的记忆保留些值得将来回忆一下的事情。当我们老了的时候，我们的回忆足以向我们自己和我们的下一代证明，人生中还是不乏温馨和美好的。这一个小宝盒是轻易不可打开示人的。一旦打开来，内心的宝贵便顷刻风化……

女　人

△事实上，一个男人永远也无法了解一个女人。他无论怎样努力，都是深入不到女人的心灵内部去的。女人的心灵是一个宇宙，男人的心灵不过是一个星球而已。站在任何一个星球上观察宇宙，即使借助望远镜，你又能知道多少，了解多少呢？……

△女人无论成为一个什么样的女人，都有希望被某个男人充分理解的渴望——女人对女人的理解无论多么全面而且深刻，都是不能使她们获得慰藉的。这好比守在泉眼边而渴望一钵水。她们要的不是水，还有那个盛水的钵子……还不明白这个道理的女人，不是一个成熟的女人。有些女人，在她们刚刚踏入生活不久，便明白了这个道理。她们是幸运的。有些女人，在她们向这个世界告别的时候，也许还一直没弄明白这个道理。她们真是不幸得很……

△好女人是一所学校。

△一个好男人通过一个好女人走向世界……

△一个男人的一百个男朋友，也没有一个好女人好；一个男人的一百个男朋友，也不能替代一个好女人。好女人是一种教育。好女人身上散发着一种清丽的春风化雨般的妙不可言的气息，她是好男人寻找自己，走向自己，然后又豪迈地走向人生的百折不挠的力量……

好女人使人向上。事情往往是这样：男人很疲惫，男人很迷惘，男人很痛苦，男人很狂躁；而好女人更温和，好女人更冷静，好女人更有耐心，好女人最肯牺牲。好女人暖化了男人，同时弥补了男人的不完整和幼稚……

△当你走向战场和类似战场的生活，身后有一位好女人相送，那死也不是可怕的了！当你感到身心疲惫透顶的时候，一只温暖的手放在你的额头，一觉醒来，你又成了朝气蓬勃的人。当你糊涂又懒散，自卑自叹，丧失了目标，好女人温柔的指责和鞭策，会使你羞惭地进行自省……

△女人是因为产生了爱情才成为女人的。

爱　情

△爱情乃是人生诸事业中最重要的事业，是其他事业的阶梯；其他事业皆攀此阶梯而达到某种高度。这一事业的成败，可使有天才的人成为伟人，也可使有天才的人成为庸人……

△人道，人性，爱，当某一天我们将这些字用金液书写在我们共和国的法典和旗帜上的时候，我们的人民才能自觉地迈入一个文明的时代并享受到真正的文明。因为这些字乃是人类全部语言中最美好的语言，全部词汇中最美好的词。人，在一切物质之中，在一切物质之上，那么人道，人性，爱，也必在人类的一切原则之上……

△人道乃是人类尊重生命的道德；人性乃是人类尊重人的悟性；而爱证明，人不但和动物一样有心脏，还有动物没有的心灵……

△每一个人都有自己的帆。有的人一生也没有扬起过他或她的帆；有的人刚一扬起他或她的帆就被风撕破了，不得不一辈子停泊在某一个死湾；有的人的帆，将他或她带往名利场，他或她的帆不过变成了缎带上的一枚徽章，随着时间的流逝而失去光泽；而有的人的帆，直至他或她年高岁老的时候，仍带给他或她生命的骄傲……

△有一类年轻女性，在她们做了妻子之后，她们的心灵和性情，依然如天真纯良的少女一般。她们是造物主播向人间的稀奇而宝贵的种子。世界因她们的存在而保持清丽的诗意。生活因她们的存在而奏出动听的谐音。男人因她们的存在而确信活着是美好的。她们本能地向人类证明，女人存在的意义，不是为世界助长雄风，而是向生活注入柔情……

△受伤的蚌用珠来补它们的壳……

△没有一个女人，任何一个家庭，都不是完整的家庭。人类首先创造了"女人"二字，其后才创造了"家庭"一词。女人，对于男人们来说，意味着温暖、柔情、抚慰、欢乐和幸福。有男人的刚强，有男人的忍，有男人的自信，有男人的勇敢，甚至也有男人的爱好和兴趣……但是男人们没有过属于他们自己的幸福。是的，从来没有过。而只有女人们带给男人们，并为他们不断设计，不断完善，不断增加，不断美化的幸福。"幸福"是一个女性化的词。

281

年　轮

△每个人的一生都有几个年龄界线，使人对生命产生一种紧迫感，一种惶惑。二十五岁、三十岁、三十五岁……二十五岁之前我们总以为我们的生活还没开始，而青春正从我们身旁一天天悄然逝去。当我们不经意地就跨过了这人生的第一个界线后，我们才往往大吃一惊，但那被诗人们赞美为"黄金岁月"的年华却已永不属于人们。我们不免对前头两个界线望而却步，幻想着能逗留在二十五岁和三十岁之间。这之间的年华，如同阳光映在壁上的亮影。你看不出它的移动。你一旦发现它确是移动了，白天已然接近黄昏，它暗了，马上就要消失，于是你懵懵懂懂地跨过了人生的第二个界线，仿佛被谁从后猛推一掌，跌入一个本不想进入的门槛……

△即使旧巢毁坏了，燕子也要在那个地方盘旋几圈才飞向别处，这是生物本能；即使家庭分化解体了，儿女也要回到家里看看再考虑自己今后的生活打算，这是人性。恰恰相反的是——动物和禽类几乎从不在毁坏了巢穴的地方继续栖身，而人则几乎一定要在那样的地方重建家园……

△在山林中与野兽历久周旋的猎人，疲惫地回到他所栖身的那个山洞，往草堆上一倒，许是要说一句——"总算到家了"吧？……即便不说，我想，他内心里也是定会有那份儿感觉的吧？云游天下的旅者，某夜投宿于陋栈野店，头往枕上一挨，许是要说一句——"总算到家了"吧？……即便不说，我想，他内心里也是定会有那份儿感觉的吧？

一位当总经理的友人有次邀我到乡下小住，一踏入农户的小院，竟情不自禁地说："总算到家了！"

他的话使我愕然良久……

切莫猜疑他们夫妻关系不佳，其实很好的。

为什么，人会将一个洞、一处野店，乃至别人家，当成自己"家"呢？

我思索了数日，终于恍然大悟——原来人人除了自己的躯壳需要一个家而外，心灵也需要一个"家"的。至于那究竟是一处怎样的所在，却因人而异了……

心灵的"家"乃是心灵得以休憩的地方。休憩的代词当然是"请勿打扰"。

是的，任何人的心灵都是需要休憩的——所以心灵有时候不得不从人的家里出走，找寻到自己的"家"……

遗憾的是，几乎我们每一个人都有家，而我们疲惫的心灵却似无家可归的流浪儿。朋友，你倘以这种体验去听潘美辰的歌《我想有个家》，难免不泪如泉涌……

谎 言

△谎言是有惯性的。当它刹住，甩出的是真实……

△友情好比一瓶酒，封存的时间越长，价值则越高；而一旦启封，还不够一个酒鬼滥饮一次……

△男人在骗人的时候比他一向更巧舌如簧；女人在要骗人的时候比她一向更漂亮多情……

△男人宁愿一面拥着女人的娇体，吻着她的香唇，同时听着她娓娓动听的关于爱的谎言；而不愿女人庄重地声明她内心里的真话——"我根本不爱你"……使我们简直没法说男人在这种时候究竟是幻想主义者还是现实主义者。由此可见，幻想主义和现实主义，在特殊情况之下是可以统一的。拥吻着现实而做超现实的幻想，睁大眼睛看看，我们差不多

都在这么活着……

　　△因为在生活中没有所谓"平等"可言乃是大的前提，所以人在游戏中有时候力求定下诸多"平等"的原则……

　　△几乎每一个人都极言自己的活法并不轻松，可是几乎每一个人都不肯轻易改变自己的活法，足见每一个人都具有仿佛本能的明智——告诉他或她，属于他或她的活法，也许最是目前的活法……

　　△言论自由的妙处在于——当你想说什么就可以说什么的时候，我们大多数人似乎便无话可说了……

　　△在聚餐点菜的时候，我们常常可以发现民主的负面……

　　△当护士在你的臀部打针的时候，你若联想到你敬畏而又轻蔑的某些大人物的屁股上，也必留下过针眼儿，你定会暗自一笑，心理平和许多……

　　△人：给我公平！

　　时代：那是什么？

　　人：和别人一样的一切！

　　时代：你和哪些别人一样？

人　生

　　△时代抛弃将自己整个儿预售给他人，犹如旅者扔掉穿烂的鞋子……

　　△朋友，你一定也留意过秋天落叶吧？一些半黄半绿的叶子，浮在平静的水面上，向我们预示着秋天的最初的迹象。秋天的树叶是比夏天的树叶更其美丽的。阳光和秋风给它们涂上了金黄色的边儿。金黄色的边儿略略向内卷着，仿佛是被巧手细致地做成那样的，仿佛是要将中间的包裹起来似的。

那，也与夏天的绿不同了。少了些翠嫩，多了些釉青。叶子的经络，也显得格外分明了，像血管，看去仍有生命力在呼吸……它们的叶柄居然都高翘着，一致地朝向前方，像一艘艘古阿拉伯的海船……树是一种生命。叶亦是一种生命。当明年树上长出新叶时，眼前这些落叶早已腐烂了。它们一旦从树上落下，除了拾标本的女孩儿，谁还关注它们？而这恰恰是它们两种色彩集于一身，变得最美丽的时候。而使它们变得美丽的，竟是死亡的色彩……

　　人也是绝不能第二次重度自己的某一个季节的。故古人诗曰——莫道桑榆晚，为霞尚满天。人呵，钟爱自己的每一个人生季节吧！也许这世界上只有钱这种东西才是越贬值越重要的东西。生活的的确确是张着大口要每一个人不停地用钱喂它。而每一个人又都不得不如此。随处可见那样一些人，他们用钱饲喂生活，如同小孩儿用糖果饲喂杂技团铁笼子里的熊一般慷慨大方。而不把生活当成那样的熊的人，则经常最感缺少的竟是钱……

　　△对女人们的建议——像女人那样活着，像男人那样办事……

　　△在人欲横流的社会，善良和性行为同样都应有所节制。无节制的前者导致愚蠢。无节制的后者——我们都已知道，导致艾滋病……

　　△美好的事物之所以美好，恰在于恰当的比例和适当的成分。酵母能使蒸出来的馒头雪白暄软，却也同样能使馒头发酸……

　　△是的，每一个人都有向谁述说的愿望，或曰本能。幸运的人和不幸的人都是如此。在这一点上，人的内心世界是

很渺小的。幸运稍微多一点儿或者不幸稍微大一点儿，就会从心里溢出来，所谓水满自流……

△我的同代人是这样的一些人——如同大潮退后被遗留在沙滩上的鱼群，在生活中啪啪嗒嗒地蹦跳着，大张着他们干渴的嘴巴，大裂着他们鲜红的腮，挣扎而落下一片片鳞，遍体伤痕却呈现出令人触目惊心的活下去的生命力。正是那样一种久经磨砺的生命力，仿佛向世人宣言，只要再一次大潮将他们送回水中，他们虽然遍体伤痕但都不会死去。他们都不是娇贵的鱼。他们将在水中冲洗掉磨进了他们躯体的尖锐的沙粒……

然而时代作用于他们的悲剧性在于——属于他们的大潮已过……

△男人是通过爱女人才爱生活的……

△为什么那么多人觉得表达出享受生活的愿望仿佛是羞耻的？其实这种愿望是隐瞒不住的。就像咳嗽一样，不管人怎样压制，它最终还是会真实地表现出来……

△女人如果不能够靠自己的灵性寻找到一个真实的自我，那么她充其量最终只能成为某一男人的附属品。一切对人生的抱怨之词大抵是从这样的女人口中散播的。而实际上这样的女人又最容易对人生感到满足。只要生活赐给她们一个外表挺帅的男人她们就会闭上嘴巴的。即使别人向她们指出，那个男人实际上朽木不可雕也，她们仍会充满幻想地回答：可以生长香菇。觉得她自己就是香菇……

△对于一个男人，任何一个有魅力的女人，要取代一个死去了的女人在他心灵中的位置的话，绝不比用石块砸开一颗核桃难。不管她生前他曾多么爱她。而反过来则不一样……

大多数女人天生比男人的心灵更钟于情爱……

△人生有三种关系是值得特别珍惜的——初恋之情，患难之交，中学同学之间的友谊。中学同学是有别于大学同学的。大学同学，因为"大"了，则普遍是理性所宥的关系，难免掺杂世故的成分。但在中学同学之间，则可能保持一种少男少女纯本的真诚。在中学同学之间，即使后来学得很世故的人，往往也会羞于施展。就算当上了总统的人，见了中学时代的好朋友，也愿暂时忘记自己是总统的人，而见了大学同学，却会不由自主地时常提醒自己，别忘了他已然是总统……

△哀伤并不因谁希望它有多久，就能在人心里常驻……

△世上没有利用不完的东西。人对人的利用是最要付出代价的，而且是最容易贬值的……

△几乎所有的人，当心灵开始堕落的时候，起初都认为这世界变邪了……

△宁静的正确含义是这样的——它时时提醒我们这世界是不宁静的……

△我们通常所说作"灵魂"的东西，恐怕原本未必是那么不喜欢孤独的东西，恐怕原本未必是那么耐不住寂寞的。也许恰恰相反，不喜欢孤独的是人自身，耐不住寂寞的也是人自身。而"灵魂"，其实是个时时刻刻伺机寻求独立时时刻刻企图背叛人却又无法彻底实现独立的东西……

△看电影是娱乐，办丧事也容易导向娱乐。而且是可以身心投入的娱乐。是可以充当主角、配角、有名次的群众演员和一般性无名次的群众演员娱乐。大办便意味着有大场面，有大情节，有大高潮……

△能够使心灵得以安宁的爱情，无论于男人抑或女人，

都不啻是一件幸事。安宁之中的亲昵才适合氤氲出温馨，而温馨将会长久地营养爱情。

△爱情的真谛可以理解为如下的过程——第一是爱上一个人。第二是被一个人所爱。第三，至关重要的是，祈求上帝赐助两者同时发生……

△医治失恋并无什么灵丹妙药，只有一个古老的偏方——时间，加上别的姑娘或女人……

△中国的贫穷家庭的主妇们，对生活的承受力和耐忍力是极可敬的。她们凭一种本能对未来充满憧憬，虽然这憧憬是朦胧的，盲目的，带有虚构的主观色彩的。她们的孩子，是她们这种憧憬中的"佛光"……

姑　娘

△九十年代的姑娘有九十年代的她们的特点。或者毫无思想。毫无思想而又"彻底解放"，也便谈不上有多少实在的感情。或者仿佛是女哲人，自以为是女哲人。年纪轻轻的便很"哲"起来，似乎至少已经活了一百多岁，已经将人间世界看得毕透一般，人便觉得那不是姑娘，而是尤物。既令美得如花似玉，也不过就是如花似玉的尤物。这两类，都叫我替她们的青春惋惜。又有九十年代的心理艾滋病传染着她们——玩世不恭。真正地玩世不恭，也算是一种玩到家了的境界。装模作样的玩世不恭，那是病态。九十年代的姑娘装模作样地玩世不恭，和封建社会思春不禁的公主小姐们装模作样地假正经，一码事。

△一个男人二十多岁时认为非常好的姑娘，到了三十五六岁回忆起来还认为非常好，那就真是好姑娘了。在二十

多岁的青年眼中，姑娘便是姑娘。在三十五六岁以上年龄的男人眼中，姑娘是女人。这就得要命。但男人们大抵如此。所以大抵只有青年或年轻人，才能真正感到一个"姑娘"的美点。到了"男人"这个年龄，觉得一个姑娘很美，实在是觉得一个女人很美。这之间是有区别的。其区别犹如蝴蝶和彩蛾……

△二十岁缺少出风头的足够勇气和资本，三十岁起码因此吸取了一两次教训。二十五岁，二十五岁，这真是年轻人最最渴望出风头的年龄！年轻人爱出风头，除了由于姑娘们的存在，难道不会因为别的什么刺激吗？只有小伙子在一起的情况下，最爱出风头的他们，也没多大兴致出风头。正如只有姑娘在一起的情况下，连最爱打扮的她们，也没多大兴致打扮自己。出风头实在是小伙子们为姑娘们打扮自己的特殊方式——你说一名在演兵场上操练的士兵如果出风头，只不过是企图博取长官的夸奖？那么士兵企图博取长官的夸奖是为了什么呢？为了改变领章和肩章的星豆？为了由列兵而上等兵？为了由上等兵而下士？为了由下士而……可这一切归根结底又是为什么呢？尽管演兵场附近没有姑娘的影子……

△爱情方面的幸福，不过是人心的一种纯粹自我的感觉。心灵是复杂而微妙的东西。幸福并不靠别人的判断才得出结论。一个人倘真的认为他是幸福的，那么他便无疑是幸福的……

△我们曾经从自诩自恃的"无产阶级"的立场所呕呕指斥的"小资产阶级"的情调，我认为实实在在是人类非常普遍的富有诗意的情调。我们的生活中如果断然没有了这一种

情调，那真不知少男少女们会变成什么样子？恋爱中的年轻人怎么彼此相爱？而我们的生活又将会变成什么样子？

孤　独

△有两种人对孤独最缺少耐受力。一种是内心极其空旷的人。一种是内心极其丰富的人。空旷，便渴望从外界获得充实。丰富，则希图向外界施加影响。而渴望从外界获得充实的孤独比希图向外界施加影响的孤独可怕得多，它不是使人的心灵变得麻木，就是使人的心灵变得疯狂……

空旷的心灵极易被幽暗笼罩。而人类情感的诗意和崇高的冲动会在这样的心灵中消退，低下的欲念和潜意识层的邪恶会在这样的心灵萌生，像野草茂长在乱石之间。

书

△书，是一代人对另一代人的精神馈赠，是历史的遗言，是时代的自由，是社会的"维生素"，是人类文明的"助推器"。各种愚事，当人读一本好书时，就仿佛冰烤向火一样，渐渐化解。它把我们生活中寂寞的晨光变成精神享受时刻。它是我们的"船"，带领我们从狭隘的内心世界驶向明天无垠广阔的精神海洋……

忍　让

△在昆虫方面，毛毛虫变成美丽的蝴蝶；而在人，为什么常常反过来？为什么我们会这么长久，这么长久地容忍这一种丑恶的嬗变？

△我们每个人都根本无法预测，将会有怎样的悲剧突然降临在我们头上。等你从某种祸事或不幸中愕醒，你或许已经失去了原先的生活，以及一切维系那种生活的条件，仍面临着另一种从前绝不曾想到过的严峻生活，整个世界仿佛在你面前倾斜了。在这种情况下——人能忍受自己，便能忍受一切。

△阳光底下，再悲惨，再恐怖的事情，都能以人的胸襟和对生命的热爱而将它包容。人类正是靠了这一种伟大的能力繁衍到今天。

怀　念

△怀念，这是人作为人的最本质的、最单纯的、最自我的、最顽固的权利，它属于心所拥有。当人心连这种任什么人的什么威慑也无法剥夺的权利都主动放弃了，人心就不过是血的泵罢了……

△富有者的空虚与贫穷者的空虚是同样深刻的，前者有时甚至比后者更咄咄逼人。抵御后者不过靠本能，而抵御前者却靠睿智的自觉，对贫穷的人来说，富人的空虚是"矫情"；对富人来说，穷人的空虚是"破罐子破摔"——两种人都无法深入对方的心灵里去体验。这种互相无法体验的心理状态只能产生一种情绪，那就是彼此的敌意……

中国的富有者们当然没有培养起抵御富有了之后的那一种空虚的睿智。他们被时代倒提着双脚一下子扔在了享乐的海绵堆上。他们觉得很舒服，但未免同时有种不落实的悬空感。富有而睿智的人是未来社会的理想公民，但他们不可能是今天富有而空虚的人们的后代，正如不可能是今天的贫穷而"破罐子破摔"的人们的后代……

享乐的海绵堆也是能吞没人的。

△中国人尊崇"伯乐",西方人相信自己。

"伯乐"是一种文化和文明的国粹。故中国人总在那儿祈祷被别人发现的幸运,而西方人更靠自己发现自己。十位"伯乐"的价值永远也不如一匹真正的千里马更有价值。如果"伯乐"只会相马,马种的进化便会致"伯乐"们的失业。对马,"伯乐"是"伯乐"们的失业;对人,"伯乐"今天包含有"靠山"和"保护人"的意思……

△所谓"正统"的思想之对于我的某些同代人们,诚如旧童装之对于长大了的少女,她们有时容忍不了别人将她们贬为"过时货",乃是因为她们穿着它们确曾可爱过,时代之所以是延续的,正由于只能在一代人的内心里结束。而历史告诉我们,这个过程比葡萄晒成干儿的时间要长得多……

△大多数人在学会了与生活"和平共处"的时候,往往最能原谅自己变成了滑头,但却并不允许自己变成恶棍。可以做到聆听滑头哲学保持沉默,但毕竟很难修行容忍恶棍理论冒充新道德经的地步……

而人类的希望也许正体现在这一点上。

△对于三十多岁的女人,生日是沮丧的加法。

三十三岁的女人,即或漂亮,也是谈不上"水灵"的。她们是熟透了的果子。生活是果库,家庭是塑料袋,年龄是贮存期。她们的一切美点,在三十三岁这一贮存期达到了完善——如果确有美点的话。熟透了的果子是最不易贮存的果子。需要贮存的东西是难以保留的东西。三十三岁是女人生命链环中的一段牛皮筋,生活家庭既能伸长它又能老化它。

这就是某些女人为什么三十四岁了三十五岁了三十六岁了依然觉得自己逗留在三十三岁上依然使别人觉得她们仍像三十三岁的缘故，这是某些女人为什么一过三十三岁就像秋末的园林没了色彩没了生机一片萧瑟的缘故……

△某类好丈夫如同好裁缝，家庭是他们从生活这匹布上裁下来的。他们具备剪裁的技巧。他们掂掇生活，努力不被生活所掂掇。与别的男人相比较而言，他们最优秀之处是他们善于做一个好丈夫。而他们的短处是他们终生超越不了这个"最"。如果他们娶了一个对生活的欲望太多太强的女人，是他们的大不幸，随遇而安的女人嫁给他们算是嫁着了……

△女人需要自己的家乃是女人的第二本能。在这一点上，她们像海狸。普通的女人尤其需要自己的家，哪怕像个小窝一样的家。嘲笑她们这一点的男人，自以为是在嘲笑平庸。他们那种"超凡脱俗"的心态不但虚伪而且肤浅。他们忘了他们成为男人之前无一个不是在女人们构造的"窝"里长大的。不过人类筑窝营巢的技巧和本领比动物或虫鸟高明罢了……

△喜欢照镜子的男人绝不少于喜欢照镜子的女人。女人常一边照镜子一边化妆和修饰自己。男人常对着镜子久久地凝视自己，如同凝视一个陌生者，如同在研究他们为什么是那个样子。女人既易接受自己，习惯自己，钟爱自己，也总想要改变自己。男人既苦于排斥自己，怀疑自己，否定自己，也总想要认清自己……

293

△大多数女人迷惘地寻找着属于自己的那一个男人。大多数男人迷惘地寻找着自我。

男人寻找不到自我的时候，便像小儿童一样投入到女人的怀抱……

△男人是永远的相对值。

女人是永远的绝对值。

女人被认为是一个人之后，即或仍保留着某些孩子的天性，其灵魂却永不再是孩子，所以她们总是希望被当作纯洁烂漫的儿童。男人被认为是一个男人之后，即或刮鳞一样将孩子的某些天性从身上刮得一干二净，其灵魂仍趋向于孩子，所以他们总爱装"男子汉"。事实上哪一个男人都仅能寻找到自己的一部分，甚至很小的一部分。正如哪一个女人都不能寻找到一个不使自己失望的"男子汉"一样……

△女人是男人的小数点，她标在哪一生的哪一阶段，往往决定一个男人成为什么样的男人。夸父若有一个好女人为伴，大概不至于妄自尊大到去逐日而累死的地步……

我们看到高大强壮伟岸挺拔的男人挽着娇小柔弱的女人信心十足地走着，万勿以为他必是她的"护花神"，她离了他难以生活；其实她对于他可能更重要，谁保护着谁很不一定……爱神、美神、命运之神、死神、战神、和平之神、胜利之神乃至艺术之神都被想象为女人塑造为女人，不是没有原因的。我们勘查人类的心理历程，在最成熟的某一阶段，也不难发现儿童天性的某些特点，实乃因为人类永远有一半男人。女性化的民族如果没有出息，不是因为女人在数量上太多，而是因为男人在质量上太劣……

△一个苦于寻找不到自我才投入女人怀抱的男人，终将会使他意识到，他根本不是她要寻找的男人，而不过是延长断奶期的孩子。对于负数式的男人，女人这个小数点没有意义……

△女人给她们爱的男人也给她自己生一个孩子，他们互

相的爱才不再是小猫小狗之间的亲昵而已……

　　△婚前与婚后，是男人和女人的爱之两个境界。无论他们为了做夫妻，曾怎样花前月下，曾怎样山盟海誓、如胶似漆、形影不离、耳鬓厮磨、卿卿我我，曾怎样同各自的命运挣扎拼斗破釜沉舟孤注一掷不成功便成仁，一旦他们真正实现了终于睡在经法律批准的同一张床上的夙愿，不久便会觉得他们那张床不过就是水库中的一张木筏而已。爱之狂风暴雨，闪电雷鸣过后，水库的平静既是宜人的也是庸常的……

　　△现实真厉害，它冷漠地改变着我们每一个人做人的原则和处世的教养……

　　△没有一种人生不是残缺不全的……

　　任何人也休想抓住一个属于自己的完整的人生句号。我们只能抓毁它。抓到手一段大弧或小弧而已。那是句号的残骸。无论怎样认真书写，那仍像一个或大或小的逗号。越描越像逗号。人的生命在胚胎时期便酷似一个逗号。所以生命的形式便是一个逗号。死亡本身才是个句号。

　　△生活有时就像一个巨大的振荡器。它白天发动，夜晚停止。人像沙砾，在它开始震荡的时候，随之跳跃，互相摩擦。在互相摩擦中遍体鳞伤。在它停止之时随之停止。只有停止了下来才真正感到疲惫，感到晕眩，感到迷惑，感到颓丧，产生怀疑，产生不满，产生幽怨，产生悲观。而当它又震荡起来的时候，又随之跳跃和摩擦。在跳跃和摩擦着的时候，认为生活本来就该是这样的，盲目地兴奋着和幸福着。白天夜晚，失望——希望，自怜——自信，自抑——自扬，这乃是人的本质。日日夜夜，循环不已，这乃是生活的惯力……

　　△满足是幸福的一种形式；比较是痛苦的一种形式；忘

却是自由的一种形式……

△一千年以前的蜜蜂构筑的巢绝不比今天的蜂巢差劲儿多少。一千年以后的蜜蜂大概还要构筑同样的六边形。蜜蜂世界竟是那么一个恒久的有序世界。细想一想，真替我们人类沮丧，几万年来人类在追求着自身的理想王国，可至今人类世界依然乱糟糟的……

一千年以后人类还能从蜂蜜中提取出什么来呢？……

岁 月

△男人需要某一个女人的时候，那个女人大抵总是会成为世界上最好的女人；为了连男人自己也根本不相信的赞语，女人便常将自己作为回报……

△成人有时想象死亡，正如儿童之有时想象长大……

△四十岁以后的女人最易对悄然去悄然来临的岁月产生恐惧，对生命之仿佛倏然枯萎的现象产生惊悸。她们的老就像一株老榕树，在她们内心里盘根错节，遮成不透雨不透阳光暗幽幽闷郁郁阴凄凄的一个独立王国。她们的情感只能在它的缝隙中如同一只只萤火虫似的钻飞。那神奇的昆虫尾部发出的磷光在她们内心聚不到一起，形成不了哪怕是一小片明媚的照耀，只不过细细碎碎闪闪烁烁地存在而已。幸运的是，当她们过了五十岁以后，反而对皱纹和白发泰然处之了。如此看来，"老"是人尤其是女人很快便会习惯的某一过程……

△一个幸福家庭的主妇，有时也会渴望再度成为独身女子，那是对个体复归的本能的向往……

△我们每个人多像被杂技表演者旋转了又顶在木棍上的盘子，不是继续旋转，便是倒下去被弃于一隅……

△美国人喜爱"超人"。创造出男"超人"，继而又创造出女"超人"，满足他们的男人们和女人们的"超人"欲。英国人喜爱"福尔摩斯"，"福尔摩斯"被他们的崇尚绅士派头的老一辈忘掉了，他们的新一代便创造出"007"，让他在全世界各地神出鬼没，一边与各种肤色的女人们忙里偷闲地寻欢作乐，一边潇潇洒洒地屡建奇功。法国的男人和女人几乎个顶个地幻想各式各样的爱情；生活中没有罗曼蒂克对他们就像没有盐一样，中国人却喜爱"包公"，世世代代地喜爱着，一直喜爱至今天。没有了"包公"，对中国人来说是非常之沮丧的事……

△在我们的生活中，自私自利和个性独立，像劣酒和酒精一样常被混为一谈，这真可耻。

△"老"是丑的最高明的化妆师。因而人们仅以美和丑对男人和女人的外表进行评论，从不对老人们进行同样的评论。老人是人类的同一化的复归。普遍的男人们和女人们对普遍的老人们的尊敬，乃是人类对自身的同一化的普遍认可。

△今天，在城市，贫穷已不足以引起普遍的同情和怜悯。也许恰恰相反。而富有，哪怕仅仅是富有，则足以使许多人刮目相视了。一个以富为荣的时代正咄咄地逼近着人们。它是一个庞然大物，它是巨鳄，它是复苏的远古恐龙。人们闻到了它的潮腥气味儿。人们都感到了它强而猛健的呼吸，可以任富人骑到它的背上，甚至愿意为他们表演节目，绝不过问他们是怎样富的。在它爬行过的路上，它会将贫穷的人践踏在脚爪之下，他们将在它巨大的身躯下变为泥土。于是连不富的人们，也惶惶地装出富者的样子，以迎合它嫌贫爱富的习性，并幻想着也能够爬到它的背上去。它笨拙地然而一

往无前地爬将过来，用它那巨大的爪子拨拉着人。当它爬过之后，将他们分为穷的，较穷的，富的，较富的和极富的。它用它的爪子对人世重新进行排列组合。它将冷漠地吞吃一切阻碍它爬行的事物，包括人。它唯独不吞吃贫穷。它将贫穷留待人自己去对付……

△女人不能同时兼备可敬和可爱两种光彩。女人若使男人觉得可爱，必得舍弃可敬的披风……

△人们宁肯彻底遗忘掉自己的天性，而不肯稍忘自己在别人的眼里是怎样的人或应该是一个怎样的人。人们习惯了贴近别人看待我们的一成不变的眼光，唯恐自己一旦天性复归，破坏了自己在别人心目中的形象。所以，和人忘乎所以玩一小时，胜过和人交往一年对人的认识……